AGATHA

Ouvrage publié originellement en 2020 par G. P. Putnam's Sons
une maison d'édition de Penguin Random House LLC, New York,
sous le titre *The Companion*

Couverture : Studio Bayard Éditions / Adobe Stock

18, rue Barbès, 92128 Montrouge Cedex
ISBN : 979-1-0363-3205-0
Dépôt légal : octobre 2024

Loi n° 49-956 du 16 juillet 1949 sur les publications destinées à la jeunesse.

Katie Alender

AGATHA

Traduit de l'anglais (États-Unis)
par Anne Delcourt

bayard

Pour Chris, Gwendolyn et Ginger

LE 30 MARS

Les dernières paroles de ma sœur Dina furent :

« Franchement, ce burger avait un gout de crottes de nez. »

Celles de ma sœur Siena furent :

« Tu veux dire que… c'était un morveburger ? »

Celles de ma mère :

« Tony, tu as vu ce… »

Celles de mon père :

« Oh mon Dieu… Accrochez-vous, les filles. *Accrochez-vous !* »

Puis la voiture bascula dans le fossé et plongea dans un canal d'eaux usées noirâtre rempli de neige fondue. Et *plouf !* ainsi finit la famille Radegan.

Enfin, à part moi.

Il faut croire que je n'avais pas reçu le message.

Je me souviens d'avoir pensé : « Maman, je ne peux pas respirer. » Puis, je ne sais pas comment, je me suis retrouvée à avaler de grandes goulées d'air glacé en barbotant comme un petit chien, trop étourdie pour distinguer le haut du bas, alternant moments de conscience et pertes de connaissance. Enfin, je me revois sur le ventre, enfoncée jusqu'aux coudes dans de la boue incrustée de gel.

Je me suis retournée pour chercher les autres du regard. Un calme atrocement silencieux flottait sur l'eau, seulement rompu par les petits gargouillis des bulles d'air qui s'échappaient de la voiture submergée, comme les rots d'un animal repu.

Schématiquement, ce calme a duré jusqu'à l'arrivée des secours. Il y avait des badauds sur la route, des gens qui allaient et venaient en haut de la pente raide de la butte, absorbés par l'horreur de ce qu'ils venaient de voir. Leurs réactions me parvenaient par bribes, étonnamment audibles dans l'air humide – tous ces *oh non*, ces *pas possible* et un *Seigneur Jésus Marie* particulièrement déchirant. Personne n'est venu à ma recherche, parce qu'il était impensable qu'il puisse y avoir un survivant.

Alors je suis restée dans le noir sans émettre un son, à attendre que la mort veuille bien m'emporter.

Trois mois plus tard, j'attends toujours.

1

Ma brosse à dents était d'un vert hideux, et ses poils, au bout de six semaines à peine, commençaient déjà à se recourber et à s'effilocher. Il y en avait même qui se détachaient et qui se coinçaient entre mes dents quand je me les lavais, ce à quoi je m'astreignais consciencieusement deux fois par jour pendant deux minutes, ainsi que ma mère me l'aurait rappelé si elle avait été là. Le manche se terminait par une pointe fuselée d'aspect très aérodynamique, et le nom de la marque, WALLYTEETH, gravé en lettres dorées, s'écaillait lentement mais sûrement. À croire que quelqu'un à l'usine Wallyteeth avait décrété : « Il faut que ça *ressemble* à une brosse à dents, mais, en vrai, ce truc doit être pourri. »

C'était réussi. Mais ce qui me dérangeait *vraiment*, c'étaient les cheveux de quelqu'un d'autre qui étaient coincés dedans.

Le jour de mon arrivée à Palmer House, une certaine Mme O'Neil, aux longs cheveux auburns – comme j'eus ensuite l'occasion de m'en souvenir deux fois deux minutes par jour –, m'adressa un court message de bienvenue, suivi d'une visite des lieux. Elle avait déposé une pile d'affaires pour moi sur son vieux bureau en bois déglingué : un pyjama toujours sur son cintre en plastique, une serviette et un gant de toilette en coton grisâtre un peu élimés, la fameuse brosse à dents verte et un petit lapin en peluche bleu.

– Le pyjama et le lapin sont des dons, m'expliqua-t-elle, presque en s'excusant. Tu n'es pas obligée de les garder. Tu préfèreras sans doute porter tes vêtements à toi quand on les aura reçus, mais ça peut mettre quelques jours…

– Non, je n'ai pas d'affaires.

– Comme je disais, ça peut mettre quelques jours, répéta-t-elle avec le sourire déplaisant de celle qui prend son mal en patience face à quelqu'un d'un peu limité. Mais l'assistante sociale qui s'occupe de toi va se charger d'envoyer tes affaires…

– Non, il n'y a rien à envoyer. On croyait que j'allais mourir, alors tout a été donné.

Cligne. Cligne-cligne. Son sourire restait plaqué sur son visage. Je pris son silence pour une demande d'informations complémentaires.

– Ils ont cru bien faire, dis-je, avec le sentiment de devoir prendre la défense des responsables. Le cabinet d'avocats de mon père a proposé de gérer ses biens gratuitement, parce que mes parents s'étaient endettés pour ouvrir le cabinet dentaire de ma mère. Mais, euh… des erreurs ont été commises.

– Je vois.

– Bon, il y a quand même quelques cartons, précisai-je pour détendre l'atmosphère. Surtout des papiers. Ça peut rester au garde-meuble.

Je me détournai pour examiner le pyjama ; des petits bisous au rouge à lèvres rose vif étaient imprimés sur le polyester et le devant clamait #FABFRINGUE.

Je le lui tendis et m'apprêtai à lui rendre aussi le lapin, mais je me ravisai et fourrai la peluche dans mon sac à dos.

Mme O'Neil jeta le pyjama sur une table dans un coin et me tint la porte.

Quelques jours avant mon arrivée, je ne me doutais même pas qu'il existait *encore* des endroits comme Palmer House : concrètement un orphelinat – ce qui, concrètement, faisait donc de moi une orpheline ? –, officiellement un foyer pour les enfants qu'il fallait bien loger quelque part en attendant qu'ils atterrissent dans le système des familles d'accueil, ou ceux que ce système avait légèrement mâchouillés puis recrachés. Palmer House n'avait clairement pas l'aspect des bâtisses en briques de style carcéral de mes cauchemars d'enfant (*oh, pauvres petits cauchemars naïfs*) ; c'était une maison revêtue d'un enduit beige et agrémentée d'une cour sans arbres, qui avait dû être conçue une vingtaine d'années plus tôt par quelqu'un d'assez peu doué pour cela. Elle comprenait cinq chambres, une cuisine, quelques salles de bains et tout ce qu'on peut s'attendre à trouver dans une maison. Une famille Palmer en avait fait don à la Société d'aide à l'enfance, d'où son nom. Mon assistante sociale, une certaine Frankie visiblement débordée, m'avait dit que j'avais une chance exceptionnelle qu'on m'y ait trouvé une place. C'était « l'un des meilleurs foyers d'accueil qui existent ».

Et j'étais son hôte la plus récente.

On avait bien essayé de me trouver un vrai foyer, mais je n'avais plus aucune famille et mon bref séjour chez ma meilleure amie Becca avait tourné court – sans doute la faute à mes cauchemars, à mes saignements de nez et à mes crises de hurlements nocturnes, qui empêchaient tout le monde de dormir et avaient expédié ses frères et sœurs chez le psy. Becca et moi avions découvert que nous n'étions pas si bonnes amies que ça, finalement. À vrai dire, cela s'appliquait à tous ceux que j'avais considérés jusque-là comme mes amis. En finissant mon année scolaire, je me rendis compte que ce qui nous avait rapprochées, elle et moi, était juste une sorte de… mesquinerie. Mesquinerie vis-à-vis des autres et entre nous.

Il faut croire que je n'avais plus assez d'énergie pour être mesquine. Je n'avais plus assez d'énergie pour quoi que ce soit.

Installés dans l'ancien garage, les bureaux administratifs de Palmer House donnaient directement sur la cuisine. De là, nous gagnâmes le salon, où quelques filles trainaient sur le canapé, regardaient la télé ou scrollaient sur leur portable d'un air absent.

– Salut, tout le monde ! leur lança Mme O'Neil. Je vous présente Margaret.

En fait, on m'appelle Margot, aurais-je pu signaler. Dans mon ancienne vie, personne ne m'avait jamais appelée Margaret à part quelques profs remplaçants. Margaret était un vieux prénom familial, que ma mère avait accepté à la condition expresse de pouvoir le remplacer par un diminutif.

Un vague chœur de « salut » répondit à Mme O'Neil, et les filles levèrent le nez une seconde avant de se replonger dans leurs activités.

Toutes sauf une, aux cheveux blond cendré et à l'œil mauvais.

– Hé ! gronda-t-elle. C'est *ma* brosse à dents !

Mme O'Neil battit des paupières en fixant la brosse posée sur les serviettes grises, et soupira.

– Ce n'est pas la tienne, Tam. C'est une neuve, qui vient de l'armoire de fournitures.

Tam se redressa. Son tee-shirt trop grand portait l'inscription #GIRLSQUAD.

Elle avait des yeux d'un bleu aqueux et un visage bizarrement plat, comme si, en dehors de son nez et de ses yeux, tous ses composants se trouvaient sur le même plan.

– N'empêche qu'on *dirait* la mienne. Du coup, elle va forcément finir par les confondre et utiliser la mauvaise un jour ou l'autre. C'est répugnant.

Mme O'Neil leva les yeux au ciel. Tam s'en aperçut et retroussa les lèvres pour reprendre ses protestations.

Mais Mme O'Neil para l'attaque d'un geste de la main.

– C'est bon, c'est bon, pas la peine de t'inquiéter, je m'en occupe.

– Répugnant, insista Tam.

– Viens, Margaret, me dit Mme O'Neil.

On battit en retraite dans le garage, où elle prit un rouleau de ruban adhésif dans le tiroir de son bureau et écrivit sur la brosse au feutre noir.

Comme je semblais bien partie pour vivre là un moment, je décidai de tenter ma chance.

– Vous pouvez écrire simplement *Margot*.

– Oh, c'est comme ça qu'on t'appelle ? D'accord.

Elle inscrivit *Margo*, déchira le bout de scotch et l'enroula – en même temps qu'un long cheveu bouclé récalcitrant – sur le manche de la brosse à dents.

– Ta-da ! Et voilà, maintenant, on saura que c'est la tienne.

Dans mon ancienne vie, j'aurais dit : *Pardon, mais mon nom s'écrit avec un T.*

Ou peut-être même : *Pardon, mais vous avez collé un de vos cheveux sur cet ustensile que je suis censée introduire dans ma bouche.*

Mais là ? Laissez tomber.

On repassa par le salon télé, qu'elle traversa en brandissant la brosse à dents sous les yeux de Tam. La fille n'eut pas l'air de trop bien comprendre ce qu'elle voyait, mais elle s'abstint de se lever et de nous suivre en exprimant de nouvelles doléances, et j'en déduisis que le problème était réglé.

Et il l'était. Ce fut assez efficace, dans la mesure où je n'utilisai jamais d'autre brosse à dents que la mienne au cours des semaines que je passai à Palmer House. Tam trouva diverses autres raisons de me mépriser, mais puisque Tam méprisait tout le monde, je ne m'en offusquai pas.

Le matin du troisième jour de la septième semaine, elle entra dans la salle de bains alors que je me lavais les dents, prit une serviette au hasard sur le porte-serviette et entreprit de se sécher les cheveux avec, en me fixant d'un œil noir dans le miroir.

– Chalut, fis-je, ma brosse entre les dents.

– Te fatigue pas, répliqua-t-elle. Je suis crevée, et c'est de ta faute.

– Oh-keuh.

– Je peux juste te dire que c'est un vrai cauchemar de vivre avec toi ?

Je crachai dans le lavabo.

– Ouais, ouais.

Tam s'approcha. Rien de menaçant, mais assez près pour me murmurer, sans que personne d'autre puisse l'entendre :

– Les autres se sentent mal pour toi à cause de ce qui t'est arrivé, mais moi, non. Je suis la seule qui va oser te dire la vérité, qui est qu'on en a ras le bol que tu nous réveilles chaque nuit en gueulant comme une malade.

Je vacillai, avec la sensation qu'un caillou pris dans mes veines avait trouvé son chemin jusqu'à mon cœur.

– Tu as eu un accident, OK, et alors ? Remets-toi et laisse-nous dormir.

– D'accord. Super conseil, Tam. Merci pour ces paroles de sagesse.

Elle s'adossa au mur.

– Je suis sérieuse. On était tranquilles avant que tu débarques. Maintenant, c'est le film d'horreur toutes les nuits.

– D'accord, répétai-je en rinçant ma brosse à dents.

– Regarde-moi, Margot.

Je m'exécutai. Elle avait des yeux tout plats et tout éteints, mais pas idiots. J'y détectai une lueur de satisfaction qui m'indiqua qu'elle avait sans doute été déléguée par les autres pour venir me dire ça et que sa mission était loin de lui déplaire.

– Tu devrais partir d'ici.

– Parfait, dis-je en laissant mon attention dériver.

Un premier point pour moi. Elle réessaya, un peu moins sûre d'elle.

– Je ne rigole pas. Tu devrais aller habiter ailleurs.

Je lui fis face et lâchai d'un ton brusque :

– *Tam*, je ne demanderais pas mieux. Mais où veux-tu que j'aille ?

J'entendis quelque chose de particulier dans ma voix, quelque chose de mordant et de dangereux, comme un serpent qui attaque.

De nouveau, elle hésita.

– Pas mon problème. Demande à Mme O'Neil, elle te trouvera bien un autre endroit. Je suis sûre que tu y seras très bien. Je ne connais personne qui ait ta chance.

Puis elle s'en alla à grands pas pesants.

Je regagnai ma chambre au fond du couloir. Le ressentiment des autres à mon égard s'expliquait en partie par le fait que j'avais droit à une chambre pour moi seule. La fille avec qui je l'avais partagée au début était partie vivre chez sa grand-mère le surlendemain de mon arrivée. Entretemps, elles avaient découvert que je hurlais toute la nuit et personne n'avait voulu s'installer avec moi. De ce point de vue, Tam avait raison : j'avais de la chance. Elle vivait là depuis presque deux ans, et l'ordre d'ancienneté aurait voulu que cette chambre lui revienne. Mais Mme O'Neil refusa de nous faire permuter, parce que personne ne réussirait à dormir dans la même chambre que moi.

Je me couchai en posant Lapin bleu sur ma poitrine et cherchai sous quels autres aspects on pouvait estimer que j'avais de la chance. Les avocats associés de mon père avaient organisé une collecte de fonds qui me permettrait d'avoir un peu d'argent à ma majorité. Pas beaucoup, parce que mes parents avaient liquidé leur assurance-vie pour monter le cabinet dentaire de ma mère, mais ça suffirait à me payer la fac, à condition d'en choisir une pas trop chère et de surveiller mes dépenses. J'étais à peu près sûre que pas une fille de Palmer House ne pouvait en dire autant. Mais, Tam n'ayant aucun moyen de le savoir, elle devait penser à autre chose.

Considérait-elle comme de la chance le fait que j'aie survécu contrairement à mes parents et à mes sœurs ?

Ça, de la chance ? Sérieusement ? Survivre pour avoir le plaisir de voir ma maison vidée et vendue ? Pour me réveiller toutes les nuits en nage après un cauchemar horrible ? Pour me faire rejeter ou ignorer par tous ceux que j'avais cru être mes amis ? Survivre pour atterrir ici ?

De la chance, vraiment ?

Je me tournai sur le côté. Je sentais l'épuisement me gagner et je ne voulais pas laisser mes yeux se fermer, même si je savais que je ne pourrais pas les en empêcher. J'avais réussi à dormir quatre heures la nuit précédente, ce qui n'était pas suffisant pour tenir la journée. Pourtant, je luttai contre le sommeil. Au moins, tant que je restais éveillée, j'arrivais à repousser les souvenirs de l'accident. Alors que, dès que je m'endormais, tous mes dérivatifs, toutes mes défenses m'abandonnaient.

De la chance.

Glissant Lapin bleu sous mon aisselle, je tapai trois fois sur son nez, dans l'espoir de réveiller chez lui je ne sais quelle magie de lapin qui lui permettrait de me protéger des ombres.

Puis mes yeux se fermèrent.

Les ombres descendirent presque aussitôt – un mélange de gris, de noir et d'un verdâtre de moisissure – et, derrière elles, Tam. Mais pas la Tam normale ; le cadavre de Tam boursoufflé par l'eau du canal, qui flottait hors de sa chambre pour prendre le couloir en direction de la mienne. Dans mon rêve, elle franchit ma porte en planant puis, lentement, descendit jusqu'à ce que ses pieds touchent le sol. Elle s'approcha et se pencha pour m'observer de ses yeux de poisson mort.

J'attendis qu'elle parle, mais elle ne dit rien. Se penchant encore, elle plaqua sa main sur ma bouche et j'eus l'impression d'être étouffée par une limace géante. Un cri enfla dans mes poumons.

Je me réveillai en sursaut.

Quelqu'un avait frappé à ma porte. En ouvrant les paupières, je vis la tête de Mme O'Neil dans l'embrasure. Ses yeux luisaient de quelque chose qui ressemblait à de la perplexité, ou peut-être à de l'excitation.

Je pars d'ici, devinai-je.

Foncièrement, Mme O'Neil me détestait autant que les autres. Je ne pense pas qu'elle m'en voulait, mais je ne faisais que lui compliquer la tâche et, contrairement à Tam, d'une manière qui n'avait rien de dynamisant. Avec Tam, elle pouvait batailler, et lever les yeux au ciel, et se plaindre. Mais avec moi, quel choix avait-elle ? On ne lève pas les yeux au ciel devant l'unique survivante d'un tragique accident de voiture.

Enfin, on doit pouvoir le faire devant n'importe qui, pour peu qu'une personne se montre suffisamment exaspérante.

Il faut croire que je ne suis pas tout à fait assez exaspérante, pensai-je.

L'instant resta suspendu en l'air deux secondes de trop, m'obligeant à rompre le silence.

– Oui ?

Elle haussa le sourcil gauche.

– Toi, déclara-t-elle, on peut dire que tu as de la chance.

2

La fenêtre de ma chambre donnant sur l'allée principale, je pus observer le gros SUV noir qui m'attendait devant l'entrée tandis que je fourrais mes quelques possessions dans mon sac à dos. M. Albright, l'homme en costume de banquier qui le conduisait, m'avait dit de prendre mon temps, mais je n'avais pas assez d'affaires pour cela.

La porte de ma chambre s'ouvrit. Alors que je m'attendais à voir arriver Mme O'Neil, ce fut Tam qui entra, en regardant autour d'elle avec de grands yeux remplis de curiosité. Elle hissa un gros sac polochon sur le lit.

– C'est ma chambre, maintenant, déclara-t-elle avec la satisfaction du chat de la maison.

– Tant mieux.

Elle s'assit sur le matelas avec un soupir et croisa les bras. Puis elle se pencha en avant pour regarder la voiture dehors.

– Alors comme ça, tu as été, quoi, adoptée ?

– Non. Je ne veux pas être adoptée. Je serai une pupille.

– À tous les coups, ils vont te faire jouer la domestique, conjectura-t-elle, d'un ton plutôt réjoui par l'idée. T'enfermer dans la cave, ou un truc du genre. Je parie que ça va être l'enfer.

– Va savoir.

Elle se redressa en secouant la tête.

– Je disais n'importe quoi.

– Ouaip.

J'achevai de plier mon troisième et dernier tee-shirt, qui rejoignit les autres dans mon sac.

– Puisque t'es riche, maintenant, tu m'enverras des trucs ?

– Je ne suis pas riche.

Elle pointa le doigt vers la fenêtre.

– T'as vu la voiture ? Tu *es* riche.

– Ce n'est pas mon argent. Moi, je suis la domestique, tu te rappelles ?

– Je croise les doigts pour ça, répliqua-t-elle après un petit ricanement.

– Tiens, rends-toi utile et aide-moi à enlever les draps.

Sans rechigner, elle se pencha à travers le lit pour retirer le drap-housse du matelas.

Puis, poussée par la curiosité, je lui demandai :

– Quel genre de trucs tu voudrais que je t'envoie ?

– Hmm… Des lunettes de soleil. Mais des classe, quoi. Et des mots croisés. Et puis…

Plongeant la main dans mon sac, j'en sortis un recueil de mots croisés que je jetai sur le lit. Elle le prit, examina la couverture, esquissa un sourire en coin et reprit :

– Un meilleur portable ?

Elle attendit, au cas où je lui passerais le mien.

Raté.

Elle haussa les épaules.

– C'est vrai que tu n'as plus de famille ? Pas de grands-parents, ni de tantes ni rien ?

– Nan. Mes parents étaient enfants uniques et mes quatre grands-parents sont morts.

– Mmm. Moi, j'ai des tantes, mais ça ne m'avance pas à grand-chose. Les sœurs de ma mère. Elles ne veulent pas me prendre parce qu'elles trouvent que je ressemble trop à ma mère. Je m'en fous, de toute façon. Dans sept mois, j'aurai dix-huit ans, je pourrai faire ce que je veux.

– Tu iras où ?

– À New York. Devenir mannequin.

Je lui lançai un regard incrédule, mais, au moment où j'allais rejeter mentalement cette idée, j'eus soudain l'impression de la voir pour la première fois : une longue carcasse maigre et un visage étrange, très lisse. Et je n'eus aucun mal à l'imaginer ondulant sur un podium dans une tenue extravagante. Son air boudeur était parfait aussi.

– Bonne chance, dis-je. Je suis sûre que tu peux y arriver, en plus.

Elle leva les yeux au ciel.

– Parce que je t'ai demandé ton avis ?

Reste comme tu es, Tam.

– En plus, c'est toi, celle qui a de la chance, ajouta-t-elle en jetant les draps sales par terre.

– Tu n'arrêtes pas de me répéter ça. Tu n'as pas l'air de te rendre compte à quel point ma vie a été pourrie ces derniers mois.

Elle s'étira avec délices sur le matelas.

– J'ai jamais dit le contraire. N'empêche que tu as de la chance. C'est deux choses qui n'ont rien à voir.

Ah bon ?

– Moi par exemple, reprit Tam, ma mère était SDF et elle se droguait. Elle a volé toutes les économies de ma grand-mère, et ses médicaments. On pense que c'est à cause de ça que ma grand-mère est morte. Un conseil : ne laisse pas n'importe qui toucher à tes médocs.

Alors que j'allais répondre, elle m'arrêta d'un geste.

– Ma dernière famille d'accueil me nourrissait avec un bol de céréales par jour. Et les moins chères, hein. J'avais un chaton, là-bas, sauf que je n'ai pas eu le droit de l'amener ici, alors j'ai dû le donner. Je n'ai pas vu mon frère depuis sept ans. Bref, moi aussi, j'ai une vie pourrie. Mais aucune famille de bourges ne s'est jamais pointée pour m'adopter. Tu vois, *moi*, j'ai pas de chance.

Je regardai le SUV prêt à me conduire dans une énorme propriété de campagne, chez des millionnaires qui – supposais-je – n'auraient probablement pas besoin de me loger dans leur cave ni de me faire porter leurs plateaux de petit-déjeuner.

Puis je me tournai de nouveau vers Tam, qui tenait dans son poing un petit chaton en peluche coiffé d'un chapeau de Pâques.

Finalement, c'est peut-être elle qui a raison, pensai-je. *Mais j'ai quand même une vie bien pourrie.*

– Mais alors…

Je ne serais pas allée plus loin si elle n'avait pas pris la peine d'ouvrir les yeux pour me regarder.

– … si tout est si horrible, où est l'intérêt ?

– L'intérêt de quoi ? De vivre ?

– Ouais, enfin… c'est dur, répondis-je en rougissant. Quand je pense que je râlais sur la vie que j'avais avant ! Je n'avais rien compris.

Elle haussa les épaules.

– Personne n'a une vie parfaite. Tiens, mes cousins, ils sont riches et ils se détestent eux-mêmes.

– Ce n'est pas le cas de tout le monde ?

Tam plissa les yeux d'un air méprisant.

– Moi, pas. Je n'ai jamais rien fait d'assez moche pour ça. Toi si ?

J'étais incapable de détourner mon regard du sien. Elle attendait une réponse, mais je n'en avais pas. Ou peut-être que si et que je préférais la garder pour moi.

– Tu réfléchis trop, me dit-elle enfin. Tu es en vie, autant en profiter. Il n'y a pas de grand secret. On vit, et ensuite on meurt, et voilà.

– Et voilà ? fis-je avec un petit rire.

– C'est déjà beaucoup, répliqua-t-elle en refermant les yeux.

Je portai mon sac et le paquet de linge sale jusqu'à la porte.

– Tu sais quoi ? On aurait pu être amies, si t'étais pas une connasse pareille.

– Je n'ai aucune envie d'être ton amie, répliqua-t-elle sans même rouvrir les paupières. Je t'aime pas.

Je refermai la porte et descendis.

Je n'avais pas pris ma brosse à dents.

3

Je n'étais jamais allée dans une propriété de campagne. Je ne savais même pas exactement ce que c'était, mais j'imaginais vaguement que c'était là où vivrait un duc ou un comte si on en avait eu en Amérique. Je supposais que M. Albright en rajoutait sur ce qui se révèlerait finalement être une grosse baraque dans un joli quartier de banlieue.

J'avais tort.

Enfin, pas pour la grosse baraque. Elle était réellement *énorme*. Mais elle ne se situait pas dans un joli quartier de banlieue, ni dans aucun quartier, d'ailleurs. Elle se trouvait – ainsi que sa désignation le laissait deviner – en pleine campagne. Une dizaine de minutes avant d'apercevoir les deux piliers en pierre qui marquaient l'entrée de la propriété, nous avions traversé un petit village comprenant un feu de signalisation, une petite rangée de magasins, un garage de voitures d'occasion, un cabinet médical et un bâtiment de plain-pied où était inscrit École élémentaire du comté de Copeland. Voilà pour l'animation locale.

Impuissante, j'assistai à une hémorragie de barres sur mon portable, jusqu'à ce qu'elles soient remplacées par trois petits mots : pas de réseau. Je ne croulais pas sous les amis à appeler, mais c'était quand même étrange, voire un peu flippant, comme si j'étais soudain coupée du monde ou que je retournais dans le passé.

Le SUV ralentit à l'approche d'une grille en fer forgé aux élégantes volutes, encadrée par un mur de brique qui courait à l'infini des deux côtés. M. Albright se retourna vers moi. Il avait la quarantaine, un début de calvitie et, à en croire les poches sous ses yeux, du sommeil à rattraper. Sa veste de costume grise était posée bien à plat entre nous sur le dossier de son siège et il avait retroussé ses manches de chemise.

– Tu es prête ? me demanda-t-il. C'est un nouveau départ pour toi.

Qu'étais-je censée répondre ? « Non » ? Je hochai la tête avec un sourire forcé et m'absorbai de nouveau dans la contemplation des alentours.

M. Albright gérait les affaires des Sutton, ce qui signifiait – m'avait-il expliqué – qu'il s'occupait à peu près de tout pour eux, puisque, vu l'argent qu'ils possédaient, tout devenait une question d'affaires. Il me parlait d'eux comme s'il s'agissait de poupées dans sa collection privée, avec un drôle de ton paternaliste. En même temps, il ne manquait pas une occasion de préciser que la tâche de veiller sur leur famille était le but de sa vie.

Je dois reconnaitre que, malgré ce sens marqué de la propriété mêlé de déférence qu'il manifestait pour les Sutton, mon arrivée ne semblait nullement le perturber. Il se comportait même comme si leur décision de m'accueillir était parfaitement naturelle, et même assez touchante.

De mon côté, je trouvais ça étrange et pas très rationnel, mais après tout, je n'y connaissais rien à la façon de raisonner des gens super riches.

Voici ce que je savais : John Sutton, le patriarche de la famille, avait étudié le droit à l'université de Northwestern avec mon père vingt ans plus tôt. Un jour, alors qu'ils faisaient des longueurs dans la piscine de leur campus, John, qui ne se sentait pas très bien, s'était évanoui. Mon père avait traversé les deux couloirs qui les séparaient pour le sortir de l'eau et lui avait fait un massage cardiaque.

« Et c'est ainsi qu'il lui a sauvé la vie, m'avait confié M. Albright dans le garage-bureau de Palmer House, en croisant les doigts dans une sorte d'action de grâce muette. Alors, lorsqu'il a appris la terrible tragédie qui a frappé ta famille, il s'est senti poussé à lui rendre la pareille dans la mesure de ses moyens. »

La terrible tragédie qui a frappé ta famille. Il avait prononcé ces mots d'un ton totalement impersonnel – on aurait dit que la mort de mes parents et de mes sœurs n'était qu'une note en bas de page dans un document juridique. Cela dit, qu'aurait-il dû faire d'autre ? Qu'est-ce que j'aurais voulu, qu'il craque et fonde en larmes ?

Le portail en fer forgé s'ouvrit lentement devant nous. Ne voulant pas me montrer ouvertement impressionnée, je me retins du mieux que je pus de tendre le cou pour voir la maison. Ce n'était pas parce que j'avais passé six semaines à me brosser les dents avec les cheveux d'une autre personne que j'avais perdu tout amour-propre.

D'ailleurs, tendre le cou s'avéra superflu. On ne pouvait pas manquer Copeland Hall, ainsi que M. Albright appelait la maison. C'était une énorme bâtisse grise, aussi longue que haute, dotée de toits et de fenêtres pointus, d'appendices cubiques et de saillies à l'aspect de tours qui dépassaient par-ci, par-là. Les murs de pierre étaient tapissés de lierre et des arbres noueux jetaient leurs ombres tachetées sur la façade.

Après un virage, je découvris une porte en bois monumentale à double battant sur le côté d'une des excroissances rectangulaires adossées au bâtiment principal. Cette porte donnait sur le flanc de la maison et non sur la façade.

Un garage à deux étages et à six emplacements formait une grosse masse à l'arrière de la bâtisse, et M. Albright se gara au fond.

– Laisse tes affaires ici, me dit-il. Je reviendrai les chercher.

À l'entendre, on aurait cru que j'avais apporté cinq malles, huit valises, trois boîtes à chapeau et une volière.

Je jetai un regard impuissant sur mon sac à dos, rechignant à m'en séparer. Il m'avait suffi de six semaines à Palmer House pour commencer à partager la même angoisse que les autres filles : le sentiment taraudant que quelqu'un ne pensait qu'à me piquer mes affaires. Mais la vision du gros sac plein à craquer, tout déformé, à la fermeture éclair cassée, me persuada de le laisser là.

– Nous allons passer par la porte de service, reprit M. Albright.

Alors qu'il me conduisait vers une porte près d'un angle de la maison, j'inspectai les environs. Les pelouses étaient immenses, d'un vert luxuriant sous le soleil d'été. C'était une belle journée, pas trop chaude, avec une légère brise. Les oiseaux pépiaient paresseusement dans leurs cachettes à l'ombre et un écureuil s'escrimait à arracher d'une branche une baie ou un petit fruit quelconque sous un buisson.

C'est ici que je vais vivre, maintenant, me dis-je.

N'étais-je pas censée éprouver un tourbillon d'émotions à la pensée que ma vie allait désormais se dérouler dans une propriété aussi imposante ? N'aurais-je pas dû me sentir heureuse ? Ou intimidée ? Ou… comblée par la chance ?

Or… je ne ressentais rien.

Du moins jusqu'à ce que je franchisse la porte derrière M. Albright et que je voie les Sutton debout devant moi, qui nous attendaient.

Là, je ressentis clairement quelque chose : une immense gêne.

J'étais partie du principe qu'on me laisserait le temps de me rafraichir le visage, de me brosser les cheveux, de me préparer psychologiquement.

Au lieu de quoi je me retrouvais sous l'œil scrutateur d'un homme et d'une femme, le couple parfaitement assorti de gens riches, bien élevés et à l'apparence des plus soignées.

Mme Sutton, mince et racée comme un lévrier, portait un pull ivoire sur un pantalon beige clair et des ballerines couleur cuivre à bouts pointus. Ses cheveux formaient un rideau soyeux d'un châtain lumineux qui lui frôlait les épaules. Sa montre et ses boucles d'oreille, très sobres, étaient en or. Son maquillage, naturel et impeccable, mettait en valeur le brun velouté de ses yeux et le blanc nacré de ses dents. Son sourire était chaleureux et accueillant. En deux mots, tout en elle était de bon ton.

M. Sutton paraissait tout aussi raffiné, peut-être avec un peu moins d'aisance naturelle. Sa chemise bleue était bien repassée et le pli de son pantalon gris tombait parfaitement sur ses mocassins cirés. Il avait des cheveux très courts, bruns parsemés d'argent, et affichait un sourire un peu trop figé pour être complètement spontané.

Ils arboraient une élégance décontractée – pas dans le style des riches frimeurs qu'on voit en ville, mais dans celui des gens si riches qu'ils n'ont pas *besoin* d'habiter en ville. Il suffisait que leur argent y habite, et ils avaient M. Albright pour se charger de lui faire faire la navette.

– Je suis désolée qu'on te prenne par surprise, déclara Mme Sutton, qui avait dû lire l'embarras sur mon visage. Nous étions si impatients de te voir que nous n'avons pas réussi à attendre dans le salon. Nous avions trop hâte de te rencontrer… mais je vois que ce n'était pas très délicat de notre part.

– Ne dites pas ça, Laura, tout va très bien ! s'exclama gaiment M. Albright.

Puis il se tourna vers moi.

– Margaret, permets-moi de te présenter John et Laura Sutton.

– À ton service, dit Mme Sutton avec un sourire plus discret.

Puis ils se turent, attendant que je parle. Je me sentais incapable de dire quoi que ce soit, mais, par chance, lorsque j'ouvris la bouche, quelques mots sortirent d'eux-mêmes.

– Merci infiniment de m'accueillir. Ça me touche énormément.

À ma grande horreur, M. Sutton s'approcha pour poser la main sur mon épaule.

– J'attendais depuis très longtemps une occasion de rembourser ma dette envers ton père. Je suis désolé de le faire dans de pareilles circonstances.

Je cherchai une réponse appropriée.

– Oh, John, ce n'est pas le moment de faire des discours, intervint sa femme en fondant sur lui pour le repousser d'une petite tape. Margaret aimerait sûrement disposer de quelques instants à elle pour rassembler ses esprits, avant que nous nous précipitions sur elle.

J'en rêvais, en effet. Mais, peut-être parce que leurs bonnes manières déteignaient sur moi, il me parut impoli de disparaitre aussitôt.

– Pourrais-je éventuellement avoir un verre d'eau ?

Ils s'exécutèrent d'un bond, ravis d'avoir trouvé une mission. M. Sutton fila chercher de l'eau pendant que Mme Sutton me guidait dans le couloir jusqu'à une pièce adaptée à cette réhydratation bienfaisante.

– Le parloir, précisa-t-elle avec un geste délicat de sa main fine. Je t'en prie, mets-toi à l'aise.

Je regardai autour de moi tandis qu'elle me conduisait à un petit canapé. La pièce avait des airs de musée ; chaque petit bibelot semblait être à la même place depuis un siècle. Les murs à lambris cirés étaient décorés de grands tableaux de chevaux et de chiens de chasse. Le mobilier était ancien et précieux. Je m'installai sur une causeuse tapissée d'un tissu à rayures bleues et blanches, garnie à chaque extrémité de coussins capitonnés en velours vert.

M. Albright resta debout dans un coin tandis que Mme Sutton, perchée au bord d'un fauteuil en cuir, m'observait avec l'air d'une gourmande devant un bon gâteau.

– La route s'est bien passée ? me demanda-t-elle.

– Très bien. Merci.

– Un peu longue, non ?

Elle jeta un coup d'œil presque accusateur à M. Albright, comme s'il était responsable de la distance.

– As-tu déjeuné ?

– Un peu longue, oui, mais vraiment très jolie, dis-je. Et oui, nous avons déjeuné.

– Nous nous sommes arrêtés à Hopkins, précisa M. Albright pour sa défense. Nous avons pris des sandwichs.

– Oh, Hopkins, très bien, approuva Mme Sutton en se laissant aller contre le dossier de son fauteuil.

Elle se redressa presque aussitôt.

– Si tu as besoin ou envie de quelque chose, il faut me le dire, reprit-elle. Nous n'allons pas en ville tous les jours, mais nous pouvons envoyer quelqu'un faire une course s'il te faut quoi que ce soit.

Alors que j'allais éluder la question, je me rendis compte qu'il me fallait réellement quelque chose.

– Il me faudrait peut-être une brosse à dents, admis-je. J'ai laissé la mienne à Palmer House.

– Palmer House, répéta Mme Sutton. Est-ce l'endroit où tu étais hébergée ?

J'acquiesçai d'un signe de tête.

– Était-ce agréable ? T'étais-tu fait des amies ?

Je la fixai droit dans les yeux, presque du même brun que les lambris du mur derrière elle. Malgré sa gentillesse et leur indéniable générosité envers moi, je ne pouvais pas chasser l'impression qu'ils me faisaient subir une sorte d'évaluation. Un test.

Autant le réussir.

– Oh, oui. Très sympathique, merci. J'avais beaucoup d'amies là-bas.

Je sentis le regard de M. Albright peser sur moi.

– Un endroit très bien, confirma-t-il. Très clair, beaucoup de lumière naturelle.

– Tant mieux, répondit Mme Sutton avec compassion. Je suppose que les filles qui y vivent ont toutes subi des épreuves. C'est rassurant de savoir qu'elles ont trouvé un environnement accueillant. Je... J'ai sans doute du mal à admettre que la place d'une fille puisse se trouver dans l'un de ces « établissements ». Enfin, ce n'est plus un souci pour toi. Tu vis ici, maintenant, Margaret, avec nous. Et j'insiste pour que tu nous dises ce que nous pouvons faire pour que tu t'y sentes totalement chez toi.

Voyons. Si j'étais chez moi, je serais dans ma chambre, sur mon lit, en train d'écouter de la musique et d'écumer les réseaux sociaux pour voir ce que mijotaient mes amis. Et mes parents et mes sœurs seraient en vie. Alors bon courage si tu tiens vraiment à essayer, Laura, mais ce n'est pas gagné.

– Nous n'avons qu'une seule vraie règle ici, reprit-elle. Nous respecter les uns les autres. Ainsi que la maison, bien sûr. Il me semble que, lorsqu'il y a du respect, le reste suit naturellement.

Ça devait être dans mes cordes.

– Tout à fait, dis-je.

Les coins de ses yeux se plissèrent dans une mimique d'approbation, tandis que son mari entrait avec un verre d'eau – et pas n'importe lequel, un verre en cristal artistiquement taillé qui devait peser plus d'un kilo. Je le remerciai, pris l'objet à deux mains et me mis à siroter prudemment, avant de le reposer sur un dessous de verre que Mme Sutton venait de glisser sur le bois de la table basse.

Puis elle s'agita et regarda son mari, qui restait debout.

– J'étais en train de dire à Margaret qu'à mon avis, la place d'une fille ne se trouvait pas dans un établissement.

Il lui jeta un coup d'œil impatienté et répliqua d'une voix un peu acide :

– Nous aurons le temps d'en parler plus tard.

Je repris mon verre d'eau comme si je m'agrippais à une bouée de sauvetage, et bus dans un silence total. À un moment, mes dents heurtèrent le cristal et j'eus l'impression d'entendre le bruit résonner sur les murs. Enfin, quand le verre fut vide, je le posai pour de bon et relevai les yeux sur les Sutton.

– Merci, madame Sutton. Et monsieur Sutton. Je ne voudrais pas avoir l'air impolie, mais serait-il possible que je voie ma chambre ?

Ils échangèrent un regard.

– Appelle-moi Laura, me dit Mme Sutton. Et M. Sutton, c'est John. Épargnons-nous les formalités.

Nous allons devenir bons amis. Nous formons… une sorte d'équipe. Travaillant ensemble dans un but commun.

Un but ? OK, c'était le moment où ils m'envoyaient chercher le balai dans la chambre de bonne pour que je nettoie la maison et me jetaient un crouton de pain ?

L'air était soudain chargé de mots informulés. Je crus que c'était l'effet de mon imagination, avant de jeter un coup d'œil à M. Albright, qui avait légèrement rougi. Puis, sur un regard curieusement appuyé de Laura, il passa à l'action. Gagnant la cheminée d'un pas hésitant, il prit un cadre en cristal qu'il me tendit. L'objet était si lourd que je faillis le laisser tomber. Fallait-il vraiment que tout ce que possédaient les riches pèse deux fois le poids normal ?

C'était une photo de famille, prise dans un champ fleuri par une belle journée un peu couverte. M. et Mme Sutton – peut-être devrais-je dire John et Laura – se tenaient au deuxième plan. Devant eux, il y avait deux préados, un garçon très brun, à la coupe soignée, et aux mêmes yeux bruns que Laura, et une fille aussi belle qu'une star de cinéma. Elle avait de longs cheveux d'or ondulés, des pommettes délicatement ciselées et des yeux bleus étincelants remplis d'intelligence.

– Voici notre famille, dit Laura d'une voix tendue, comme si elle redoutait ma désapprobation. Barrett a seize ans. Il va en pension à St Paul à Thurmond, à trois heures de route d'ici. Actuellement, il est en Italie avec un ami, mais il revient dans quelques semaines.

– Oh, fis-je. C'est sympa.

Elle inspira à fond.

– Et elle, c'est Agatha.

– Elle va en pension aussi ?

Pendant un instant, personne ne répondit, et quand je regardai Laura, elle eut un sourire presque douloureux.

– Non.

Oh non. Pas ça. Elle était morte.

Pourquoi fallait-il que *tout le monde* soit mort ?

Le silence qui suivit fut une torture. Enfin, il fut brisé par une nouvelle inspiration saccadée de Laura.

– Agatha est en haut. Aimerais-tu la rencontrer ?

4

Je suivis John et Laura dans un long couloir aux murs tapissés de papier peint et traversai l'entrée principale, un espace imposant haut de six mètres, au plafond orné de moulures décoratives. Je perçus confusément des visages qui m'observaient depuis des tableaux, des vitrines remplies de figurines – une nuée d'oiseaux délicats, un escadron de minuscules ballerines, des collections de vases et de tasses à thé et des soucoupes miniatures –, mais ils s'effacèrent aussitôt de mon esprit, comme de vieilles photos que j'aurais vues longtemps auparavant.

Qu'est-ce qui empêchait Agatha de descendre me saluer ? J'essayais de ne pas trop réfléchir à la question, de la même manière que j'essayais d'oublier que j'avais demandé à M. Albright si les Sutton avaient des enfants, et qu'il me semblait bien qu'il n'avait pas dit oui.

Bon… il n'avait peut-être pas non plus dit non.

Mais j'aurais *juré* qu'il n'avait pas dit oui.

Partant chacune d'une extrémité de l'entrée, deux volées d'escalier s'élevaient dans une courbe spectaculaire pour se rejoindre sur le palier.

Laura s'arrêta au pied de l'une d'elles.

– Ici, à droite, se trouve notre chambre. Ainsi que nos bureaux et, au fond, la bibliothèque. La porte qui se trouve derrière l'escalier donne sur le couloir de service, mais tu n'auras pas à l'emprunter.

Tiens, prends ça, Tam.

Elle jeta un coup d'œil par-dessus son épaule.

– Et bien sûr, en passant, tu as vu les cuisines, la salle à manger et la pièce du petit-déjeuner. Ainsi que le salon de réception, la salle de musique et le petit salon.

Avais-je vu tout ça ? Tout m'avait paru flou.

En haut de l'escalier, je vis que le palier donnait sur trois couloirs qui formaient un T.

– Par ici, me dit Laura en prenant celui du milieu. Tu n'auras pas besoin de prendre l'aile verte ni l'aile ouest. Je laisse les portes fermées pour éviter la déperdition d'énergie. Ce n'est pas une mince affaire de chauffer ou de rafraichir une maison aussi grande, tu t'en doutes.

Je hochai la tête, comme si j'avais médité la question.

– Ce sont toutes des chambres ?

– Oh non. Il y a des antichambres, des garde-robes, des salles de bains, le vieux sauna, un gymnase, la buanderie… et quelques chambres d'amis.

J'en avais le vertige.

– À ce propos, Margaret, je pense que je vais aller chercher tes affaires, déclara soudain M. Albright.

Je le regardai partir avec abattement. *Espèce de lâche.*

Je continuai dans le couloir en tâchant d'ignorer la chair de poule qui me couvrait les bras. Laura s'arrêta face à l'avant-dernière porte à gauche.

John posa la main sur la poignée, mais sa femme lui toucha l'épaule pour le stopper.

– Je préfère frapper, lui signala-t-elle. Même si… Enfin, c'est une bonne habitude à prendre.

Alors John s'exécuta avant d'ouvrir la porte.

Laura se retourna sur le seuil pour me préciser :

– Agatha n'a pas toujours dormi ici. Mais on s'est dit que ce serait… plus simple.

Puis, me laissant interpréter cette annonce des plus mystérieuses, elle entra.

Je n'eus pas d'autre choix que de la suivre.

Je mis un moment à comprendre où je me trouvais, mais, après avoir inspecté tous les éléments, je dus me rendre à l'évidence : une nurserie, une chambre pour les petits.

Le papier peint à l'ancienne représentait des fleurs et des fruits disposés en cercles autour de petits groupes d'animaux de la forêt – lapins, écureuils, oiseaux et tortues, chacun avec ces yeux écarquillés un peu flippants que, allez savoir pourquoi, les gens d'autrefois trouvaient normaux et même mignons. Il n'y avait ni berceau ni couffin, mais, calé contre un mur, un grand coffre à jouets blanc en bois, sur lequel étaient gravées des lunes et des étoiles et, quelques mètres plus loin, un bureau aux pieds décorés des mêmes motifs.

Deux lits, portant eux aussi les mêmes ornements célestes, meublaient chacun un angle du mur du fond.

– Agatha, dit doucement Laura, on voudrait te présenter quelqu'un.

Alors je la vis, assise dans un fauteuil en bois à dossier haut disposé face à la fenêtre.

J'avais la bouche sèche, soudain, et un très mauvais pressentiment se mit à faire des claquettes dans ma tête.

Agatha ne réagit pas. Laura s'avança vers elle et ajouta dans un filet de voix :

– Elle s'appelle Margaret. Elle voudrait te dire bonjour.

J'avais la sensation que mon ventre et mon cœur se battaient dans un match de catch. *Du calme*, me dis-je, *tu leur fais un procès d'intention, c'est de l'ingratitude...*

Laura me fit signe d'approcher et je la suivis, quelques pas derrière elle. Que pouvais-je faire d'autre ? Prendre mes jambes à mon cou en piquant une crise de panique ?

On me demandait juste de rencontrer Agatha, qui ne semblait pas être une personne très sociable.

– Margaret va vivre avec nous, reprit Laura, une main sur l'épaule de sa fille.

De près, je constatai qu'Agatha était aussi belle que sur la photo, peut-être même plus. Ses cheveux ondulés, attachés par un ruban blanc, lui arrivaient presque à la taille et encadraient un visage remarquable, à la peau lumineuse, rehaussé par d'incroyables pommettes. Ses sourcils rebiquaient très légèrement et ses lèvres corail étaient délicatement ourlées.

Je vis tout ceci de profil, car elle ne se tourna même pas pour me regarder.

Ses vêtements reflétaient le style de ceux de sa mère, en plus jeune : pull bleu pervenche, jupe plissée à la longueur des genoux et mocassins en cuir gris. Elle portait de petites boucles d'oreille en argent.

Laura me jeta un regard interrogateur, peut-être pour s'assurer que je n'allais *pas* prendre mes jambes à mon cou en piquant une crise de panique, et je ne pus que lui répondre par un faible sourire. Le moment était délicat, il fallait que je la joue cool. J'aurais bien le temps de péter les plombs ensuite.

– Voici notre douce Agatha, me dit Laura en caressant lentement les cheveux ondulés de sa fille.

Puis elle prit une brosse sur une petite table et la coiffa. Agatha ne réagit pas davantage. Elle aurait aussi bien pu être dans une autre dimension.

– Ravie de te rencontrer, déclarai-je, en m'interdisant de reculer.

– Comme c'est gentil à toi, Margaret, dit Laura, enchantée. C'est une réaction très empathique, tu sais, de t'adresser directement à elle. Tu serais choquée par le nombre de gens qui se comportent comme si elle n'était pas là.

– Oui, c'est très bien.

La voix de John me fit sursauter. J'avais oublié sa présence.

– Maintenant, reprit-il, il serait peut-être temps de discuter un peu.

*

* *

On ne retourna pas au parloir. En bas de l'escalier, Laura s'arrêta net.

– Tiens, allons parler dans la bibliothèque. La vue sur le jardin est si agréable à cette heure de la journée !

Nous allâmes donc dans la bibliothèque, une grande pièce aux murs presque entièrement tapissés d'étagères débordant de livres. Au milieu, quatre fauteuils en cuir vert olive étaient disposés en carré, chacun avec son guéridon en bois et sa petite lampe de lecture à l'ancienne dont le pied retombait en arc de cercle par-dessus le dossier. Au fond, une rangée de fenêtres offrait une vue époustouflante sur des collines d'un vert velouté coiffées de petits nuages rose argenté.

J'eus le sentiment très net qu'ils cherchaient à m'amadouer par la beauté de l'endroit.

– Je t'en prie, Margaret, assieds-toi, me proposa John.

Je pris place dans l'un des fauteuils et tentai de m'absorber dans l'examen des murs de livres. Ce qu'ils avaient à me dire flottait dans l'air telle une grosse chape étouffante, et j'esquivais leurs regards pour ne pas avoir à lire dans leurs yeux qu'ils le savaient aussi bien que moi.

Laura fit mine de se lancer, mais s'arrêta presque aussitôt et toussota, comme si les mots l'avaient étranglée. Il y eut un long silence, si pesant que je me sentis obligée de le rompre.

– Donc... Agatha, quel âge a-t-elle ?

– Seize ans, me répondit John.

– Dix-sept ans, affirma Laura au même moment.

Après avoir échangé un regard nerveux avec son mari, elle s'assit en face de moi.

– Dix-sept ans, répéta-t-elle.

– Et... qu'est-ce qu'elle a ?

Ma propre question me fit grincer des dents intérieurement, mais ni l'un ni l'autre ne parut s'en offusquer.

– Agatha est malade, me dit Laura. Il y a encore neuf mois, c'était l'adolescente type, parfaitement heureuse. Elle sortait avec ses amis, allait à des fêtes, adorait le shopping... enfin, tu vois.

Je hochai la tête comme si ça me parlait. Je n'avais pas de souvenir d'avoir été une ado heureuse. Tout ce qu'avait été ma vie avant l'accident n'était plus dans ma tête qu'un brouillard. J'avais peut-être été heureuse. Probablement. Mais je ne m'en rappelais pas grand-chose.

– Et puis un jour... tout a changé, on aurait cru qu'elle était devenue quelqu'un d'autre. Elle était en colère. Perturbée, même. On ne comprenait pas ce qui arrivait, on ne savait pas quoi faire. On n'avait aucune idée de ce qui avait pu se produire. Et au moment où on venait de trouver de l'aide, elle...

Laura laissa sa phrase en suspens.

Je me tournai vers John, dont le visage se crispa.

– Elle... Elle s'est totalement éteinte. Comme si quelqu'un avait appuyé sur l'interrupteur. Et elle est devenue ce qu'elle est maintenant. Elle est très coopérative et ne fait jamais d'histoires. Elle mange, elle s'habille... elle se douche, avec un peu d'aide. Elle marche. Et nous pensons qu'elle arrive à lire, bien que nous n'en soyons pas certains.

– Ça ne l'intéresse pas, commenta Laura.

– Qu'est-ce qui l'intéresse ? demandai-je.

Ils se regardèrent.

– Rien, apparemment, me répondit Laura en s'efforçant de prendre un ton neutre. Elle est prête à manger ce qu'on lui sert, à aller partout où on l'emmène. Les rendez-vous médicaux, les piqures, les examens... rien ne la dérange. Les médecins pensent qu'il pourrait s'agir d'une infection bactérienne agressive qui aurait affecté son cortex préfrontal. Tu connais un peu le fonctionnement du cerveau ?

Je secouai la tête.

La belle affaire. OK, ils ont une fille catatonique. Agatha a une pathologie. Je peux très bien vivre avec quelqu'un qui souffre d'une pathologie.

Personnellement, je n'avais rien contre les malades. À bien y réfléchir, ça ne me concernait pas.

– Tu dois te demander en quoi cela te concerne, dit lentement Laura.

Ah.

– Je dois avouer, enchaina John en fixant ses mains, que nos raisons pour te faire venir ici ne correspondent pas à *cent pour cent* à celles que t'a données M. Albright. Bien entendu, nous tenons à t'offrir un foyer confortable où tu seras entourée par des personnes qui prendront soin de toi. Nous nous engageons à te donner la même vie qu'à nos propres enfants, avec de l'argent de poche, des vêtements, et même de quoi payer tes études. La dette de gratitude que j'ai envers ton père n'est en rien atténuée par le fait que la situation est un peu plus complexe qu'il n'y parait à première vue.

Une petite tour de sentiments s'était élevée en moi, frêle et branlante, un château de cartes d'espoir. Je commençais à me dire que j'étais peut-être à l'abri pour un temps…

– Mais…, poursuivit John.

… *mais.*

– Mais le fait est que nous avons quelque chose à te demander en échange.

La tour implosa. Renonçant à éviter leurs regards, je fixai Laura droit dans les yeux. Et soudain, je vis les fissures dans sa façade parfaite : les mèches rebelles qui s'échappaient de sa coiffure lisse, les pattes d'oie et les fines rides au coin de ses lèvres. Sa façon délibérée de se tenir bien droite, avec une raideur maitrisée.

– Nous voudrions que tu deviennes… une camarade pour Agatha, déclara-t-elle. Les médecins disent que, même si elle ne peut pas sortir en public, il n'est pas bon pour elle de vivre ainsi isolée. Elle a besoin qu'il y ait des gens autour d'elle, autres que ses parents ou une infirmière. Il lui faut… une amie.

– Une amie ? Mais comment pourrait-on être amies ? Elle n'a même pas remarqué que je me trouvais dans la pièce.

Laura se pencha vers moi.

– Mais bien sûr que si ! J'ai bien vu comme elle était heureuse de te rencontrer. Elle était ravie d'avoir une visite de quelqu'un de son âge.

– On ne te demande pas de passer *tout* ton temps avec elle, précisa John. Elle est entourée et Laura n'a presque pas besoin d'aide pour s'occuper d'elle. Mais disons une ou deux heures par jour, quand tu révises, par exemple. Juste assez pour qu'elle ne se sente pas sans amis. C'est tout ce que nous voudrions.

Sa voix se noua.

– Si tu l'avais connue avant sa maladie, tu comprendrais. Elle était capable d'illuminer une pièce. Elle était si vive, si charismatique !

– Elle était très populaire, ajouta fièrement Laura. Elle avait tellement d'amis ! Malheureusement, lorsqu'elle est tombée malade, ils l'ont tous abandonnée. Il a suffi de quelques semaines pour qu'ils arrêtent d'appeler et de passer la voir.

– Pour être honnête, elle ne réagissait ni aux appels ni aux visites, observa John.

– Les médecins disent qu'elle est parfaitement consciente de ce qui se passe autour d'elle, précisa Laura. Elle est juste enfermée en elle-même et, pour une raison inconnue, elle n'arrive pas à se libérer. Mais nous refusons de lui laisser croire qu'on a renoncé.

Mais ça ne rimait à rien ! Ils ne voyaient donc pas ? L'Agatha d'avant, charmante, pleine d'entrain, d'humour et toute nappée de popularité n'aurait jamais voulu de moi comme amie. Je n'avais rien à lui offrir. À une époque, peut-être, on aurait pu s'entendre. Mais maintenant ? Je n'étais qu'une coquille vide. Par certains côtés, je n'étais rien d'autre qu'une version parlante d'Agatha.

Laura enfonça ses ongles vernis dans la paume de sa main.

– Ils voulaient qu'on se sépare d'elle. Qu'on la mette dans un… un établissement. Ils appelaient cela un foyer, mais comment peut-on se sentir chez soi dans un endroit pareil ?

John lui tapota le genou, et elle parvint à faire descendre son agitation d'un cran.

– Son foyer est ici, dans cette maison. Et nous aimerions que ce soit aussi le tien. Il n'est pas parfait, bien sûr, mais la vie ne l'est jamais.

Enfin une vérité incontestable.

John se pencha en avant en tâchant de prendre un air détendu, mais son front restait plissé.

– Qu'en penses-tu, Margaret ? Tu te sens prête à essayer ?

Les Sutton n'étaient pas allés jusqu'à me dire qu'en cas de refus, ils me réexpédieraient à Palmer House. Et j'étais à peu près sûre qu'ils ne l'auraient pas fait. Mais je savais qu'au final, ça revenait à cela. Si je leur disais non, ma seule vue leur rappellerait constamment que j'avais fait le choix égoïste d'ignorer leur fille bien-aimée. Et puis, à quoi pourrais-je bien passer mes journées ? À lire ? À trainer sur Internet ? En plus, qu'est-ce qui m'empêchait de le faire dans la même pièce qu'elle ? Ils ne mettraient pas longtemps à me voir comme un parasite qui cherchait juste à exploiter leur gentillesse.

Ils ne me demandaient pas de répondre par oui ou par non. Ils me demandaient de choisir entre rester ou partir.

Je n'avais pas très envie de rester.

Mais je n'avais *aucune* envie de retourner à Palmer House.

Alors je me grattai la nuque et je répondis :

– D'accord.

La joie et le soulagement que je lus sur leurs visages me réchauffèrent sincèrement le cœur et me firent me réjouir de ma décision. Je n'étais vraiment pas sûre de pouvoir les aider, mais ça me faisait du bien qu'ils m'en croient capable.

On se tut un petit moment, pendant lequel Laura contempla ostensiblement la vue par la fenêtre, un sourire aux lèvres.

– Quelle soirée splendide, dit-elle enfin. Si nous dinions sur la terrasse ?

John eut un léger sursaut, comme s'il avait oublié notre présence.

– Oh, désolé, je ne peux pas. J'attends un appel à dix-neuf heures. Je mangerai dans mon bureau.

– Très bien. Dans ce cas, Margaret, Agatha et moi, nous dinerons dans la pièce du petit-déjeuner.

– En fait, signalai-je, tout le monde m'appelle Margot.

– Margot, répéta soigneusement Laura. Avec un T ?

Je hochai la tête.

– C'est ravissant. Agatha va adorer.

Je fus sauvée de la nécessité de répondre par un coup frappé doucement à la porte, nous informant du retour de M. Albright. Il portait mon sac à dos et mon sac en plastique.

– Je peux les porter en haut, déclara-t-il. Dans quelle chambre ?

– Oh, dans la nurserie, Tom, évidemment, répliqua Laura. Elle dormira avec Agatha.

5

Ma gorge se noua tandis que je regagnais la nurserie sur les pas de Laura. Je n'avais jamais signé pour ça. Non, non, non. Me montrer sympa, c'était une chose. Mais partager sa chambre, c'était une autre histoire.

Que se passerait-il si je hurlais la nuit ?

Laura frappa à la porte et l'ouvrit.

– Nous revoilà, chantonna-t-elle.

La silhouette assise devant la fenêtre ne bougea pas.

– Ce lit est celui d'Agatha.

En m'évertuant à cacher mon désarroi, je regardai l'autre lit, qui se trouvait à moins de deux mètres du sien. Il était bordé tout aussi parfaitement, avec un couvre-lit blanc matelassé et un oreiller garni d'une taie jaune.

– Je me disais..., reprit Laura d'un ton un peu hésitant. Au cas où tu préfèrerais avoir un *petit* endroit à toi, tu pourrais prendre la chambre de la nounou.

Elle désigna une porte sur le mur de droite. Je m'approchai pour jeter un coup d'œil. C'était un minuscule espace peint en gris pâle, avec un mobilier qui semblait vieux de cent ans. Le cadre du lit était en métal blanc écaillé et il manquait deux tiroirs à la vieille commode trapue.

– J'ai honte de te proposer une pièce aussi petite et aussi ordinaire, précisa Laura.

– Oh, non, non, ce sera parfait, rétorquai-je à la hâte.

– D'accord, répondit-elle en essayant tant bien que mal de chasser la déception de son visage. Le médecin trouvait que la proximité vous ferait du bien… mais enfin, tu ne seras pas très loin.

Elle avait terminé sa phrase sans grande conviction.

– Je serai juste à côté, confirmai-je aussitôt. En plus, je ne passerai pas beaucoup de temps dans ma chambre. Ce sera seulement pour dormir. Mais sinon, je serai surtout… avec Agatha.

Mon argument l'apaisa.

– La lumière est si agréable dans cette chambre, tu ne trouves pas ?

– C'est vrai.

Comme si j'avais pris le temps de m'intéresser à la lumière.

– Parfait, reprit-elle. Alors, la salle de bains est ici, derrière cette porte, et si tu veux ranger tes affaires, il y a la commode et le placard… Mon Dieu, c'est tout ce que tu as apporté ?

Elle fixait mes deux sacs maigrichons.

Si elle les trouvait minables, que dirait-elle en voyant ce qu'il y avait dedans ? Mes tee-shirts venaient de l'armoire des dons de Palmer House – des ratages d'une usine de tee-shirts souvenirs dont le transfert s'était décollé par plaques, ne laissant que des bribes, telles que MIΛMI FST PLUS CHAUD QU'HONOL OU J'AI LAISSL MON CŒUP EN FLORID.

Ma seule tenue à peu près mettable était celle que je portais : un chemisier bleu à froufrous qu'une infirmière m'avait offert à l'hôpital, un vieux jean qui venait d'une autre infirmière, et une paire de tongs qu'une bénévole était allée m'acheter au bout de la rue lorsqu'elle avait découvert que je n'avais pas de chaussures.

À Palmer House, je me moquais bien de comment j'étais habillée. Ça aurait pu devenir un problème quand j'aurais repris les cours à la rentrée, mais, même ça, ça ne m'avait pas préoccupée.

– Je n'ai rien d'autre, dis-je.

– Eh bien, je crois qu'on va devoir faire du shopping.

Je n'ai pas les moyens, ai-je songé, avant de me rappeler ce qu'avait dit John. Allaient-ils vraiment m'acheter des vêtements ? Me donner de l'argent à dépenser comme je voudrais ?

Je pourrais peut-être économiser pour m'offrir un ordinateur, en remplacement de celui que j'avais perdu.

– Pour cette nuit, mets ce dans quoi tu te sens le mieux, reprit-elle. On s'occupera du reste demain.

J'acquiesçai d'un hochement de tête. Je ne voulais pas sortir mes affaires devant elle, même si je sentais qu'elle était curieuse de les voir.

– À propos de la brosse à dents, vous pensez que vous en auriez une ?

– Oh, bien sûr ! J'en ai pour deux minutes. Ça ne te gêne pas de rester seule avec Agatha ?

– Pas du tout.

Et elle disparut.

Je profitai de son absence pour fourrer le contenu de mes sacs vite fait dans les tiroirs de la commode, ce qui me prit quatorze secondes. Puis je retournai dans la nurserie et je me figeai.

Le fauteuil d'Agatha était vide.

Le silence amorti de la chambre se mua brusquement en rugissement dans mes oreilles.

Je regardai autour de moi, mais ne la vis nulle part. Et il n'y avait aucun endroit où se cacher.

Elle n'était plus là.

La porte donnant sur le couloir était fermée. Je l'aurais entendue s'ouvrir, non ? Celle de la salle de bains était grande ouverte et la lumière y était allumée, mais la pièce était vide.

Pitié, je l'avais déjà perdue ! J'allais me faire renvoyer à coups de pied aux fesses.

J'inspirai un bon coup. Pour commencer, je ne l'avais pas perdue ; elle s'était perdue toute seule. Ensuite, ce n'était pas mon boulot de l'empêcher de bouger, si ?

Qu'est-ce que j'aurais dû faire, lui ordonner de rester assise ? Me jeter sur elle ? Ce n'était pas ma faute. Point.

Mais j'avais quand même intérêt à la retrouver avant le retour de Laura.

Elle s'était peut-être cachée sous un lit ?

Je fixai le plus proche d'un air soupçonneux, m'attendant à moitié à découvrir Agatha glissée dessous, prête à bondir dès que je me pencherais. Puis je traversai la chambre, rassemblai mon courage à deux mains et m'agenouillai en soulevant le couvre-lit pour regarder dessous.

Rien. Même pas un mouton de poussière.

Je répétai l'opération avec l'autre lit. Cette fois, j'étais certaine que, dès que je baisserais la tête à ras du sol, Agatha fondrait sur moi telle une chauve-souris hors de sa grotte.

Non plus.

Comme camarade, on avait vu plus douée. J'inspectai de nouveau la chambre, en imaginant déjà John et Laura en train de rappeler M. Albright pour qu'il me reconduise là d'où je venais.

Je retournai à la porte de la salle de bains et regardai à l'intérieur. Les murs étaient carrelés de céramique bleu pâle brillante et le sol, d'un damier noir et blanc rétro immaculé. Il y avait des toilettes dans un des coins.

Puis je vis le rideau de la baignoire bouger.

D'accord, pensai-je. *Bonne nouvelle. Elle est dans la baignoire. Elle attend que je la trouve.* Peut-être même qu'elle pensait me faire une blague. Une sorte de bizutage. Bon, si elle avait toujours le sens de l'humour, on arriverait peut-être à communiquer. Ce ne serait pas nécessairement une relation glauque à sens unique. Je pouvais espérer une relation glauque à *double* sens.

Je m'approchai de la baignoire.

– Agatha ?

Puis je tirai doucement le rideau, en me demandant ce que je pourrais dire pour la persuader de retourner s'assoir.

Mais la baignoire était vide.

À cet instant, j'entendis un petit *ponk*, le bruit d'un coude ou d'un genou qui se cogne contre quelque chose de dur.

J'attendis.

Ponk.

Ça venait de la chambre de la nounou. De *ma* chambre. Mon ventre se noua et je fus prise d'un accès d'indignation. Ah, c'était comme ça ? Je n'aurais même pas droit au strict minimum d'intimité ?

Même si je m'attendais à la trouver là, je me laissai surprendre par sa vue, par ce corps fluet, à la posture raide et précise d'un mannequin de vitrine, debout devant ma petite commode.

Sous mes yeux, elle en retira les vêtements qui restaient et les laissa tomber par terre.

– Qu'est-ce que tu fais ?

Elle me fixa en silence, avec des yeux de hibou indifférent. J'eus presque l'impression de me trouver dans un duel de regards, mais je devais être la seule à y participer parce qu'au bout de quelques secondes, elle tourna son visage inexpressif vers la petite vitrine qui se trouvait derrière moi, pour se perdre dans sa contemplation.

– Qu'est-ce que tu fais ? demandai-je de nouveau.

Mais je savais déjà que je n'aurais pas de réponse.

– Et si tu retournais t'assoir ?

Sans qu'un seul muscle bouge sur son visage, elle sortit de ma chambre et regagna son fauteuil.

– Tu essaies de me dire que je ne suis pas chez moi ici ? Si c'est ça, pas besoin de gaspiller ton énergie. Parce que je ne pourrai jamais me sentir chez moi dans cette baraque.

Je savais qu'elle m'avait entendue. Forcément. Mais elle ne réagit pas.

– Je ne devrais sans doute même pas être ici, ajoutai-je plus pour moi-même que pour elle.

Là, il se passa la chose la plus étrange. Il n'y avait personne d'autre que nous, et Agatha ne dit rien. Je l'aurais vu. Elle n'avait pas ouvert la bouche.

Or j'eus l'impression très nette d'entendre une voix me dire : « Tu as tout à fait raison. »

*

* *

Après avoir remis mes affaires dans la commode, j'allai m'assoir en haut de l'escalier et j'attendis, les yeux rivés sur l'entrée. Enfin, j'entendis la voix de M. Albright, ce mélange de bonne humeur cordiale et de docilité polie. Il dit au revoir à Laura pour la soirée, puis s'approcha en fredonnant à mi-voix.

Dès qu'il apparut dans mon champ de vision, je dévalai pratiquement les escaliers. Il leva les yeux d'un air inquiet, craignant clairement que je le renverse sur mon passage.

– Alors, Margot, me demanda-t-il avec un sourire. Tu t'installes ?

Il fallait que je le dise tout de suite, ou j'allais me dégonfler.

– Je ne peux pas rester. Je voudrais retourner à Palmer House.

Il écarquilla les yeux de surprise.

– Je ne pense pas pouvoir être une camarade pour Agatha.

C'était une idée absurde. Moi, lui tenir compagnie ? Et comment, en lui braillant dessus ?

– Je ne suis pas faite pour ces trucs-là. Et je ne pense pas qu'Agatha veuille de moi.

M. Albright haussa les sourcils, avant de prendre une longue inspiration tranquille.

– Je vois, murmura-t-il.

– Vous pourriez le dire à Mme… à Laura ? Que je leur suis reconnaissante, mais que je crois que je serais mieux à Palmer House ?

– On ne t'a pas prévenue ? répondit-il lentement. Tu ne peux pas retourner à Palmer House. Comme ton assistante sociale a dû te le préciser, les places y sont très demandées. J'ai entendu Mme O'Neil dire que la tienne avait déjà été prise par une jeune fille qui arrivait cet après-midi.

Je me figeai.

– Je suis désolé, ajouta-t-il en inclinant légèrement la tête. Je pensais que tu le savais.

– Non. Je ne le savais pas.

Je m'agrippai à la rampe pour ne pas vaciller.

– Je connais assez mal ton histoire, reprit-il après s'être éclairci la gorge. Mais d'après ce que j'ai compris, tu es… difficile à placer dans une famille d'accueil. Tu pourrais quitter Copeland Hall, mais ta seule autre possibilité dans l'immédiat serait un centre spécialisé.

Un centre spécialisé ?

– Mais… je n'ai rien à faire dans un centre spécialisé.

– Non, bien sûr, dit-il en me manifestant son soutien par deux petites tapes sur l'épaule. Tu es fatiguée, Margot. La journée a été difficile et tu viens à peine d'arriver dans un endroit inconnu. Tu n'as même pas encore eu le temps d'enlever tes chaussures.

Nous baissâmes les yeux sur mes pieds, chaussés de tongs à deux balles.

Je baissai la voix, toujours aiguillonnée par l'adrénaline.

– Agatha ne m'aime pas.

M. Albright jeta un petit regard dans le couloir, sans doute pour s'assurer de l'absence de Laura, et me répondit en baissant la voix à son tour :

– Malheureusement, il n'y a rien qu'Agatha aime ou n'aime pas, je le crains. Ses réactions relèvent purement du réflexe. Les médecins le savent. Laura le sait aussi. Si ce n'est que... elle n'a pas encore pu se résoudre à l'admettre.

Il avait l'air abattu, maintenant. Je me demandai ce que ça faisait de devoir toujours se montrer de bonne humeur en rentrant le soir dans une maison si baignée de tristesse.

Et si c'était dur pour lui, qu'est-ce que ça devait être pour Laura !

Un train-train quotidien de souffrance. *Ça*, je savais ce que ça faisait.

J'avais peut-être ma place ici, finalement.

– Qu'as-tu à perdre à essayer ? reprit-il. Donne-toi deux jours. De mon côté, je parlerai à ton assistante sociale pour qu'elle cherche un endroit pour toi si tu décides de ne pas rester.

Bien sûr que je déciderais de ne pas rester. Mais dans l'immédiat, est-ce que j'avais le choix ?

– D'accord.

– Ça va très bien se passer, tu verras.

– Je ferais mieux d'aller retrouver Agatha, dis-je.

Je m'en voulais déjà de l'avoir abandonnée, et je redoutais ce que penserait Laura si elle me voyait ici.

Je ne savais pas à quoi m'attendre en regagnant la nurserie. Agatha s'en serait-elle encore prise à mes affaires ?

Non. Elle était toujours assise à la fenêtre, douce comme un agneau.

– Je suis désolée, déclarai-je dans son dos. J'ai essayé de partir, mais je n'ai nulle part où aller.

Pas de réponse. Logique. Tout lui était égal.

Je n'avais plus qu'à me le répéter jusqu'à m'en convaincre.

6

– La nourriture te convient-elle ? me demanda Laura avec un regard sur mon assiette.

– C'est délicieux.

Je le pensais. Notre diner était simple mais excellent : une salade César agrémentée de saumon fumé, accompagnée d'une tranche de pain à l'ail et d'un verre d'eau gazeuse de luxe. Je n'avais jamais beaucoup aimé l'eau pétillante, mais ça allait bien avec le repas.

Nous mangions dans ce que Laura avait appelé la pièce du petit-déjeuner, un espace contigu à la cuisine avec une baie vitrée garnie de rideaux bleus à fleurs, papier peint bleu à fleurs et coussins assortis sur les huit chaises. Un vase rempli de marguerites ornait le milieu de la table, ce dont Laura s'excusa en précisant que ce n'était pas des « fleurs de diner ».

– Entendu, je ne les mangerai pas, répondis-je.

Elle parut déroutée quelques secondes, puis sourit.

– Une *plaisanterie* ! s'exclama-t-elle avec un rire approbateur, comme si le côté drôle venait de l'idée même de plaisanter.

Elle était assise en bout de table et je me tenais sur sa gauche. Agatha, en face de moi, prenait des petites bouchées de salade avec la placidité d'un cheval devant sa mangeoire. Laura avait découpé le contenu de son assiette en mini-bouchées en m'expliquant :

– On coupe toujours sa nourriture en petits morceaux. Elle a l'air de préférer cela. On s'y habitue.

J'essayai d'imaginer le commentaire de Tam si elle avait su que je dormais dans une chambre de nounou avec pour mission, non seulement de faire la baby-sitter pour une superbe héritière qui me détestait, mais aussi de lui couper ses aliments. Quelque chose me disait qu'elle se serait tordue de rire et qu'elle aurait trouvé que c'était bien fait pour moi.

Enfin, ça valait toujours mieux qu'un centre spécialisé.

Ma crainte principale, qui ne faisait qu'augmenter à mesure que l'heure passait, était de me réveiller la nuit en hurlant. Ça ne me dérangeait pas en soi, d'autant qu'avec un peu de chance, ça pourrait me valoir une vraie chambre rien qu'à moi. Mais si jamais Agatha flippait et qu'il n'y avait pas moyen de la calmer ? Et si les Sutton en concluaient que je leur créais plus de complications qu'autre chose ?

Après avoir envisagé d'aborder le problème avec Laura, je décidai de ne pas le faire devant Agatha. Alors nous échangeâmes des banalités. Laura me décrivit l'organisation de la cuisine et du garde-manger en me disant que j'y étais chez moi. Elle m'expliqua qu'il n'y avait pas de personnel à plein temps à Copeland Hall, mais qu'une cuisinière venait chaque fin de matinée, ainsi qu'une équipe de ménage deux fois par semaine.

– Ça ne m'ennuie pas de participer au ménage, dis-je. Et je sais un peu cuisiner.

Ce n'était pas entièrement faux : j'étais capable de préparer une omelette et de faire cuire des spaghettis, s'il y avait un pot de sauce tomate dans les parages.

– Non, non, ce ne sera pas nécessaire, répliqua Laura d'un air vaguement alarmé. Surtout, ne t'inquiète pas pour cela. Le personnel préfère qu'on le laisse travailler en paix. C'est ainsi que cela s'est toujours passé ici.

En d'autres termes, *lâche-nous avec tes idées de prolétaire, Margot.*

Pendant ce temps, Agatha se tenait assise avec les mains posées sur la nappe. À intervalles réguliers, les doigts de sa main gauche s'envolaient doucement dans une petite spirale rapide avant de se reposer sur la table, comme si elle dirigeait le plus petit orchestre du monde.

Laura ne semblait pas le remarquer et j'en conclus que ça devait faire partie des bizarreries habituelles d'Agatha.

– Quel genre d'activités aviez-vous au foyer d'hébergement ? me demanda Laura.

– La plupart du temps, on regardait la télé ou on était sur nos portables. Il y avait des jeux de société, mais ils étaient tous incomplets. Arrivés à la moitié, on se rendait compte qu'on ne pouvait pas les terminer.

– Oh, c'est terrible, commenta-t-elle, la tête penchée d'un air compatissant. Nous pourrions peut-être leur en envoyer des neufs.

Terrible, oui. Pourtant, à cet instant, j'aurais donné à peu près n'importe quoi pour être de retour là-bas, à m'apitoyer sur mon sort dans l'atmosphère morne et rassurante de la collectivité, au lieu d'être ici, dans ce château terrifiant.

– Je suis sûre que ça leur ferait plaisir, lui assurai-je.

– J'en parlerai à John. Nous sommes toujours à la recherche de moyens pour aider les défavorisés.

Je n'eus pas mieux à lui offrir qu'un faible sourire. C'était éreintant de devoir me montrer continuellement impressionnée et reconnaissante.

Laura posa soigneusement sa fourchette en équilibre sur le bord de son assiette creuse.

– En réalité… le moment est peut-être aussi indiqué qu'un autre pour avoir cette discussion.

Oh, non… ils ne m'avaient pas *tout* dit ? Je me préparai au pire.

– Tu sais que John est avocat.

– Oui. Il a connu mon père à la fac de droit.

Elle eut un sourire attendri.

– Oui. Je l'ai connu, moi aussi. Brièvement, mais je me rappelle qu'il avait les manières d'un parfait gentleman. Nous nous sommes mariés très jeunes, John et moi, et je me souviens très bien des soirées tardives et des petits matins qu'il passait à étudier avec ses camarades. Ils étaient tous très absorbés par leurs cours. Et John n'a pas cessé de pratiquer le droit depuis. Il a beaucoup de talent. Il prend le plus grand soin de ses clients. Il représente plusieurs entreprises très en vue dans la région et à Chicago. Pour cette raison, il prend très au sérieux sa réputation au sein de la communauté. Comme nous tous.

Je battis des paupières. J'aurais sûrement dû déduire les implications de ce qu'elle me racontait, mais j'étais perdue.

– Les Copeland vivent dans cette maison depuis presque cent-cinquante ans, reprit-elle d'un ton empreint de respect. Cette famille est l'un des piliers de l'Illinois – du pays, devrais-je dire – depuis plusieurs générations. Mon arrière-grand-mère a été présentée à la cour de la reine d'Angleterre. Nous sommes un exemple pour ce comté.

Vraiment ? Dans ce cas, je n'allais sans doute pas tarder à le vérifier. N'ayant jamais vécu ailleurs qu'en banlieue, je n'avais jamais entendu parler de quelqu'un de célèbre à l'échelle d'un comté. La seule chose que les gens respectaient dans notre quartier, c'était le conseil syndical des copropriétaires. Mais c'était sans doute différent ici. Peut-être que le mode de vie était plus lent, plus distingué, et que les gens réagissaient à l'arrivée de John et Laura comme devant des célébrités régionales.

Peut-être.

De toute façon, j'étais trop épuisée par ma journée pour m'appesantir sur ce *peut-être*. Et puis, qu'avais-je à faire des possibles illusions de grandeur des Sutton ? Il n'y avait pas de raison qu'elles me nuisent. D'ailleurs, les Sutton avaient peut-être été poussés à me sortir de l'orphelinat précisément par cette image de grande dame que Laura avait d'elle-même. Une sorte d'opération de relations publiques destinée à leurs propres égos.

Elle se pencha vers moi.

– Cela signifie que tu représentes la famille en toutes circonstances, comme nous. En public, nous devons donc veiller à adopter un comportement en adéquation avec notre passé.

Je dus prendre un air soit désorienté, soit demeuré, soit les deux, parce qu'elle explicita :

– Prenons hier, par exemple. J'étais en ville et je sortais du parking en face de la pharmacie lorsqu'une voiture est arrivée en face de moi. Le conducteur a klaxonné parce qu'il avait dû ralentir. J'ai failli le faire aussi, puis j'ai réfléchi et réalisé que ce n'était pas une bonne idée. On ne peut pas laisser dire que les Sutton sont des brutes.

Et elle me gratifia d'un petit sourire complice.

– Eh bien, dis-je, ça ne risque pas de m'arriver tant que je n'ai pas de voiture.

J'espérais transmettre le message qu'il ne me déplairait pas de me mettre au volant un jour ou l'autre. J'adorais conduire. Mon père m'avait fait passer le permis pour mes seize ans et j'avais réussi du premier coup.

– Parfait, en effet ! répliqua Laura. Ainsi, ce ne sera pas un problème.

Bon, raté.

– Ce point de vue te parait-il raisonnable ? demanda-t-elle. Penses-tu pouvoir participer à maintenir notre position dans la communauté ?

Non, je préférerais attirer l'opprobre et le mépris sur votre famille.

– Oui, je pense, fis-je en hochant la tête.

Je la vis se détendre.

– Je savais que nous pouvions compter sur toi. Je vois que tu es une personne attentionnée, qui se préoccupe des autres. Et regarde, Agatha t'apprécie déjà !

C'est cela. Je me tournai vers Agatha, qui leva les doigts avant de les laisser retomber. Ses yeux étaient rivés sur un point quelque part dehors, derrière moi.

– Et tu as le sens de l'humour, en plus. Tu aimes blaguer.

Je m'efforçai de sourire.

Un soupir d'Agatha poussa sa mère à regarder sa montre et à se lever, comme si nous avions reçu l'ordre de partir sur-le-champ.

– Agatha, dit Laura d'un ton ferme et posé, nous allons monter te préparer pour le coucher.

Agatha repoussa sa chaise et se leva à son tour, sans détourner les yeux de la fenêtre. Puis nous regagnâmes l'escalier en file indienne, Laura en tête et moi fermant la marche.

– Excusez-moi, connaitriez-vous le code du wifi ? me décidai-je à demander.

J'avais répété la question cinquante fois dans ma tête. Allez savoir pourquoi je lui trouvais un côté si intrusif.

– Je suis désolée, mais c'est John qui s'occupe de tout ce qui concerne la technologie. Il faudra que nous lui demandions demain. J'espère que cela ne t'ennuie pas.

– Non, non. (Je pouvais m'en arranger pour une nuit.) C'est juste que je n'ai pas de réseau.

– Oh, non, tu n'en auras pas ici. C'est un cauchemar. Au point que je n'ai jamais mon téléphone sur moi, sauf quand je vais en ville. Mais nous avons une ligne fixe, si tu as besoin de passer un appel.

Parce qu'elle s'imaginait que les gens se servaient de leur téléphone pour *appeler* ?

– Demain, je pourrais vous montrer comment mettre votre téléphone sur wifi, suggérai-je. Je l'ai fait pour toute ma famille. J'étais un peu leur assistance technique.

– Nous verrons, me répondit-elle poliment. Mais, ainsi que je te le disais, c'est John qui prend ces décisions.

Elle avait dit cela si naturellement que j'étais presque passée à autre chose quand je compris le sens de sa phrase. Des décisions ? Quel genre de « décisions » y avait-il à prendre au sujet du wifi ?

Enfin, certains technophobes ne mesuraient même pas ce qu'ils ignoraient. L'une des filles de Palmer House,

Olivia, était comme ça. On avait passé une soirée étonnamment agréable à l'interroger sur sa vision du fonctionnement d'Internet. Elle s'imaginait vaguement que les portables chargeaient les données quand on les branchait sur secteur. Tam avait même réussi à la persuader qu'elle pouvait recharger son téléphone sans câble en le posant sur un paquet de piles déniché dans l'armoire à fournitures.

– Si tu veux, nous pouvons te réserver l'usage de la salle de bains de la nurserie, me proposa Laura. Nous en avons une plus grande qui a été spécialement aménagée pour Agatha, avec une douche à l'italienne et des rails de sécurité.

Nous arrivions devant une porte ouverte et elle me fit signe d'entrer. C'était une salle de bains immense, en effet, avec des barres d'appui le long des murs et une douche ouverte à ras du sol, pour qu'on n'ait pas à enjamber le bac. Il y avait même un siège dedans, avec toute une rangée de produits : shampoings et gels de luxe, un peigne, un luffa. Un peignoir en éponge rose était suspendu au mur. Dessous, bien pliés sur un banc, attendaient un pyjama rose, des sous-vêtements et une paire de chaussons roses de style ballerines de danse.

– J'en ai pour une vingtaine de minutes avec Agatha, m'informa Laura. Si tu en profitais pour prendre une douche ? Ça fait toujours du bien de se rafraichir après une journée de voyage. Ensuite, lorsque Agatha sera couchée, nous pourrions peut-être bavarder quelques minutes pour faire connaissance.

– D'accord.

Pour être franche, je n'étais pas sûre d'avoir besoin d'une nouvelle séance de conversation gênante pour conclure cette interminable journée.

– J'ai déposé des serviettes et des produits de toilette dans ta salle de bains. J'ai choisi mes préférés mais, s'ils ne te plaisent pas, on pourra t'acheter ce que tu aimes. Je t'ai aussi mis un pyjama. Je ne savais pas si tu en avais un…

– Oh, merci beaucoup, dis-je, réellement touchée par cette attention.

– Bien, on y va, Agatha ?

Mais celle-ci continuait à fixer le mur sans paraitre l'avoir entendue.

– Tu dois avoir de la cire dans les oreilles aujourd'hui, lui dit sa mère en la guidant gentiment dans la salle de bains avant de refermer la porte.

Je restai vissée sur place dans le couloir. Quand ma mère pensait que je faisais semblant de ne pas l'entendre, elle me disait toujours : « Tu as de la cire dans les oreilles ? »

C'était comme si une petite tornade de chagrin et de manque inconsolable s'était mise à tournoyer en moi. Lorsqu'elle cessa, je me sentis plus vide que jamais.

Mais, en même temps, j'étais… intriguée. Et en écoutant les bruits de pas, de l'eau qui coulait et d'une voix qui dispensait posément des instructions derrière la porte, ma curiosité se concentra pour devenir une sensation intense que j'aurais presque pu appeler… de la faim.

Devais-je m'attendre à ce que Laura ait d'autres formules qui feraient surgir avec la même violence le souvenir de ma mère ?

*

* *

Le pyjama que Laura avait posé sur mon lit était si doux qu'on aurait dit de la soie, en coton gris perle avec des rubans blancs autour de l'encolure et des poignets. Les boutons étaient blancs, gravés de petites fleurs. Pas de doute, ce pyjama avait couté plus cher que l'ensemble de mes affaires réunies.

Dans la salle de bains, disposés artistiquement sur le petit meuble près du lavabo, il y avait un gant de toilette et une serviette blanche moelleuse. Et sur l'étagère de douche, une rangée bien alignée de flacons de crème, de shampoing, d'après-shampoing et de savon liquide, tous ornés de la même étiquette à fleurs que ceux de la salle de bains d'Agatha. J'en ouvris un pour le renifler. Le parfum était aussi éloigné de mes gouts que possible – un mélange lourd de rose et de jasmin –, mais jamais je n'avouerais à Laura que je ne les aimais pas. Plus qu'à me résigner à me promener partout en sentant la vieille dame dans les semaines à venir.

J'avais oublié combien c'était agréable de se doucher sous des litres d'eau bien chaude, sans personne qui frappait à la porte en beuglant que vous aviez presque épuisé le temps imparti. Je restai sous le jet, les yeux fermés, savourant la pression parfaite de l'eau, et la solitude, et la mousse délicieuse du gel douche de Laura. Je commençais déjà à me faire à son parfum.

Enfin, pour ne pas donner l'impression d'abuser, je fermai le robinet, sortis de la cabine, me drapai dans la serviette et me dirigeai vers le lavabo. Une brosse à cheveux neuve très chic était posée sur le petit meuble, à côté de la brosse à dents que Laura m'avait donnée, une électrique, encore dans son emballage. Plus un tube de dentifrice à la cannelle.

J'enfilai le pyjama, me lavai les dents et me peignai. Le temps de terminer, je me sentais réchauffée, détendue et baignée dans un optimisme un peu assoupi, malgré l'hostilité d'Agatha. La vie ici ne se résumait pas à elle.

Dans la nurserie, la lumière principale était éteinte et la pièce n'était éclairée que par une petite lampe posée au fond dans un coin. Laura était assise sur le lit d'Agatha et lui lisait un petit livre, d'une voix basse et posée qui faisait penser au bourdonnement d'une prière.

« … sois banni de ce royaume. Que la vertu se dresse tel un mur devant toi et qu'elle te rejette dans l'obscurité de la nuit, à l'écart des âmes innocentes et des foyers des hommes de bien… »

La lumière chaude de la lampe soulignait les contours de son visage. Soudain, elle se figea avant de se tourner en partie vers moi, et je lus une étincelle de surprise dans ses yeux.

– Je… Excusez-moi, bredouillai-je.

– Je ne t'avais pas vue.

Elle referma vivement le livre et le fit disparaitre de ma vue.

– Tu n'as pas à t'excuser. Je finissais juste ma lecture du soir à Agatha.

– Ça a l'air d'être du lourd, dis-je sans réfléchir.

– Nous essayons de diversifier nos sources d'inspiration, répliqua-t-elle, d'un ton où je discernai une pointe de vexation.

Je hochai la tête, consciente d'avoir commis une erreur mais ne sachant pas trop comment la réparer.

– Va te coucher, me dit-elle doucement. Je te rejoins.

Puis elle se pencha sur la silhouette immobile d'Agatha pour déposer un baiser sur son front.

Une sensation de brulure me traversa le cœur et je me détournai.

Ma mère m'embrassait sur le front de la même manière.

Je gagnai ma petite chambre en essayant de marcher d'un pas stable, déposai mes vêtements sales en boule sur la petite chaise en bois qu'il y avait dans un coin et m'affalai sur le lit, dos à la porte. Je dus me concentrer de toutes mes forces pour empêcher les larmes de monter.

Je me sentais au bord de quelque chose d'énorme, de sombre, de béant, d'une sorte de gouffre de solitude dont je risquerais de ne jamais pouvoir remonter si j'y tombais.

Je m'étais déjà trouvée face à ce précipice et j'avais toujours réussi à reculer, généralement grâce à l'arrivée d'une infirmière autoritaire ou d'une prise de bec sur un truc idiot avec une fille de Palmer House. Mais il n'y avait rien de tel ici. Pas de dérivatif. Rien pour me repousser en arrière.

Ici, il n'y avait rien du tout.

Mais je me secouai – littéralement – et forçai l'obscurité à reculer.

Je ne pouvais pas me permettre de m'effondrer dès le premier jour.

Quelques minutes plus tard, la voix de Laura me parvint de derrière la porte.

– Margot ? Je peux entrer ?

Je réussis à articuler un « oui » qui n'ait pas l'air d'être poussé hors de ma bouche par un torrent de larmes imminentes.

La porte s'ouvrit et Laura fit un pas à l'intérieur. Elle portait une longue chemise de nuit à col montant sous un peignoir en satin fleuri dont la ceinture marquait sa taille menue.

– Je t'ai apporté de la tisane. C'est de la camomille et de la lavande, sans caféine. Cela me détend toujours.

Elle posa une tasse remplie d'un liquide jaune pâle sur la table de chevet.

– Merci, murmurai-je en évitant son regard.

– Je voulais te dire… J'ai lu rapidement le dossier médical que ton assistante sociale nous a envoyé. J'espère que ça ne t'ennuie pas. Mais j'ai pensé qu'il valait mieux que l'on connaisse l'avis des médecins sur l'avancement de ta guérison.

Je ne la suivais pas.

– Mais… je *suis* guérie, dis-je.

Je m'en étais sortie avec une fracture à la clavicule et des hématomes au sternum, mais le reste relevait des classiques du genre « fille sauvée d'une voiture tombée dans un canal » : coupures, bosses, ecchymoses et une petite hypothermie. C'était du passé.

– Certes, mais…

Laura s'arrêta et se gratta le coin de l'œil, un geste qui ne lui ressemblait pas. Je compris qu'elle était profondément gênée de ce qu'elle allait dire.

– … la guérison ne se limite pas à la récupération physique.

En effet. J'aurais aimé pouvoir la rassurer sur le fait que mes failles émotionnelles ne seraient pas une entrave à sa vie bien ordonnée, mais, en réalité, je n'en savais strictement rien.

Valait-il mieux avouer ? Lui parler de mes cauchemars ? À moins qu'elle ne fût déjà au courant ? Étaient-ils signalés dans le dossier où elle avait fouiné ?

Ce mot me surprit moi-même… *fouiné*. J'étais injuste.

– Je veux que tu saches que, si tu as besoin de parler de quoi que ce soit, tu peux venir me voir. Il est assez fréquent qu'il persiste des effets durables après le type de traumatisme que tu as subi. Ils peuvent ressurgir à des moments inattendus.

Mmh, par exemple, l'impression permanente de ne pas savoir ce qu'on fait encore sur cette planète ? Je n'aurais pas dit que cela surgissait à des moments inattendus. C'était plus une sorte de gros manteau qu'on m'aurait collé dessus avec de la superglu.

Je lui répondis par un petit haussement d'épaules doublé d'un sourire crispé.

– En tout cas, je t'en prie, si tu vois quoi que ce soit, ou...

– Si je vois quoi que ce soit ? Comment ça ?

Elle rougit, avec l'air de vouloir s'évaporer dans l'air.

– Je parle de... Le dossier parlait de... Tu comprends, je ne fais que citer les médecins, mais les hallucinations...

– Quoi ? Des hallucinations ? Non, non, je n'en ai jamais eu.

– Ni de pertes de mémoire ? Comme s'il manquait des pans ?

– Non plus.

Aussitôt après, je me demandai si l'absence totale de souvenirs de l'accident entrait dans cette catégorie.

– Oh, eh bien, tant mieux ! fit-elle à la hâte, d'un ton un peu trop enjoué. Cela montre que tu te remets bien.

Ouais, c'est ce que tu crois. Attends un peu que je me mette à hurler.

– Pardon de te tourmenter avec cela. Ce n'était pas le bon jour, avec tout ce que tu as déjà à absorber. Ton arrivée ici, la nécessité de t'adapter à notre façon de vivre… Mais je tenais à te dire que nous étions là pour veiller sur toi… ainsi que l'auraient fait tes parents.

Ses paroles s'enfoncèrent comme une lame de couteau dans mes organes les plus vulnérables. Je levai les yeux au plafond en essayant de ne pas montrer à quel point elles m'atteignaient.

– Pardon, Margot, je suis vraiment désolée.

Oh non. Pas ça. Je n'avais pas besoin de compréhension ni de compassion. Je savais *déjà* combien c'était horrible, merci. Pourquoi les gens se sentaient-ils toujours obligés de me le rappeler ? Qu'est-ce qui leur faisait croire que j'avais besoin de ressasser perpétuellement l'accident ?

Mais ce n'était pas ce dont elle parlait.

– Nous aurions dû te parler d'Agatha avant de t'accueillir, ajouta-t-elle précipitamment, d'un air à la fois triste et coupable. Mais nous étions si heureux à l'idée que quelqu'un vienne vivre ici et… et l'apprécie. Je sais que c'est ridicule pour quelqu'un qui ne l'a pas connue avant. Tu dois avoir l'impression qu'il n'y a pas grand-chose à apprécier chez elle. Mais, sous cette apparence, elle reste une personne. Et je suis sûre aussi qu'elle se sent très seule. Cependant, c'était égoïste de notre part et nous aurions dû te laisser le choix... un vrai choix.

La direction prise par son discours m'avait tellement surprise que j'en oubliai de masquer mes émotions. Je la regardai bien en face.

– Non, non, tout va bien. Pas de problème. Enfin, c'est vrai que je ne m'attendais pas à ça, mais les choses ne se passent jamais vraiment comme on s'y attendait, dans la vie, si ?

Une infime lueur parut s'allumer au fond de ses yeux.

– C'est très généreux à toi, Margot. Mais je ne veux pas que tu souffres en silence. Nous voulons que tu souhaites *vraiment* vivre ici avec nous.

– Mais je le souhaite *vraiment*.

Ah oui ? Oups, trop tard pour me taire.

Elle me sourit.

– Bon, tu crois que tu vas réussir à dormir ?

Je pris mon portable et ranimai l'écran pour regarder l'heure. Il était à peine plus de vingt heures. Mais que pouvais-je faire d'autre que me coucher ? Je n'allais pas me mettre à rôder dans la maison dès le premier soir, même pour aller chercher un livre dans la bibliothèque. Je me demandai ce que Laura faisait le soir. Regardait-elle la télé ? Si oui, elle me proposerait sans doute de me joindre à elle, non ? J'essayai de l'imaginer en train de se détendre dans un canapé moelleux, les pieds sur la table basse – dans leurs chaussons en satin blanc. Ou installée dans un gros fauteuil inclinable, comme faisait ma mère, qui finissait par ronfler avec ses lunettes sur le nez et ses chaussettes en moumoute aux pieds. Mais je ne réussis pas à visualiser Laura autrement qu'assise tout au bord du canapé, en train de boire sa tisane du bout des lèvres.

– Je pense, oui, répondis-je. Je suis fatiguée.

– Je comprends. J'ai pris l'habitude d'aller me coucher en même temps qu'Agatha. C'est horrible, non ? À m'entendre, on croirait que j'ai cent ans. (Elle eut un sourire triste.) Et c'est parfois l'impression que j'ai.

– Vous êtes tout seuls avec Agatha ? demandai-je en essayant de me rappeler ce qu'avait dit John. Vous n'avez pas une infirmière ou une aide pour vous décharger un peu ?

– Nous avons essayé dans le passé, mais… – je sais, c'est idiot – elles faisaient trop bien leur travail. Elles instauraient un emploi du temps, et je finissais par les éviter pour ne pas perturber leur fonctionnement. Je passais parfois des journées entières sans voir Agatha. Et… même si ma vie en était simplifiée, elle me manquait. C'est ma fille, et je crois… je crois qu'elle a besoin de moi. Les enfants ont besoin de leur mère, surtout les filles.

Je dus me cabrer. Sa phrase m'avait fait l'effet d'une gifle.

– Oh non… Qu'est-ce que j'ai dit ? souffla-t-elle en entrant pour de bon dans la chambre, les mains plaquées sur les joues. Margot, je suis vraiment désolée. Je ne suis qu'une idiote. Pire que cela, je suis…

– Non, dis-je d'une voix rauque, une main levée pour l'interrompre. Non.

Je voulais dire : « Non. S'il vous plait, taisez-vous. Vous ne faites qu'aggraver les choses. »

Mais elle dut croire que je disais qu'elle n'était pas une idiote, ou qu'il n'y avait pas de quoi être désolée.

– Mais si, mais si, insista-t-elle. Je suis désolée. Vraiment désolée.

Sa voix se noya dans les larmes et elle se laissa tomber sur le lit avant de passer les bras autour de moi.

Je résistai physiquement et mentalement une fraction de seconde…

Puis quelque chose céda en moi, et je lâchai prise en fermant les yeux. Je laissai ma joue s'appuyer contre son épaule maigre et tiède, et ses bras se resserrer autour de mes côtes.

– Oh, douce Margot, murmura-t-elle. Oh, douce, triste Margot.

S'il te plait, arrête de parler. Arrête de parler maintenant, que je puisse m'imaginer que tu es ma mère.

Moi qui ne voulais pas pleurer, c'est pourtant ce que je finis par faire. Le corps de Laura contre le mien était secoué de sanglots muets. Il n'y avait presque pas un bruit dans la chambre, mais notre chagrin pesait dans l'air. J'en sentais même l'odeur, s'échappant de ma peau.

– Pour être sincère, reprit-elle d'une voix entrecoupée, je sais que tu voudrais partir. Mais tu *dois* rester. Tant de choses dépendent de toi !

Puis elle se tut, et le silence se fit aussi tendu qu'un élastique étiré à se rompre.

Je respirai son parfum, en me racontant que ma mère avait décidé d'en essayer un nouveau et de changer de lessive. Qu'elle avait fait un régime et perdu dix kilos. Et je pariais que Laura faisait de même à sa manière, s'imaginant qu'elle serrait dans ses bras une Agatha aux cheveux courts.

7

7

Un grondement de tonnerre sourd fit trembler la maison.

Nous nous redressâmes. Le moment était passé.

– Demain, nous nous occuperons de tes vêtements, dit Laura gentiment, mais un peu abruptement. Et de tout ce dont tu pourrais avoir besoin.

– D'accord.

Elle l'entendait clairement comme un cadeau, mais, sur le coup, je le ressentis bizarrement comme un appât. Un moyen de s'exonérer de ses torts éventuels. Cela attira mon attention sur ce qu'elle avait dit juste avant. Je *devais* rester ? Pourquoi ?

Mais je n'eus pas la force de lui poser la question. J'avais largement dépassé mon quota de conversations émotionnellement épuisantes pour la journée.

– Alors, comment as-tu trouvé les produits de toilette ? me demanda-t-elle. Je les fabrique moi-même.

– Waouh, incroyable, fis-je. Ils sentent super bon. Vous vous y prenez comment ?

– Oh, je fais ma petite tambouille.

Elle essayait de se montrer modeste, mais je voyais bien que ça lui faisait plaisir.

– Bois ta tisane ! Je trouve la camomille si relaxante, pas toi ? Oh, et je prépare aussi une lotion à la camomille que tu devrais essayer. Je t'en apporterai demain.

Je sentis monter un bâillement géant. Je pris ma tasse pour boire une gorgée du liquide chaud, légèrement sucré, même si, à mon niveau de fatigue, je n'en avais pas besoin.

– Parfait, approuva Laura. Bien. Tu n'as pas à t'inquiéter du réveil d'Agatha demain matin. Je suis sûre qu'on sera debout, elle et moi, avant que tu sois levée.

– Si vous avez besoin d'aide, je peux me lever tôt, proposai-je après une deuxième gorgée.

Elle approuva d'un sourire chaleureux.

– C'est très gentil à toi, mais ce ne sera pas la peine. Nous fixerons notre fonctionnement plus tard. Pour le moment, tu as besoin de te reposer.

Elle se leva puis, juste avant de s'éloigner… se retourna pour déposer un baiser sur mon front.

Une fois seule, je finis ma tisane, j'éteignis la lumière et je me glissai sous les couvertures. Le baiser de Laura me brulait encore la peau, et je laissai les souvenirs de mon ancienne vie s'agglutiner autour de moi.

Maman entre me dire bonne nuit après avoir jeté un coup d'œil dans les chambres de mes petites sœurs, qui dorment depuis une heure. Ensuite, elle redescendra, préparera la cafetière pour le lendemain et fera un tour sur Internet jusqu'à ce que mon père ait fini de regarder son émission. (Tout ce qui implique la résolution d'intrigues policières dans l'armée lui va.) Puis j'entendrai leurs chuchotements et le bruit étouffé de leurs pas derrière ma porte, en écho lointain à mes rêves. Ils sont un peu excités parce qu'ils nous préparent une surprise : une virée à New York pour les vacances de février.

Puis, comme dans tous mes rêves, les images commencèrent à se fondre dans le noir et je me sentis couler, trempée par l'eau glacée qui envahissait la voiture. La panique me saisit. L'eau me remplit la bouche, le nez...

Haletante, j'ouvris les yeux dans l'obscurité totale du présent.

On n'est jamais arrivés à New York, me rappelai-je en revenant à la réalité. *On est morts à mi-chemin.*

J'y pensais toujours en ces termes. *On est morts.* Tous les cinq.

J'avais beau être parfaitement réveillée, je ne pris pas la peine de rectifier. Je regardai l'heure sur mon portable – une heure quinze – et fermai les yeux pour attendre que le sommeil revienne.

Puis, allongée dans le noir, à essayer de repousser le rêve dans un tiroir secret de mon esprit, je me rendis compte que je sentais toujours l'eau dans mon nez.

Non, pas ça. Pitié, pas ça.

Je me redressai, allumai la lumière et fixai l'oreiller avec horreur.

Il était couvert de sang. Ainsi que les manches de mon pyjama super classe.

Je n'avais pas saigné du nez depuis mon départ de chez Becca – le jour où j'avais massacré la précieuse couverture en patchwork héritée de son arrière-grand-mère. Le cœur battant, j'essayai d'évaluer les dégâts et regardai une nouvelle goutte frapper l'oreiller et s'étaler au ralenti sur le fin tissage du coton.

Non, non, non. Je cherchai des yeux une boîte de mouchoirs. Pourquoi n'y en avait-il pas dans cette baraque ? Je m'en pris de manière irrationnelle au manque de prévoyance de Laura. Ils n'auraient pas pu se douter que j'allais passer mon temps à pleurer ?

La tête en arrière, je filai dans la salle de bains en me pinçant le nez, puis me penchai au-dessus du lavabo, où d'autres gouttes de sang tombèrent paresseusement et se diluèrent dans l'eau du robinet. Je me collai une poignée de papier toilette sur le visage, avant de m'apercevoir que c'était le genre super moelleux qui peluchait et me faisait éternuer. Répugnant.

Enfin, les saignements se tassèrent, et je pus regagner ma chambre pour estimer les dégâts.

C'était pire que ce que j'avais cru. À voir l'oreiller, on se serait cru sur une scène de crime, et mes mains et mes manches avaient étalé le sang sur les draps.

Je restai plantée là un moment, désemparée. Laura ne devait pas voir ça. Le spectacle ressemblait à une insulte personnelle... Un manque de respect.

Quand je fus à peu près sûre que les saignements avaient cessé, je retirai mon haut de pyjama pour mettre l'un de mes vieux tee-shirts, puis j'ôtai les draps et la taie d'oreiller que je roulai en boule.

J'avais agi purement sous l'effet de l'adrénaline, mais maintenant qu'elle retombait, je me sentais vidée et un peu dans les vapes. Je me serais bien recouchée en protégeant l'oreiller avec un autre tee-shirt et en remettant au lendemain la gestion de ce chantier.

Mais je ne pouvais pas, pas le premier soir. Alors quoi ? Réveiller Laura ? Non, très mauvaise idée. La seule pensée de me lancer à la recherche de sa chambre dans cette mer de portes fermées, d'avoir à frapper fort pour attirer son attention, puis de la tirer du lit pour lui montrer le saccage que j'avais commis dans sa maison parfaite suffisait à me couper les jambes et la respiration.

J'allais devoir nettoyer moi-même, et avant que quelqu'un d'autre s'aperçoive de ce bazar.

Agatha ne broncha pas quand je traversai la nurserie ni quand j'ouvris la porte. Malgré mes efforts pour ne pas faire de bruit, la vieille poignée émit une série de cliquetis et de gémissements alarmants, mais elle ne se réveilla pas.

Plus qu'à trouver la buanderie.

Dans le couloir obscur, je regardai les tableaux sombres et mélancoliques qui décoraient les pans de murs entre chaque porte. Des femmes graves et des fermiers tristes accompagnés de chiens aux oreilles tombantes. Ni joyeuses scènes d'été ni portraits d'enfants souriants. Copeland Hall, malgré toute sa beauté, n'était pas gai.

Je commençai par essayer d'ouvrir les portes des autres couloirs du premier étage, mais elles étaient fermées à clé. Puis je me souvins du couloir de service que Laura m'avait désigné comme un endroit où je n'aurais pas à aller.

Filant au rez-de-chaussée, je testai la porte, qui, par chance, s'ouvrit. Je découvris un couloir beaucoup plus ordinaire que ceux de l'étage. Là aussi, il y avait des tableaux sur les murs, mais ils étaient plus simples : des paysages de champs nus et de lacs sous le clair de lune.

À côté de la première porte, une petite plaque en métal annonçait : GARDIEN, et dessous était collée une étiquette sur laquelle on avait tapé proprement MME BYERSMITH. Le papier était jauni par le temps et j'en déduisis que Mme Byersmith avait disparu depuis longtemps. *Morte*, pensai-je, et un frisson me parcourut le dos.

J'ouvris, poussée par la curiosité. La pièce était spacieuse et austère, équipée d'un petit coin cuisine, d'une cheminée, d'une table en bois avec deux chaises et d'un lit. Sous la petite fenêtre, ornée d'un rideau blanc à volants, il y avait une bibliothèque vide à l'exception d'un bottin aux pages jaunies.

Ma curiosité satisfaite, je repartis dans le couloir avec mon tas de linge sale.

Ici, à l'écart du regard de la famille, le souci du fonctionnel l'emportait sur celui de l'apparence. Le sol était tapissé de linoléum et les murs étaient nus. Il y avait des horloges, un calendrier mural de 1964 et diverses affiches aux couleurs pâlies enjoignant aux usagers du lieu de « servir d'un cœur joyeux » et de « s'appliquer dans toutes tâches, grandes et petites ».

Cette fois, j'entrepris de chercher sérieusement la buanderie. Au bout du couloir – miracle des miracles –, je la trouvai enfin. Je fourrai mon linge maculé dans le lave-linge avec un soupir de soulagement. Puis je dénichai une boîte de lessive en poudre, dont je versai une quantité que j'espérais appropriée.

La machine était une antiquité, mais paraissait solide et propre, et, heureusement, ne proposait qu'un choix d'options limité. Je réglai le bouton sur NORMAL, appuyai sur DÉPART et priai pour que tout aille bien. À travers le hublot, je vis l'eau couler sur le linge, qui ne tarda pas à être balloté dans un bain de mousse.

Maintenant, les choses ne dépendaient plus de moi.

Je n'avais plus qu'à m'occuper jusqu'à pouvoir transférer le linge dans le sèche-linge. La machine, au moins cinquantenaire, ne disposant pas d'affichage numérique, je ne savais pas combien de temps durait le lavage. Une demi-heure ? Une heure ?

Je repartis explorer le couloir. Il y avait un énorme débarras contenant essentiellement des étagères vides et un balai à franges appuyé dans un angle, dont les lanières de corde se désagrégeaient par terre.

Les deux portes suivantes révélèrent des petites chambres très semblables à la mienne. Elles avaient été laissées dans un état impeccable, lits faits, cintres pendus à leur barre. La seule chose qui laissait à désirer était la couche de poussière qui recouvrait toutes les surfaces, dont une bible bien centrée sur la table de chevet dans chacune des deux pièces. Je me surpris à fixer le lit de la deuxième chambre en nourrissant le fantasme de m'allonger là et de m'assoupir jusqu'à ce que la machine ait fini de tourner. Mais non, trop risqué. Et si je m'endormais pour de bon ? Si Laura me découvrait là le lendemain matin ?

Au bout d'un moment, j'entendis le ronronnement de la machine s'arrêter. Je regagnai la buanderie, sortis le linge du tambour et l'examinai à la lumière.

Le sang était globalement parti, et les taches qui restaient étaient si ténues qu'elles pouvaient passer inaperçues jusqu'à ce que mon statut chez les Sutton soit stabilisé. Si je pliais correctement le pyjama et que je retournais l'oreiller, Laura ne remarquerait probablement rien. Soulagée, je glissai le tout dans le sèche-linge que je mis en route.

Puis je repris mon exploration dans le couloir. Je fus prise d'une hésitation lorsque je tombai sur un escalier en colimaçon derrière la dernière porte. Laura ne m'avait pas précisé que je ne pouvais pas me promener, si ? Je ne toucherais à rien.

J'appuyai sur l'interrupteur et la moitié des ampoules environ s'alluma en remplissant l'air d'un bourdonnement irrité. Je montai l'escalier.

Le premier palier donnait sur une porte à côté de laquelle une étiquette précisait : ACCÈS À L'AILE VERTE.

Que faire ? Si je faisais demi-tour, je n'aurais plus qu'à retourner m'assoir en bas, au risque de m'endormir et de me retrouver au réveil en face de Laura et de John scandalisés. Conclusion : en avant.

L'aile verte, sans surprise, était verte. La moquette était d'un kaki sourd, et les murs tapissés d'un papier à rayures vert olive. Globalement, ce couloir était beaucoup moins pimpant que le précédent. Le cuivre des appliques murales était terni et les cadres des photos – sans parler des photos en question – étaient couverts de poussière.

Je passai sans bruit devant les portes closes. Des antichambres ? Des garde-robes ? Qu'avait dit Laura, déjà ?

J'allai jusqu'au bout et revins sur mes pas. Et juste au moment où j'allais redescendre, quelque chose arrêta mon regard.

L'une des portes n'était pas comme les autres.

Plus précisément, la poignée en cuivre était différente. Elle semblait récente. La poussière en moins, elle aurait présenté la teinte dorée et un peu criarde des années quatre-vingt. Et elle était surmontée d'une serrure, du genre qu'on ouvre avec une clé.

Si ce n'est que la porte s'ouvrit sous ma poussée. J'allumai la lumière et regardai autour de moi. Un lustre richement décoré pendait au milieu de la pièce, mais seule une de ses six ampoules fonctionnait.

La pièce en elle-même ne présentait rien de spécial : un lit protégé par un couvre-lit vert foncé disposé sur un tapis aux tons sourds, une commode dans un coin, un petit bureau dans l'autre, avec un fauteuil massif tapissé de cuir et une lampe à l'abat-jour vert.

Tout en inspectant la chambre, je pris conscience d'un petit bruit répétitif.

Poc poc poc.

Ce n'était pas fort, juste lent mais insistant.

Puis un petit mouvement arrêta mon regard : derrière l'une des fenêtres, le store s'agitait doucement comme sous l'effet du vent. Chaque fois que le bas frôlait le cadre de la fenêtre, il produisait ce bruit : *poc poc poc.*

À ce stade, je serais volontiers retournée à la buanderie, mais cela paraissait négligent de laisser la fenêtre ouverte. Et s'il se mettait à pleuvoir et que la pluie entrait ? Alors j'allai soulever le store, fermai la fenêtre et me retournai pour repartir.

Avec un petit *pop*, la dernière ampoule s'éteignit.

Dans la soudaine obscurité, je butai sur quelque chose de lourd et de dur. L'objet s'écrasa par terre dans un fracas qui sembla se répercuter dans la nuit. C'était une corbeille métallique, renversée sur le côté. Je la redressai et vis que quelque chose était coincé au fond, à la jointure des plaques de métal.

Je le retirai pour l'examiner à la lueur de la lune. C'était une petite feuille de papier à lettre, épaisse et luxueuse. Un nom était inscrit en haut dans une jolie typographie en relief : LILY COPELAND, et elle était couverte de pattes de mouche irrégulières, presque illisibles.

Lily ? Qui était Lily ? Laura ne m'avait pas parlé d'elle... Sans doute quelqu'un qui avait vécu là soixante ou soixante-dix ans plus tôt. Sa grand-mère, peut-être.

Je déposai la corbeille près du bureau, à sa place logique, mais sans remettre le papier dedans. Je me dis que Laura serait peut-être contente de retrouver ce petit message du passé. J'allumai la lampe de bureau et je m'assis sur le fauteuil en cuir avec un frisson d'excitation pour déchiffrer. J'allais peut-être découvrir quelque chose de sympa et de marrant !

Mais ça n'avait rien de sympa ni de marrant.

C'était même un peu dérangeant.

La première ligne disait : *L'âme des individus reflète le sens moral du monde, et seule la plus grande vigilance peut nous éviter la chute dans les penchants les plus sombres et les plus bas de la nature humaine.*

Et ça continuait ainsi, sur la lutte entre notre nature divine et nos instincts animaux, avant de tourner à la diatribe sur l'iniquité du monde moderne.

Au bout de quelques lignes, j'étais si perturbée que je reposai le papier sur le bureau. Ce n'était pas les mots d'un esprit très équilibré, et le fait d'être assise dans une petite flaque de lumière au milieu de cette chambre obscure et inconnue ne faisait que renforcer mon malaise. Après avoir glissé la feuille repliée dans la poche de mon pantalon de pyjama, je me levai et étirai mes jambes ankylosées. Mon trouble me fit oublier d'éteindre la lampe, jusqu'à ce que je voie un rai de lumière couper le couloir en ouvrant la porte pour ressortir.

Je redescendis voir où en était mon linge.

Dans la buanderie, le sèche-linge s'était tu. Déjà ? Peut-être qu'il ne marchait plus ? J'entrai en redoutant de tomber sur des draps humides. Mais, à ma surprise, ils étaient parfaitement secs. Non seulement cela, mais ils n'étaient pas brulants, comme on peut s'y attendre juste à la fin d'un cycle ; seulement à peine tièdes.

J'aurais tout le temps de me pencher sur ce mystère plus tard. Munie des draps et du haut de pyjama, je repris la direction de la nurserie. J'ouvris la porte doucement, un œil sur Agatha, et je regagnai ma petite chambre sans encombre.

Je refis mon lit, remis mon haut de pyjama et me glissai dans les draps.

Alors que mes yeux allaient se fermer, je regardai l'heure sur mon téléphone.

Et je fus soudain pleinement réveillée.

Cinq heures quatorze ?

Impossible. Ça impliquait que j'aurais passé quatre heures dans ce couloir, alors que je n'avais pas pu y rester plus de… Je tâchai de reconstituer mes faits et gestes. Moins d'une heure pour la machine à laver, et combien de temps pour le sèche-linge ? Un quart d'heure ?

Non. Les vêtements ne sèchent pas en un quart d'heure.

Et ils ne peuvent certainement pas sécher *et* revenir à température ambiante aussi vite.

Je me rappelai combien l'appel des lits avait été fort. Je m'étais peut-être assoupie sans m'en rendre compte ?

Puis une image surgit dans ma tête… ou plutôt le souvenir d'un ensemble de perceptions.

La façon dont les mots sur le papier avaient paru danser devant mes yeux. La raideur dans mes jambes et dans mon dos quand je m'étais levée pour sortir de la chambre. Combien de temps avais-je passé dans cette pièce ? J'aurais dit quinze, vingt minutes, mais si mon portable indiquait la bonne heure, je m'y étais attardée bien plus longtemps.

Je fermai les paupières. Je ne voulais pas y penser. Je ne voulais pas penser que j'avais pris le risque de me faire prendre en train d'explorer des pièces où je n'avais rien à faire, après avoir répandu mon sang répugnant d'orpheline sur leurs jolis draps blancs.

Et des soupçons se glissèrent telles des araignées noires dans mes pensées, éveillés par les questions de Laura sur ma santé et sur les effets secondaires de l'accident.

Je m'étais endormie, tout simplement. Et si j'étais maligne, j'allais me débrouiller pour récupérer un peu de sommeil et ne pas être un zombie toute la journée.

Je crispai les paupières.

Et j'entendis un bruit dans la nurserie.

Avais-je réveillé Agatha ? Je dressai l'oreille en retenant mon souffle et n'entendis plus rien, mais je gardais la sensation d'une présence à côté, comme un picotement.

Finalement, je me levai pour aller jeter un coup d'œil à la porte.

La silhouette d'Agatha se tenait au milieu de la nurserie, découpée par la lueur de la lampe.

Allez savoir pourquoi, si je m'attendais bien à voir quelque chose, je n'avais pas envisagé que ça puisse être elle, debout dans cette position étrangement tendue.

– La vache, tu m'as fait peur ! lâchai-je en portant la main à ma poitrine.

Elle ne bougea pas. Avait-elle oublié que j'étais là ? Est-ce que *moi*, je lui avais fait peur ?

Après une hésitation, je murmurai :

– Tout va bien. Ce n'est que moi, Margot.

Elle parut vaciller légèrement, mais ne répondit pas.

– Retourne te coucher, dis-je fermement. Ce n'est pas encore le matin.

Alors elle se détourna et obéit, et je regagnai mon lit. Je me serais bien enfermée, mais il n'y avait pas de verrou et je dus me contenter de déplacer la petite table de chevet de quelques centimètres pour bloquer la porte. Puis je gardai les yeux sur la poignée pour le cas où elle essaierait d'entrer.

L'idée d'une Agatha malintentionnée en train d'arpenter la nurserie à grands pas tandis que j'étais bloquée là me rendait vulnérable et nerveuse.

John et Laura étaient visiblement convaincus que leur fille était un ange muet et bien élevé.

Je n'en étais pas si sûre.

8

Je parvins enfin à m'endormir. Quelque temps plus tard – peut-être une heure ? ou deux ? ou quatre ? –, on frappa doucement à ma porte. Je me levai pour aller ouvrir, avant de me rappeler qu'Agatha me faisait un peu peur.

Mais ce n'était que Laura, en chemisier de soie bleue et pantalon blanc, avec un petit foulard bleu et blanc noué soigneusement autour du cou. Elle portait un chignon bas bien net et un maquillage parfait. Je me demandai combien de temps elle mettait pour se préparer le matin. Elle donnait l'impression d'avoir réduit cet art à une forme de science dure pour n'y consacrer que le temps nécessaire à un résultat parfait, sans gaspiller une seconde.

Son sourire un peu timide me rappela aussitôt notre effondrement de la veille au soir. Si elle l'évoquait, je risquais de mourir de honte. Heureusement, elle semblait aussi désireuse que moi de laisser l'incident tomber dans l'oubli.

– Comment te sens-tu ? me demanda-t-elle.

J'hésitai. Et si c'était un piège ? Savait-elle, pour mes saignements de nez ?

– As-tu trouvé le matelas confortable ? reprit-elle d'un ton plus doux.

– Oh. Oui, il est parfait. Merci. Parfait. Oui. Merci.

Continue comme ça, Margot, ça te donne l'air suprêmement équilibrée.

– Nous descendons prendre le petit-déjeuner, reprit Laura en me montrant Agatha, déjà habillée et assise dans son fauteuil près de la fenêtre. Inutile de te presser. Je voulais juste te prévenir que je t'ai apporté des vêtements, au cas où tu en aurais besoin en attendant qu'on aille faire du shopping.

Elle me désigna l'autre lit de la nurserie, couvert de petites piles d'habits.

– Prends le temps de regarder ce qui te plait et garde tout ce que tu aimes. J'ai pioché dans les affaires d'Agatha.

– Oh ! Mais vous êtes sûre qu'elle n'en a pas besoin ?

– Elle a plus de vêtements qu'il ne lui en faut. Et nous tenons beaucoup à ce que tu te sentes bien ici. Je ne voudrais pas que tu t'inquiètes à ce sujet. D'ailleurs, préviens-moi si tu veux que je te débarrasse de certaines de tes vieilles affaires.

Je hochai la tête en fixant le lit avec de grands yeux, soudain contaminée par l'inquiétude qu'elle évoquait. Dans quel état imaginait-elle mes « vieilles affaires » ?

Quand je m'aperçus que je ne l'avais pas remerciée, elle était déjà partie avec Agatha. J'imaginai une feuille de score punaisée quelque part, avec une case cochée dans la colonne VILAINE ORPHELINE.

Je m'approchai des vêtements pour les examiner. Dire qu'ils n'étaient pas mon style aurait été l'euphémisme de l'année. Il y avait un assortiment de pulls en cachemire et de chemisiers en soie dans des tons pâles ou crayeux, et plusieurs pantalons de couleur neutre : gris clair, gris foncé, beige, ivoire. Dessous, je tombai sur des jupes dans des teintes de prune et de pêche passées. Il y avait aussi des chaussures alignées sagement par terre : des mocassins et des sandales dans un éventail de bruns qui allait du caramel au chocolat. À un angle du lit, à l'écart des autres piles, se trouvaient des culottes, des soutiens-gorge et des chaussettes encore attachées par paires.

Exactement les habits de quelqu'un qui sort de la douche parfumé à la rose. J'aurais pu deviner qu'ils étaient à Agatha. Là-dedans, j'aurais l'aspect d'une Agatha plus petite et aux cheveux mal coupés. Et moins jolie. Et pauvre. Et sans amis. (À vrai dire, l'absence d'amis paraissait être notre seul et unique point commun.)

Essayant une paire de mocassins, j'eus la surprise de constater que, non seulement ils m'allaient, mais qu'ils semblaient avoir été coupés pour moi. Le cuir était souple et doux, et j'étais aussi à l'aise dedans que dans des chaussettes.

Après avoir inspecté les vêtements un à un, sur une impulsion proche de la témérité, je décidai de tout garder, et de tout porter. Au fond, quelle importance si ce n'était pas mon style ? Il n'y avait personne ici pour me juger. Pourquoi refuser un cadeau aussi généreux ?

Ce fut quand même avec un immense soulagement que je découvris une petite pile de jeans sous les pulls. J'en enfilai un et choisis un pull rose clair. J'avais remarqué qu'il faisait frais dans la maison et que la clim fonctionnait presque en continu, une extravagance qui aurait choqué ma mère.

En termes de maquillage, je ne possédais qu'un baume teinté et un tube de mascara acheté sur un coup de tête. S'apprêter semblait superflu ici, et je ne voulais pas donner l'impression de chercher à avoir l'air glamour ni rien, mais je mis un peu de baume après m'être brossé les cheveux. Puis je fis mon lit soigneusement, calai Lapin bleu contre l'oreiller, pris une grande inspiration et sortis.

Me sentant moins bousculée par les évènements que la veille, je pris le temps d'observer le décor du couloir, du papier peint à petites fleurs aux longues tiges entremêlées, aux tons orange et or fanés sur fond bordeaux, jusqu'aux suspensions en cuivre cossues à globe en verre givré du plafond.

Les tableaux à l'huile qui ornaient les murs représentaient des scènes d'un autre âge, dont le portrait d'une femme en robe noire au col de dentelle blanche, coiffée d'un minuscule chapeau noir à fine voilette fixé à l'arrière du crâne. Elle avait de grands yeux doux embrumés de tristesse.

Il y avait une petite plaque en cuivre sous l'angle inférieur gauche du tableau :

LA VEUVE COPELAND – VERS 1884

Je promenai le regard dans le couloir sombre. Comme cela devait être étrange et lugubre de grandir dans cette maison !

Alors que j'arrivais devant l'escalier, une voix enjouée m'arracha à ma rêverie.

– Hé ! Mais elle est réveillée !

John se tenait au pied des marches, en pull vert et pantalon à pinces beige. Il paraissait plus en forme que la veille, plus détendu. Il avait peut-être été un peu miné par le stress de m'avoir attirée ici. Et maintenant que le plus dur était passé, une bonne nuit de sommeil lui avait permis de récupérer.

– Je suis désolé d'avoir manqué le diner hier soir, dit-il. Tu as bien mangé ? Tu n'as pas d'allergies ?

– C'était excellent. Euh… je suis juste allergique aux aubergines.

– Ah bon ? Jamais entendu parler de ça. Enfin, des aubergines, si, mais pas de gens qui y soient allergiques.

– J'ai horreur de ça, ça aide.

– Moi aussi, je déteste ça. Super spongieux. (Décidément, il était en forme.) Tu vas prendre le petit-déjeuner ? Tu es très classe, ce matin. Ce sont les habits que tu as apportés ?

– Oui, je vais prendre le petit-déjeuner. Et non, ce ne sont pas les miens. C'est Laura qui me les a donnés.

– Parfait. Parfait. Comme je disais, nous sommes heureux de te fournir tout ce dont tu auras besoin. N'hésite pas à en parler à Laura, elle arrangera cela. C'est la championne du monde pour tout arranger.

– Elle est aux petits soins avec moi, confirmai-je.

Il garda le silence un moment et, lorsqu'il reprit la parole, il n'y avait plus aucune trace de gaité insouciante dans sa voix. Sa bonne humeur avait laissé place à une profonde mélancolie – les compliments joyeux et le bavardage léger n'étaient visiblement qu'un masque pour cacher quelque chose de plus sombre.

– Oui, c'est une femme très attentionnée. La pauvre, la vie ne l'a pas épargnée. Elle a eu le cœur brisé. Et plus d'une fois.

Je me rendis compte alors que mon visage souriant n'avait été qu'un masque, lui aussi.

– Mais je ne vais pas te faire un cours là-dessus, conclut John à mi-voix. Je suppose que je n'ai rien à t'apprendre sur le sujet.

*

* *

– Je descendrai immédiatement si tu as besoin de moi, me dit Laura pour la huitième fois. Tu n'auras qu'à ouvrir la porte et... En fait, je vais la laisser ouverte. Appelle-moi et j'accourrai.

– Je suis sûre que tout ira bien.

Malgré ma peur de rester seule avec Agatha – une idée de John, et quand John avait une idée, apparemment, tout le monde la suivait –, l'énergie nerveuse de Laura n'était pas loin de me faire rire. Que craignait-elle qu'il se produise au juste ? Agatha, la cause de toute cette agitation, était actuellement assise dans son fauteuil, d'où elle regardait tranquillement par la fenêtre. Ce matin-là, elle portait une robe vert tilleul à manches courtes légèrement froncées. Ses cheveux, si impeccables qu'on aurait cru une perruque, ondulaient par vagues sur ses épaules.

Finalement, Laura dut se résoudre à battre en retraite dans son bureau – la « pièce du matin » – et à nous laisser nous débrouiller entre nous, Agatha et moi.

Ce que nous fîmes, Agatha en restant assise dans son fauteuil à la fenêtre et moi, en rangeant mes nouveaux vêtements dans ma mini-chambre.

Pendant ce temps, j'essayais de faire coïncider l'image que John et Laura me présentaient d'Agatha avec l'impression qu'elle m'avait faite. Et si j'avais mal interprété ses actes ? Au fond, qu'avais-je à lui reprocher ? De s'être cachée et d'avoir jeté mes affaires par terre ? Ce n'était que des petites blagues inoffensives.

Il était aussi possible qu'elle soit totalement désorientée. Peut-être qu'elle n'aimait pas le changement. Peut-être qu'elle ne comprenait même pas ce qui se passait.

Au bout de quelques minutes, je commençai à me sentir coupable de mes préjugés négatifs, et aussi à craindre d'être passée à côté de l'exercice, qui consistait à partager des moments ensemble. Alors je m'approchai de la fenêtre – lentement, pour ne pas l'effrayer – et lui proposai :

– Agatha, tu veux venir t'assoir à côté de moi pendant que je range mes affaires ?

J'avais prévu de la laisser m'ignorer quelques minutes, puis de retourner à mes moutons. Mais alors que j'allais abandonner, elle se leva.

– Oh, je ne pensais pas que tu voudrais venir. OK, attends une seconde, je te fais de la place.

Je déplaçai quelques piles à la hâte. Elle s'assit sur le lit et entreprit de fixer la porte.

– C'est très gentil de la part de ta mère de m'avoir donné ces vêtements. Je suppose que c'était les tiens. Alors… merci.

Pas de réponse, bien sûr.

– Ce n'est pas vraiment mon style, mais c'est, euh… de la super qualité. En fait, je ne sais plus trop quel est mon style. Avant, je… j'étais du genre, enfin, pas vraiment branchée, je portais juste les trucs qui me plaisaient, mais j'étais plutôt cool. J'avais des amis cools. Je peux le dire, maintenant que je ne suis plus cool.

Comme si ça ne sautait pas aux yeux.

Je me tus en réalisant que rien de ce que je racontais ne semblait lui faire ni chaud ni froid.

Je la regardai un instant et soupirai. Comment avais-je pu la soupçonner de mijoter quelque chose contre moi ?

Mais, qu'elle me répondît ou pas, ça paraissait trop bizarre d'être là, juste à côté de quelqu'un, sans lui parler. Alors je continuai à bavasser.

– Je ne peux pas imaginer ce que ça fait de grandir dans une maison pareille. C'est tellement chargé d'histoire, ici ! Mon ancienne maison a dû être construite vers 2008. Elle faisait deux étages, et sur le palier intermédiaire, il y avait une fenêtre avec une banquette et une petite bibliothèque intégrée. Je m'y installais souvent pour lire. Ce que je préférais, c'était les jours de pluie. Il y avait une petite applique sur le mur, avec un abat-jour en céramique qui représentait une tête d'oie. Ma mère l'avait trouvé dans un marché aux puces en Californie. Elle était totalement dingue de marchés aux puces. On avait plein de trucs sympas de ce genre-là dans la maison.

Je m'aperçus que Lapin bleu, jusque-là appuyé contre l'oreiller à côté d'elle, avait glissé et atterri sur le nez. Je le remis en place puis recommençai à plier les pulls et à suspendre les pantalons.

Les minutes passaient, et je commençais à me familiariser avec la présence muette d'Agatha. À l'évidence, elle se moquait totalement que je sois un être humain ou un plumeau, que je range des vêtements ou que je danse le cha-cha-cha, que je lui raconte ma vie ou que je lui récite des poèmes épiques.

Lapin bleu était encore tombé, et je le redressai de nouveau.

Sans détacher les yeux de la porte du placard, Agatha tendit la main et le fit retomber d'une pichenette.

Je le pris et le serrai contre ma poitrine. Mon cœur battait la chamade.

– Hé ! Pourquoi tu fais ça ?

Elle ne répondit pas.

– *Parce que je déteste les lapins, Margot*, dis-je à sa place d'une voix haut perchée en le posant sur la commode. *Les lapins, c'est des vilains*. Bon, vu que c'est mon seul ami, tu vas devoir t'arranger pour t'entendre avec lui.

Elle le fit tomber de nouveau.

– Arrête, Agatha !

Ses épaules se raidirent.

– Pourquoi tu fais ça ? insistai-je.

Pas de réponse.

– Et pourquoi tu t'es levée cette nuit ? demandai-je à voix basse.

Les yeux d'Agatha errèrent jusqu'à moi et, loin sous la surface, je m'imaginai que je lisais : « Et *toi*, pourquoi tu t'es levée ? »

Alors j'eus un peu honte d'avoir perdu patience. Laissant le lapin comme il était, je me remis au travail.

Au bout d'un moment, Laura entra, d'humeur beaucoup plus légère à présent que l'épreuve du feu était passée. Lorsqu'elle me demanda comment ça allait, je fus en mesure de lui fournir une réponse encourageante – en omettant la péripétie du lapin en peluche – et elle sourit avec satisfaction. Une croix dans la colonne GENTILLE ORPHELINE.

Puis Laura quitta la nurserie avec Agatha et je m'affalai sur le matelas, soudain aussi épuisée que si je venais de réussir un examen à un point près.

Bon, et maintenant ? Je pouvais descendre à la bibliothèque. Ou faire une sieste. Il n'était que dix heures trente, ce qui me donnait deux heures à tuer avant le déjeuner. Puis, un long après-midi d'ici le diner.

Je m'affalai sur l'oreiller, Lapin bleu sur la poitrine.

Étais-je vraiment capable de passer les deux prochaines années dans cette maison isolée et oppressante ? De m'évertuer à répondre aux attentes de Laura et à esquiver les faux pas qui risqueraient d'irriter les Sutton, ou – Dieu m'en garde – de nuire à la réputation sans tache de la famille ?

Moi qui me sentais déjà si engourdie, si j'achevais de me couper de tout, où cela me mènerait-il ? Mais peut-être qu'au fond, ça n'avait pas d'importance. Le malheur restait le malheur, ici ou ailleurs. Au moins, ici, je pourrais prendre le temps que je voulais sous la douche. Et on mangeait bien.

Profites-en, ronronna la voix du cynisme dans ma tête. L'air était doux, la maison silencieuse, et je commençais à me laisser glisser sur la pente du sommeil. *Arrête de t'accrocher et profites-en...*

– Pars ! dit une voix.

Je rouvris brusquement les yeux.

– Agatha ? fis-je d'une voix endormie.

Lentement, je me redressai et regardai autour de moi, mais je sus que j'étais seule avant même que mes yeux aient fait le tour de la pièce. Personne n'aurait pu entrer dans la chambre, personne n'aurait pu pousser cette porte grinçante sans que je...

Je me figeai.

Sur le mur à côté de la porte, en lettres noires baveuses tracées à la main, figurait un mot :

PARS

Je me levai et m'approchai du mur ; je devais avoir des visions, être victime d'une illusion d'optique créée par les jeux d'ombre et de lumière et par ma propre imagination.

Mais non. Je touchai l'inscription et mon doigt en sortit taché de noir. Je fixai le mot, médusée, en me demandant qui avait pu faire une chose pareille.

Il n'y avait qu'une explication possible, non ?

Agatha avait dû se glisser dans ma chambre après que je m'étais assoupie.

Sauf que... il ne me semblait vraiment *pas* m'être endormie.

Ça n'avait aucun sens. Mettons qu'elle ait réussi à faire cela sans faire grincer la porte ni les planches. Elle aurait quand même fait un *minimum* de bruit. Celui d'un capuchon qu'on ôte, le frottement d'une pointe de feutre sur le mur.

Au moins, une chose était claire : le sens du mot *Pars*. Pour ça, je n'avais pas besoin d'explication.

À ce moment-là, on frappa à la porte et, sans prendre le temps de réfléchir, je m'appuyai dessus de tout mon poids pour la maintenir fermée.

– Oui ? dis-je en faisant de mon mieux pour masquer ma nervosité.

– Coucou, Margot, fit la voix de Laura d'un ton légèrement insistant. Pourrais-tu m'ouvrir, s'il te plait ?

Je restai immobile. *Euh, non, en fait, je ne peux pas.*

– Margot ?

J'ouvris.

Qu'allait-elle dire ? Aurais-je une chance de m'expliquer, ou la vue de ce mot sur le mur la mettrait-elle tellement en colère qu'elle me renverrait sur-le-champ ? Elle allait sûrement me croire coupable ?

Elle entra dans la chambre et se tourna vers la droite. Un pas de plus et elle tombait dessus. Mais au dernier moment, ses yeux se fixèrent sur moi.

– C'est très bien rangé. Tu es quelqu'un d'ordonné.

Je restai pétrifiée, trop perturbée pour former une phrase sensée.

– Je me demandais…, reprit Laura, presque gênée. Aurais-tu envie de voir le jardin ?

– D'accord, acquiesçai-je précipitamment.

N'importe quoi pourvu qu'elle s'en aille.

– Parfait. Alors, viens. Agatha est en bas dans mon bureau. John gardera un œil sur elle.

Mais… si Agatha était en bas, comment avait-elle pu écrire sur le mur ?

Après être ressortie quelques secondes, Laura reparut avec un paquet de vêtements sur les bras.

– Je t'ai apporté une tenue pour le jardinage. J'espère que ce n'est pas trop familier de ma part.

Quand bien même elle m'aurait pincé les deux joues, à cet instant, j'aurais été trop surprise pour trouver cela « familier ». J'acceptai les habits et nous nous mîmes d'accord pour nous retrouver en bas dix minutes plus tard.

Après son départ, je refermai la porte et me retournai lentement vers le saccage sur le mur. Un saccage qui n'était pas l'œuvre d'Agatha.

Mais si ce n'était pas elle, alors qui… ?

PARS

La poitrine oppressée, je sentais la panique monter. Je devais nettoyer ce mur avant que quelqu'un ne le voie, mais avec quoi ? Je tentai ma chance avec du papier toilette, mais il partit en lambeaux. Finalement, j'ouvris le tiroir supérieur de la commode et regardai mon tee-shirt MIΛMI FST PLUS CHAUD QU'HONOL. J'avais beau le détester, j'hésitais quand même à le massacrer. Mais à défaut d'autre option, je le mouillai au robinet du lavabo et me mis à frotter.

Il me fallut quelques minutes, mais je réussis à effacer l'inscription sans laisser de traces.

Sauf que j'eus beau rincer le tee-shirt, la substance noire resta dessus. Alors, après avoir tenté un instant d'ordonner le magma d'émotions qui bouillonnaient en moi, j'en fis une boule et je le jetai.

Après tout, ce n'était pas comme s'il allait me servir ici.

9

J'enfilai la tenue de jardinage apportée par Laura, qui consistait en un pantalon kaki coupé dans une espèce de toile de parachute, un tee-shirt beige et un tablier blanc avec approximativement quatre-cents poches. Quand je la rejoignis en bas dans l'entrée, elle me tendit une paire de sabots en caoutchouc et un chapeau de paille qui me donnèrent l'impression d'être déguisée en mamie.

J'étais assez impatiente de découvrir le jardin, même si je n'avais jamais jardiné de ma vie : on avait toujours eu quelqu'un, qui passait une fois par semaine pour tondre la pelouse, ratisser les feuilles et arracher les mauvaises herbes. Mais c'était peut-être juste la perspective de sortir de la maison.

Après avoir pris la porte du fond, nous franchîmes un portillon percé dans un mur haut et suivîmes un sentier étroit bordé de deux énormes rangées de buissons. Au bout de l'allée, au milieu du chemin, il y avait un gros globe de la taille d'une boule de bowling posé sur un socle, entre deux bancs en fer forgé qui se faisaient face.

– Nous y sommes, déclara Laura en s'arrêtant juste après les bancs.

Comme je l'ai signalé, le jardinage n'a jamais été mon fort. Quand je passais du temps dehors, c'était pour jouer au tennis ou bronzer au soleil, en ignorant superbement les sombres avertissements de ma mère sur le cancer de la peau. Je ne voyais pas l'intérêt de me salir les mains, ni de posséder un endroit qui réclamait tant de travail pour être beau ou intéressant.

Mais là… c'était autre chose.

Ce jardin était immense, une explosion de couleurs et d'odeurs. Le chemin serpentait autour de massifs de topiaires taillés en forme d'animaux – on aurait dit une sorte de passage secret vers un autre monde. Je déambulai parmi les tonnelles couvertes de délicates plantes grimpantes, le long de petites allées rectilignes entre des parterres d'herbes qui s'inclinaient en frôlant mon pantalon. Ici et là, des rosiers se dressaient tels d'élégants chaperons au milieu de ce délire tentaculaire. Leurs fleurs, en plein épanouissement, allaient du blanc perle presque transparent au rouge si velouté et si profond que mes yeux ne semblaient pas capables d'en enregistrer toutes les nuances.

– Ça te plait ? me demanda Laura, quelques pas derrière moi.

Je hochai la tête sans détourner les yeux du spectacle. Une grosse plante rampante couvrait un grand pan de pelouse, et je vis sous ses feuilles gigantesques des bébés citrouilles vert pâle, minuscules et parfaits. Suivaient trois longues rangées de poivrons parfaitement alignées.

– Dans ma famille, les femmes ont toujours pris soin du jardin, dit Laura. Chaque automne, on transporte ce qu'on peut dans la serre et chaque printemps, on le ressort. Enfin, je n'arrive pas toujours à tout déplacer. Tu n'imagines pas mes réserves de vieux bulbes ! Certaines espèces ne peuvent pas être transplantées, bien sûr, mais la plupart survivent. Et certaines sont assez résistantes pour passer l'hiver sans qu'on intervienne.

– Ça doit couter une fortune, commentai-je.

Puis je détournai les yeux en rougissant, priant pour qu'elle n'ait pas entendu.

– Oui, c'est certain, répondit-elle sans paraitre gênée par ma remarque, pas plus que par l'idée de dépenser des fortunes. Mais c'est la tradition.

Après être passée devant une petite colonie de plants de tomates dans leurs petites cages de protection, j'atteignis un rectangle de terre en friche, au bord duquel s'entassaient des pots empilés, des seaux vides, des petits amas de briques et des sacs d'engrais.

– Oh, ici, ce n'est qu'un bric-à-brac, éluda Laura.

Au-delà, dans une courbe du chemin, il y avait une grille en fer forgé dont les volutes représentaient un homme et une femme, entourés de feuilles de figuier disposées avec art. La femme tenait une pomme dans la main et un serpent s'enroulait autour de sa cheville.

Je m'approchai pour examiner la ferronnerie. Visiblement, elle avait été réalisée à la main, on distinguait encore les coups de marteau sur le métal.

– Mon arrière-grand-mère l'a dessinée elle-même, m'informa Laura non sans fierté.

– C'est incroyable, dis-je.

J'avais un gros faible pour cet adjectif, parce qu'il n'en existait pas de moins risqué que celui-là.

– Elle était extrêmement préoccupée par la chute de l'homme, me précisa-t-elle comme si elle parlait d'un hobby, comme elle m'aurait dit : « Elle adorait le tricot. »

– Il y a quoi derrière ?

Tout ce que je voyais à travers les petits trous, c'était une muraille de feuilles, une sorte de buisson touffu.

– Oh, rien, la bordure de la propriété…

Je fixai l'autre côté un moment. Quel dommage que quelque chose d'aussi incroyable que ce portail fût cerné par de la terre en friche et de vieux pots de fleurs ébréchés.

– Rien ne pousse par ici, ajouta Laura, qui semblait avoir deviné mes pensées.

– C'est triste.

Elle haussa les épaules.

– Que veux-tu, ils ont été chassés du jardin.

Surprise par sa petite blague, je me tournai vers elle en m'attendant à trouver sur son visage un sourire un peu ironique. Mais son expression était tout à fait sérieuse, et même – mais peut-être était-ce mon imagination – légèrement méprisante.

Sentant mon regard, elle reprit un air tranquille.

– À gauche, il y a les fleurs exotiques tropicales… les stars locales.

Nous nous enfonçâmes dans une jungle de fleurs éclatantes de couleurs, aux formes et aux tailles les plus variées.

Laura finit par s'éloigner pour partir explorer de son côté. Quand je la retrouvai un peu plus tard, elle était à genoux sur une petite surface moussue devant un parterre de fleurs jaune orangé aux tiges courtes, entourées de feuilles délicates. Elle souleva une plante miteuse aux racines arrachées, à la manière d'un chasseur exhibant un animal mort.

– Je désherbe autour des soucis. Tu as envie de m'aider ?

Elle me montra un deuxième tapis de mousse et une paire de gros gants mauves, et je m'agenouillai à côté d'elle.

– Les soucis sont de braves petits soldats, reprit-elle. Ils n'ont rien d'impressionnant, mais ils tiennent les insectes à distance. C'est pourquoi on en met autour des plants de tomates. Je les aime bien… Ils ne demandent rien, ils se contentent de fleurir et de monter la garde.

Tout ce que tu verras d'autre ici, ce sont des mauvaises herbes.

– Comme celle-là ?

Je désignai une herbe plate entourée d'un réseau de petites feuilles ovales rampantes.

– Oui. C'est du mouron des oiseaux. Saisis-le autour de la tige juste au-dessus de la terre et tire.

Je suivis ses consignes, mais ne réussis qu'à arracher les feuilles.

– Dans ces cas-là, on déterre les racines, me dit Laura en me tendant une binette.

Une fois le parterre désherbé, nous continuâmes notre tâche en silence, en partant dans des directions opposées. Je m'absorbai dans le travail, simple et méthodique. Ça faisait du bien de faire quelque chose qui ait du sens, pour une fois. Quelque chose qui n'était pas teinté par douze couches de sous-entendus, où je ne risquais pas de faire ou dire à chaque pas ce qu'il ne fallait pas. *Tue la méchante herbe*. Facile, non ?

Et c'était agréable de passer du temps dehors à la lumière naturelle, où les choses étaient claires et simples. Les drôles d'évènements des dernières vingt-quatre heures commençaient à former une grosse boule d'angoisse dans ma poitrine. Le choc causé par l'existence d'Agatha, son aversion immédiate pour moi (et pour le pauvre Lapin bleu), l'isolement numérique, les larmes de Laura, mes saignements de nez, le mystère des étranges écrits de Lily – qui qu'elle pût être –, les heures manquantes de ma vie, les vêtements qui me donnaient le sentiment de me faire passer pour quelqu'un de totalement inconnu, le mot sur le mur de ma chambre…

Isolé, chacun de ces éléments aurait pu être considéré comme un petit accroc, un obstacle sans importance dans ma quête de la paix et du bonheur.

Mais ensemble ? Les uns après les autres ? Ça faisait un peu beaucoup.

Ça me donnait le sentiment, au fond de mes tripes, d'une présence hostile dans cette maison. De quelque chose qui ne voulait pas de moi. (Au fait, Margot, ça n'aurait pas un rapport avec le mot *Pars* peint sur ton mur, par hasard ? Eh bien non, pas que. Ça, ce n'était qu'un détail.)

Ça ne va pas, pensai-je. *Je ne devrais pas être ici.*

Cette fois, au moins, aucune voix désincarnée ne me répondit. Mais cela ne suffit pas à me rassurer.

Enfin, dans l'immédiat, je pouvais toujours tuer les mauvaises herbes en respirant l'air frais et en sentant la caresse du soleil sur mon dos.

Au bout d'un moment, Laura essuya son front sur son bras en sueur, déposant une trainée de terre sur son visage. Elle avait les joues roses, le regard serein, et semblait remplie d'une énergie paisible. Cela me fit réaliser à quel point elle avait été constamment tendue jusque-là.

– Ça va être l'heure de rentrer, m'annonça-t-elle. Tu pourras te doucher après le repas et passer l'après-midi à te détendre. John va être consterné que je t'aie imposé autant de travail.

L'idée de me retrouver à nouveau enfermée était horrible, mais je pouvais difficilement insister pour rester seule dehors.

J'aidai Laura à ramasser les outils et à les ranger dans la petite cabane de jardin cachée derrière les branchages de deux grands arbres noueux. À l'intérieur, deux fauteuils en osier et une petite table partageaient la fraicheur de l'ombre avec un établi.

– Agatha sort parfois dans le jardin avec vous ? demandai-je.

Laura secoua la tête.

– J'ai essayé, mais elle devenait trop nerveuse. C'est peut-être un problème de surcharge sensorielle : les parfums, les couleurs, le fait que la lumière n'arrête pas de changer. Elle se sent beaucoup mieux à l'intérieur. Ce n'est pas plus mal, ça lui permet de faire ses devoirs.

Ah, oui. Les « devoirs » d'Agatha. Un mot trompeur pour désigner son installation face à un cahier vierge au petit bureau de la nurserie, avec le bourdonnement d'un cours audio qu'elle ignorait en regardant par sa fenêtre préférée.

– Barrett vient parfois m'aider. Quand il est là. Mais il lui manque le gout du détail. Il serait plutôt du genre rouleau compresseur. Un jour, je lui ai demandé d'enlever les mauvaises herbes et il a arraché l'intégralité de ma ciboulette ! Un vrai garçon..., commenta-t-elle en secouant la tête. Enfin, tu feras sa connaissance à son retour d'Europe.

J'étais intriguée par Barrett. En dehors de sa photo et du fait que la porte de sa chambre se trouvait après celle de la nurserie, je ne savais rien de lui. Bizarrement, j'éprouvai une pointe de jalousie en écoutant Laura. À l'évocation de son retour, je me surpris à espérer qu'il ne s'approcherait pas du jardin.

Ça pourrait être notre truc à nous, à Laura et moi.

– Eh bien, moi, j'adore ce jardin, dis-je. Il est magnifique.

Je fus récompensée par un sourire sincère.

– J'y viens tous les jours, répondit Laura. Le lien avec la terre aide vraiment à s'enraciner.

– C'est le cas de le dire.

– Oh, encore une petite blague ! s'exclama Laura, enchantée.

Puis elle prit un air timide, un peu interrogateur, pour ajouter :

– Tu peux te joindre à moi quand tu veux, Margot. Tu seras toujours la bienvenue.

Je savais que j'aurais dû la jouer détaché : la remercier avant de trouver un prétexte pour décliner sa proposition. Personne n'a envie de s'imposer la compagnie d'une orpheline dans le besoin.

Mais avant que j'aie pu répondre, elle posa la main doucement sur mon bras.

– Ne dis pas non. Tu n'as pas besoin de me répondre. C'est une invitation permanente.

10

10

Ma mère disait toujours qu'on s'habitue à tout, et je n'y avais jamais réfléchi avant de m'installer dans la routine de Copeland Hall. Le temps semblait tourner au ralenti dans la grande maison grise. Les heures qui séparaient les repas étaient de longues étendues stériles et oisives. Les Sutton n'avaient pas la télévision – du moins aucune achetée au cours de ce siècle – et le mot de passe du wifi s'était perdu quelque part dans le bureau de John, qui – à ce que j'en voyais par sa porte ouverte – était un océan de papiers. Laura avait promis d'appeler les « gens d'Internet » pour moi, mais j'avais peu d'espoir qu'ils viennent dans un avenir proche.

Autant j'étais frustrée de ne pas pouvoir m'informer sur les vies parfaites d'illustres inconnus, autant je devais reconnaitre que c'était un soulagement. Depuis l'accident, j'avais appris que le nombre de posts qui mentionnaient au passage des familles/sœurs/mères/pères était de nature à m'infliger des coups de poignard incessants. Passer une quinzaine de jours sans avoir à lire que le père d'Untel était LE MEILLEUR PÈRE DU MONDE parce qu'il avait refixé une étagère branlante ne pouvait pas me faire de mal.

Alors je décidai de m'attaquer à la bibliothèque, où il s'avéra assez facile de distinguer les premières éditions inestimables – pas touche – de ceux que je pouvais manipuler et lire sans crainte. Il y avait des romans, des livres de cuisine, des livres de jardinage... rien qui ressemblait même de loin à des parutions récentes, mais ça m'occupait.

Au bout de huit jours, je me sentais presque chez moi. Agatha et moi avions signé une trêve tacite – du moins je le supposai, car elle ne m'avait plus joué de mauvais tour depuis le fameux deuxième jour. Elle semblait désormais me considérer comme un meuble qui aurait été casé dans un coin de la nurserie pour une raison qui ne la concernait pas.

Au début, j'avais cru qu'elle était plus ou moins réduite à l'état de zombie. Mais je ne tardai pas à me rendre compte que, si elle était très éloignée de celle qu'elle avait été, il lui restait quand même une ombre de personnalité. Elle avait ses préférences – la fenêtre, le jus d'orange, écouter de la musique sur mon portable, même si le mini-haut-parleur était pourri –, et ses aversions – les myrtilles, les peluches et la façon dont sa mère frappait dans ses mains pour obtenir son attention.

Elle était calme le matin et angoissée le soir. Elle levait toujours les yeux lorsque son père entrait dans la pièce, et elle aimait bien faire tomber les objets de la table qui se trouvait près de son fauteuil à la fenêtre, ainsi que je l'appris le troisième jour, après y avoir posé un verre d'eau, quand je dus passer une heure à ramasser les tessons par terre.

Ces éléments étaient-ils des rappels de son ancienne personnalité, ou des particularités entièrement nouvelles ? Je n'en avais pas la moindre idée. Mais Agatha n'était clairement pas l'ardoise vierge pour laquelle je l'avais prise au début.

Un jour, alors qu'elle était dans son fauteuil et que je lisais sur le deuxième lit – un de nos « moments partagés » –, un oiseau se posa sur le rebord de la fenêtre.

– Regarde, dis-je en posant mon livre. Un oiseau.

Il était trop occupé à gratter la poussière pour me voir rejoindre Agatha.

C'était peut-être ce qu'elle attendait dans son fauteuil, jour après jour, pendant des heures : la brève vision d'une créature de la nature.

Je me penchai à son niveau et ajoutai :

– Tu as vu ? C'est ça que tu fais quand tu restes assise là, Agatha ? Tu regardes les oiseaux ?

Une idée commençait à prendre forme dans ma tête. Je pourrais suggérer à Laura d'installer une mangeoire pour les oiseaux, ou un de ces nichoirs équipés d'un distributeur d'eau.

Puis en observant Agatha de face, je constatai qu'elle n'avait même pas remarqué l'oiseau.

– C'est quoi, alors ? Qu'est-ce qui te plait à ce point dehors ?

Elle ne bougea pas les yeux, mais à ma surprise infinie, ses lèvres remuèrent. Elle ouvrit la bouche et elle lâcha dans un murmure : *Kah*.

– Quoi ?

Je tâchai de rester calme pour ne pas l'effrayer, mais je brulais de comprendre ce qu'elle essayait de dire. Ça pouvait être énorme.

– Kah, répéta-t-elle dans un petit souffle.

Puis elle ferma les yeux, apparemment épuisée par son effort.

J'étais surexcitée. Mais lorsque j'en parlai à Laura dans l'après-midi, elle éluda la nouvelle d'un geste de la main. Puis, devant ma déception, elle se radoucit.

– Excuse-moi, déclara-t-elle. Je comprends que cela représente beaucoup pour toi, ce qui en dit long sur la personne que tu es, Margot. Mais la vérité est que les énoncés d'Agatha n'ont pas plus de sens que les babillages d'un bébé.

– Mais j'ai vraiment eu l'impression qu'elle cherchait à produire un son précis. Peut-être qu'elle essayait de parler.

Là, je perçus un léger changement dans l'attitude de Laura.

– J'en doute, répondit-elle platement.

Message reçu : il valait mieux ne pas insister. Plus tard, en repensant à la réaction de Laura, je me demandai si je ne l'avais pas blessée. Elle était peut-être jalouse ? Je n'avais jamais vu Agatha dire un mot à sa mère.

Alors je décidai de me taire. Inutile de me mettre Laura à dos.

De toute façon, les choses en restèrent là. De temps en temps, je demandais à Agatha à quoi elle pensait. Et la réponse, lorsqu'elle daignait m'en fournir une, était toujours la même : *Kah*.

*

* *

Au fil des jours, j'instaurai une routine – à moins qu'elle ne se soit instaurée toute seule. Chaque matin après le petit-déjeuner, je mettais ma tenue de jardinage, j'aidais à installer Agatha à son bureau pour qu'elle fasse ses devoirs – ce qui consistait à tourner une nouvelle page vierge de son cahier et à y noter la date et la matière du jour – et je me rendais dans le jardin avec Laura. Après le désherbage de base, j'étais passée au niveau deux, qui impliquait d'élaguer, de vérifier et de réparer les petits tuyaux d'arrosage et de débarrasser les plants de tomates des petites bêtes.

Un jour, alors qu'on nettoyait le carré de citrouilles des insectes et des feuilles mortes, je levai les yeux sur Copeland Hall qui se dressait derrière nous, avec ses ailes imposantes s'étalant dans deux directions opposées.

– Cette maison est incroyable, dis-je à Laura. C'est votre famille qui l'a fait bâtir ?

Il m'avait fallu quinze jours pour me décider à aborder le sujet, de peur que des questions ne soient interprétées comme une tentative d'estimation des biens. Si je craignais une chose, c'était que les Sutton s'imaginent que je m'intéressais à leur argent. Certes, je me posais quelques questions, mais pas par convoitise. En plus, l'évaluation de leur richesse ne m'aurait pas avancée beaucoup. Les précieuses antiquités et les peintures à l'huile ne pouvaient que me rappeler jour après jour ma situation d'orpheline sans le sou.

– Oui, me répondit Laura d'un ton presque révérencieux. L'arrière-grand-père de mon grand-père, Jerahmeel Copeland, l'a fait construire pour sa famille. Il a fondé la société de chemins de fer Eastern Central – à l'origine de l'une des premières lignes à traverser le Mississippi. C'était un homme très puissant. À sa mort, il possédait des immeubles partout à Chicago, à New York et à San Francisco, ainsi que des vastes réseaux de lignes de chemin de fer. On dit que c'était un homme de principes, d'une honnêteté très stricte. Pas très amusant à côtoyer, d'après la légende familiale, mais... mais il avait un vrai talent de bâtisseur.

– Tout ce qui se trouve dans la maison est d'époque ?

– Oh non. Elle date de 1858. Elle a été en grande partie redessinée et modernisée dans les années trente. Depuis, nous avons juste fait retapisser les sièges et changé les tentures, et nous réglons les problèmes techniques à mesure qu'ils se présentent…

– Vous avez toujours vécu ici ?

Laura interrompit son travail et se redressa.

– Je suis partie de la maison pour aller à l'université, et c'est là que j'ai rencontré John. On s'est mariés. Puis, on s'est installés à Chicago à cause de ses études de droit. Mais la vie là-bas est très agitée, un tourbillon perpétuel, et nous avions envie d'un peu de calme. J'ai toujours su que je reviendrais vivre ici. Ensuite, mon père est mort – j'ai perdu ma mère à l'âge de deux ans –, et on est venus habiter ici. Après, Agatha est née, puis Barrett un an plus tard, ce qui n'était pas prévu. (Laura eut un sourire triste.) Les gens disent qu'avoir des enfants permet de rester jeune, mais parfois, je me demande… (Elle secoua la tête.) Enfin, c'est beaucoup de pression. Je veux dire, de pression émotionnelle. J'ai le sentiment que tout le poids du patrimoine familial repose sur mes épaules.

– Vous êtes fille unique, alors ?

Elle plongea ses yeux dans les miens et il y eut un silence triste et pesant.

– Oui, me répondit-elle.

Mais je sentis bien qu'une histoire se cachait derrière cette réponse.

Quelque chose tomba sur mon cœur avec une espèce de bruit sourd. Laura me comprenait peut-être mieux que je ne l'aurais cru, finalement.

– Moi aussi, dis-je. Enfin, maintenant.

Ses yeux se voilèrent d'une infinie tristesse.

– Oui. Je sais.

Puis nous nous remîmes à détacher les bestioles des plants de citrouilles avant de les jeter dans un seau d'eau savonneuse.

– J'aurais dû être un garçon, reprit Laura. Je suis la première femme à avoir hérité de la maison. Ma grand-mère paternelle a pleuré à mon mariage lorsqu'elle s'est rendu compte qu'il n'y aurait plus de Copeland à Copeland Hall.

– Pleuré pour de bon ?

Laura eut un petit sourire ironique.

– Elle a même *fondu* en larmes. Grand-mère Copeland avait le sens du tragique.

– Et vous ne pouviez pas garder votre nom de famille ?

Elle rit gaiment. J'aurais presque pu l'entendre s'exclamer : « Encore une petite blague, comme c'est amusant ! »

– Oh, non. Ce genre de chose ne se fait pas dans ma famille. Et puis, de toute façon, c'est sans importance. « Les Sutton de Copeland Hall », je trouve cela très bien.

Ma première réaction fut : *Votre famille, c'est* vous. *Qu'est-ce qui vous empêche de faire ce que vous voulez ?*

Mais je tins ma langue. Qui étais-je pour affirmer que, si j'avais dû faire un choix en sachant dans quel sens mes parents auraient voulu que je tranche, je ne me serais pas conformée à leur préférence ? C'est même sûrement ce que j'aurais fait. Il suffisait de voir avec quelle rigueur je respectais mon rituel du brossage de dents.

– Alors, quand j'ai vu que mon premier enfant était une fille, j'ai été un peu triste. Mais ensuite, j'ai pensé… ce qui compte, ce n'est pas le nom, si ? C'est la nature de la personne.

– Ça veut dire que c'est Agatha qui héritera de la maison plus tard ?

La conversation poursuivant son cours tranquillement, j'en avais déduit que la direction qu'elle avait prise convenait à Laura, mais elle se ferma aussitôt.

– Je… C'est ce que j'espérais, dit-elle d'un ton plus froid. Mais… je ne sais pas. Il n'y a pas grand-chose à en dire.

Embarrassée, je me concentrai de nouveau sur ma tâche. Je ramassai un perce-oreille et le jetai dans l'eau. Et là, je commis une grossière erreur tactique : je regardai dans le seau.

L'insecte se débattait dans l'eau savonneuse. Il coula lentement en continuant à remuer frénétiquement les pattes. Laura m'avait assuré que le savon les tuait rapidement… mais ce n'était pas l'impression que ça donnait.

La nausée me secoua tout entière.

– Margot ? dit Laura.

Je me détournai précipitamment du seau, et des dizaines de créatures innocentes que je venais de jeter sans pitié dans les eaux sombres de la mort. Je ne sais pas pourquoi je n'avais pas fait le lien plus tôt, mais je n'arrivais plus à penser à autre chose qu'à ma famille en train de mourir dans les mêmes conditions.

– Margot ? répéta Laura, un peu inquiète. Tu es toute rouge.

J'étais incapable de répondre. Si j'ouvrais la bouche, j'allais vomir partout sur les citrouilles. Je me levai pour m'éloigner un peu.

– Quelque chose ne va pas ? Tu as pris un coup de chaud, ou… ?

Puis ses yeux tombèrent sur le seau, et elle comprit.

– Oh. Oh, mon Dieu.

J'entendis un mouvement derrière moi, puis le bruit de ses pas, et celui de l'eau qui se déversait du seau. Enfin, elle revint se camper derrière moi. Je n'avais pas bougé. J'étais une statue de tessons de verre brisé.

– Margot. Je suis là.

Je ne répondis pas. Je n'osais pas bouger de peur de me désintégrer. Je ne voulais pas pleurer. Pas là, en plein jour, en pleine lumière, dans le cadre exposé du jardin.

Laura posa une main hésitante dans mon dos.

– Les épreuves que l'on a subies restent toujours là, en nous. Notre esprit n'arrêtera jamais de chercher des raisons de les ramener à la surface. Parfois, on les oublie quelque temps, mais aux moments les plus inattendus, on voit quelque chose, ou on entend une chanson, ou...

Elle n'acheva pas, et je m'attendis à ce qu'elle sorte une platitude du type : « Mais il faut apprendre à voir le bon côté des choses et se concentrer sur ce qui se passe bien ! »

Mais elle ne fit rien de tel. Elle laissa ses paroles suspendues en l'air, me donnant l'impression qu'elle aussi savait ce qu'était une perte qui vous arrache le cœur et en fait un nœud avant de vous le recoller dans la poitrine.

Elle me tapota l'épaule et s'en alla nettoyer ses outils, et je la rejoignis au bout de quelques minutes.

Elle ne reprit pas le sujet, ni à ce moment-là ni plus tard, encore moins devant John.

Les journées s'écoulaient lentement et sans heurts, à part la conscience permanente que toute ma famille était morte dans des conditions atroces et moi non, et qu'il ne me restait plus qu'à prendre sur moi.

Mais bon, il faut apprendre à voir le bon côté des choses et se concentrer sur ce qui se passe bien, pas vrai ?

En règle générale, je m'habituais à devenir une résidente de Copeland Hall. John semblait partir et revenir selon un obscur planning professionnel, mais lorsqu'il était là, il se montrait amical et courtois. J'aimais beaucoup Laura. C'était un peu comme une amie, avec en plus une sorte d'autorité maternelle qui me rassurait. En fait, ses mystérieux accès d'humeur sombre s'accordaient avec les miens et m'aidaient à me sentir moins seule.

Quant à Agatha, je m'habituais à elle, et réciproquement. Elle faisait encore tomber Lapin bleu sur le nez dès qu'elle en avait l'occasion, mais il en fallait plus pour me faire peur.

Je m'étais même faite aux vêtements. Ils m'allaient si bien qu'il n'avait plus été question de m'en acheter d'autres, et ça ne me dérangeait pas. Je m'étais rendu compte qu'on bougeait autrement dans des habits plus structurés et plus formels. On ne s'affalait pas dans les canapés ; on s'y tenait droit. Ça changeait la façon de marcher, de se tenir, de parler. Mes manières de table s'étaient améliorées comme par magie et mes cheveux étaient toujours brossés. Cela allait jusqu'à modifier mes pensées et mes émotions. Tout me paraissait plus stable, plus gérable. Comme si ce nouveau personnage était une armure qui me maintenait debout.

Dans une certaine mesure, je devenais l'un d'eux : pas *vraiment* une Sutton, mais plus non plus une étrangère dans la maison.

Était-ce l'idéal d'être devenue l'orpheline-domestique de la respectée et respectable famille Sutton de Copeland Hall ? Non. Mais était-ce aussi moche que d'être la dingue de la chambre du fond à Palmer House ? Non plus. Puisque je ne pouvais pas retrouver mon ancienne vie, j'étais prête à faire ce qu'il fallait pour que celle-ci se passe le mieux possible.

Et quelque chose dans cet endroit – ses tâches quotidiennes, son silence, son atmosphère solennelle et chargée d'histoire – avait sur moi un effet calmant inattendu : je n'avais pas fait un seul cauchemar depuis mon arrivée. Pas un.

11

Par un vendredi pluvieux après le déjeuner, alors que je faisais tout ce que je pouvais pour m'absorber dans *Tess d'Urberville* et que mes yeux se fermaient malgré moi, Laura vint frapper à ma porte, que j'avais laissée ouverte.

– Margot, tu es réveillée ?

Je posai mon livre et m'assis sur mon lit.

– Agatha a rendez-vous avec le Dr Reed, aujourd'hui.

Je fus prise d'un léger accès de panique. Laura essayait de m'attirer chez le docteur, moi aussi. Mes éventuels « problèmes » semblaient toujours rôder dans un coin de son esprit. Il ne se passait pas une journée sans qu'elle me demande comment je me sentais, et la question contenait toujours en creux la crainte que ma réponse ne soit pas une bonne nouvelle. C'était peut-être la conséquence logique d'avoir une fille atteinte d'une maladie grave et non identifiée. Mais je ne pouvais pas m'empêcher de trouver cela énervant.

Je ne veux pas voir de médecin, râlai-je intérieurement. J'allais très bien. Je n'arrêtais pas de le lui répéter, mais elle ne semblait pas disposée à lâcher prise.

Puis elle reprit, le front plissé :

– Je t'aurais bien proposé de venir, mais je crains que ce ne soit pas le bon jour. Agatha m'a l'air un peu irritable, et puis j'ai peur que tu t'ennuies. Autant que tu restes tranquillement ici au lieu de poireauter sur une chaise dans une salle d'attente.

Oh. Il ne s'agissait pas de moi. Du coup, ma petite voix intérieure geignarde se mit à se plaindre d'être laissée de côté. Après plusieurs semaines passées entre la maison et le jardin, une virée en ville m'apparaissait comme une expédition aussi excitante qu'un voyage sur la Lune. Même à Palmer House, on faisait des petits tours au centre commercial ou au supermarché.

Je m'efforçai de ne pas montrer mon mécontentement. Mais puisqu'on en était aux sujets sensibles, je tentai ma chance.

– Vous n'avez pas retrouvé le mot de passe du wifi ?

Elle hésita, et je me préparai à de nouvelles excuses et à des explications fumeuses sur le fait que ça lui était sorti de la tête parce qu'elle avait passé la matinée à négocier avec les couvreurs, ou qu'elle ne savait pas trop à qui s'adresser parce que le bureau de John était bourré de paperasses qui avaient besoin d'un bon rangement, et bla bla bla. Je la croyais – je savais qu'elle avait beaucoup à gérer –, et j'essayai de ne pas lui en vouloir d'avoir mieux à faire dans la vie que de s'occuper de moi. Mais j'avais *vraiment* besoin de cet accès à Internet. Au moins, si je les avais accompagnées en ville, j'aurais eu du réseau. Je ne demandais pas mieux que de rester dans la voiture si ça me permettait de passer quelques minutes à lire des infos sur le reste du monde (et, pour être honnête, les derniers ragots sur les people).

– En fait, j'en ai discuté avec John hier soir. Je voulais t'en parler ce matin dans le jardin, mais l'occasion ne s'est pas présentée.

Elle esquiva mon regard, laissant flotter dans l'air un reproche muet : ma crise de larmes au moment où je taillais la lavande avait contrecarré ses plans.

– Margot… nous ne sommes pas d'accord pour laisser aux enfants l'accès illimité à Internet.

– Oh, mais je n'ai pas besoin de l'accès illimité.

Elle avait dû prévoir une certaine résistance et fut prise de court par ma réponse. Elle plissa les lèvres.

– Je veux dire… l'accès libre.

– Ça veut dire que je n'y aurai pas accès *du tout* ?

Mon ton de gamine geignard me fit grimacer intérieurement. Vilaine orpheline.

– On veut juste éviter que tu passes tes journées collée à un téléphone ou à un ordinateur. S'anesthésier les neurones avec des stimuli électroniques, c'est le pire qu'on puisse faire en termes de maturation mentale, émotionnelle et intellectuelle. Tu es jeune, ton cerveau est encore à un stade de développement crucial.

Même si elle ne l'avait pas dit, j'eus l'impression qu'elle parlait de *mon* cerveau défectueux en particulier, et j'étais trop vexée pour répondre. Et choquée. Depuis des semaines, je la croyais quand elle me disait qu'elle cherchait le mot de passe. Et pendant tout ce temps, elle bluffait.

– Mais vous avez vraiment Internet ? demandai-je enfin.

Je savais que oui. J'avais vu le petit signal wifi sur mon téléphone. Il me manquait juste l'accès. Mais à ce stade, je n'aurais pas été étonnée qu'elle persiste à me mentir.

– Évidemment. John et moi avons chacun un ordinateur dans notre bureau. Tu peux t'en servir en cas de besoin. Pour le lycée, par exemple.

– Mais comment...

Je me tus. J'avais failli demander : « Mais comment je fais pour contacter mes amis si je ne peux même pas envoyer de messages ? » Avant de me rappeler que je n'avais pas d'amis. Et ce n'était pas en vivant à Copeland Hall que j'allais m'en faire de nouveaux.

Laura s'appuya contre le chambranle d'un air désolé.

– Je ne me rends bien compte que nous ne ressemblons pas à la plupart des autres familles. Nous vivons dans une espèce de bulle, tout seuls ici. Mais c'est une vie très paisible. Et, entre les livres et le jardin, et l'histoire de cette maison... c'est une *bonne* vie.

Peut-être lut-elle une ombre de scepticisme sur mon visage, car son sourire se fit plus franc, plus décidé à me convaincre.

– Tu verras. Ces choses dont tu crois manquer… ce ne sont que des interférences. Bientôt, tu comprendras.

Je me sentis soudain gênée sous son regard, comme si elle en voyait plus sur moi que ce que je désirais montrer. Je détournai le visage. J'étais en colère, mais je ne voulais pas diriger cette colère contre elle.

– Le monde voudrait que tu saisisses tout ce qui brille, Margot. Alors que, parfois, il suffit juste d'avoir un peu de temps et d'espace pour être soi-même.

Puis elle me caressa les cheveux, comme elle le faisait à Agatha.

– Alors je voudrais que tu arrêtes de réclamer Internet. Notre réponse est non et elle ne changera pas.

Sa voix était si soyeuse, si calme que l'impact de ses paroles m'atteignit avec un temps de retard. Et là, j'eus la sensation d'avoir été giflée. Réprimandée telle une gamine, et pour quoi ? Pour avoir demandé une maigre connexion avec le monde hors de Copeland Hall ? C'était un crime ?

Je bouillais de colère, mais, si elle s'en aperçut, elle n'en laissa rien paraitre.

– Tu ne sais peut-être plus très bien qui tu es en ce moment, mais nous, nous le voyons. Et nous voulons t'aider à te retrouver. Parce qu'on t'aime beaucoup, Margot. Vraiment.

Elle disparut sans me laisser le temps de répondre et je restai là, assaillie par un tourbillon d'émotions. Le choc, la tristesse, la colère, l'humiliation, sans compter une pointe de culpabilité parce que je m'en voulais d'en vouloir à Laura, alors qu'elle n'avait pas forcément tort. Du moins il fallait l'espérer. Avais-je une chance de me retrouver ? Si je vivais dans un environnement assez calme, si le monde bougeait assez lentement, le vrai moi parviendrait peut-être à émerger du silence ?

Cela dit... elle m'avait quand même menti. Je détestais l'idée et tâchai de m'empêcher de le penser, mais c'était indéniable. Elle m'avait menti, manipulée, alors qu'il aurait été si simple de me dire la vérité.

D'un autre côté, il s'agissait de Laura, me rappelai-je pour sa défense. Quelqu'un d'étrange, qui avait besoin de tout contrôler.

Oui, on pouvait le dire. Elle était démodée, inflexible, moralisatrice et exigeante. Et aucun de ces aspects ne m'avait posé de problème jusque-là, tellement j'étais avide de gagner son approbation. Le seul point qui m'effrayait un peu, c'était sa réaction quand je finirais par me sentir assez intégrée pour la défier. Cela arriverait sans doute un jour.

Comment le prendrait-elle ? Est-ce qu'elle me chasserait ? Ou, entretemps, me serais-je assez enracinée dans leur vie pour qu'il n'y ait pas de répercussions ? J'avais vu Laura irritée par Agatha, mais elle ne l'avait jamais punie. Difficile de punir une personne trop malade pour se rendre compte de ce qu'elle faisait la plupart du temps. Peut-être que cela ne se faisait pas non plus de punir une orpheline.

Enfin, Barrett ne tarderait pas à revenir. Ça me permettrait d'observer de près le comportement d'un ado normal en présence de Laura.

En admettant qu'il soit normal. Laura adorait vanter sans fin ses exploits au lycée : star de l'équipe de lacrosse, vice-président du conseil des élèves, tableau d'honneur… sans oublier qu'il était sorti avec deux filles de sénateur l'année précédente, alors qu'il n'avait que quinze ans. J'en avais suffisamment entendu sur l'extraordinaire Barrett Sutton pour regretter qu'il ne passe pas l'été entier en Italie.

*

* *

Malgré ma déception d'être abandonnée à mon sort à la maison, je trouvai formidablement relaxant d'avoir un peu de temps à moi. D'un autre côté, le sentiment de devoir faire bon usage de ces quelques précieuses heures me mettait une pression énorme, presque paralysante. Devrais-je en profiter pour écumer les placards de la cuisine à la recherche de sucreries ? Allumer l'un des postes de télé antédiluviens au cas où je tomberais sur une émission de téléréalité pourrie ?

Ou… essayer d'en découvrir plus sur la mystérieuse Lily ?

Non, Margot. Tu n'as pas le droit.

Exact. Très mauvaise idée, à l'évidence. Si Laura avait voulu que les gens se baladent dans l'aile verte, elle n'aurait pas fermé la porte à clé.

Je sortis de la nurserie sans idée précise de ce que j'allais faire.

En posant la main sur la rampe, je me demandai combien de personnes avant moi avaient pris cet escalier, touché son bois poli et luisant. Et, parmi eux, combien avaient été des gens importants ou célèbres. Combien avaient connu des tragédies dans leur passé… ou leur avenir. Combien avaient vécu centenaires, combien étaient morts jeunes…

Un picotement désagréable le long de ma colonne vertébrale courut à la pensée de ces marches encombrées des fantômes de tous ces gens. Car, si les fantômes existaient, quelle meilleure place pour eux que dans cet escalier, suspendu entre deux espaces ?

Non. C'était ridicule. Même si j'avais cru aux fantômes, ce qui n'était pas le cas, ceux de riches inconnus étaient mon dernier souci.

Soudain, j'eus une vision de ma famille patientant dans l'ombre de l'entrée, le teint blanchâtre, la peau humide et boursoufflée. L'image était si nette que je pouvais presque respirer l'odeur de l'eau croupie du canal.

Je m'arrêtai au milieu de l'escalier pour reprendre mon souffle, et me rappeler que tout ça n'était que le fruit de mon imagination délirante. Non, ma famille ne m'attendait pas dans l'entrée.

Et pourquoi pas ?

Je fis volte-face et remontai.

Tandis que mes yeux balayaient le couloir désert – parce que j'étais parano, maintenant –, je remarquai quelque chose qui m'avait échappé jusque-là : la deuxième porte sur la droite était entrouverte.

La vraie chambre d'Agatha, celle qu'elle occupait avant sa maladie.

Je m'approchai dans l'idée de la refermer. Rien d'autre. La refermer.

Ce dont je ne fis rien, bien sûr.

J'entrai.

*

* *

Après quelques pas dans la chambre, je dus m'arrêter. On aurait dit que deux galaxies s'étaient percutées ; le style majestueux et baigné d'histoire de Copeland Hall, confronté à une chambre d'adolescente sortie d'un film sur la phobie du rangement des jeunes.

Les caractéristiques de base n'étaient pas très différentes de celles du reste de la maison. C'était une vaste pièce haute de plafond avec de grandes fenêtres, tapissée d'une épaisse moquette rose d'un ton un peu trop proche du magenta pour être récente. Le lit à baldaquin était orné d'un dais en tissu à fleurs de toutes les couleurs, raide et chatoyant, repris pour le cache-sommier et les grands rideaux bouillonnants. Il y avait aussi un fauteuil assorti dans un coin. Le mobilier était en bois blanc à moulures sculptées. Les murs étaient décorés d'un papier peint jaune citron à rayures mates et brillantes. Et dans un angle de la chambre se trouvait une coiffeuse raffinée, blanche avec un tabouret rond garni d'un coussin en fausse fourrure rose.

Une chambre de princesse.

Or ce n'était clairement pas une princesse qui dormait là. On se serait plutôt cru dans l'antre d'un troll bordélique. Étalés, éparpillés, suspendus ou jetés sur tous ces meubles à l'élégance féminine, il y avait des vêtements, des sacs, des chaussures, des livres, des peluches, des papiers, des magazines et même quelques bouteilles d'eau vides. (La version chère, en verre, notai-je malgré moi.)

Je m'approchai de la coiffeuse. Le miroir disparaissait à moitié sous les photos coincées dans son cadre. J'en pris une délicatement pour l'examiner.

Même si je m'attendais à y trouver son visage, j'eus un petit choc.

Agatha.

Elle était presque méconnaissable. Sa personnalité et sa vivacité irradiaient même sur le papier glacé. Elle était avec une amie, sur le pont de ce qui devait être un très chouette bateau. Elle portait une chemise blanche aux manches retroussées, ouverte sur un maillot rouge orné de petits nœuds sur les hanches. Elle était pieds nus, et ses ongles étaient vernis dans le même rouge que le maillot. Une grosse tresse reposait paresseusement sur son épaule, et son visage parsemé de taches de rousseur arborait un bronzage parfait, rehaussé par un rouge à lèvres framboise.

Elle avait le bras autour des épaules de son amie, qui aurait aussi bien pu porter une cape d'invisibilité. Personne n'aurait pu détourner les feux des projecteurs d'Agatha. Elle était trop jolie, trop vivante, trop captivante. Trop naturellement cool et joyeuse.

Je remis la photo à sa place avec un poids sur l'estomac, et j'inspectai les autres. Agatha qui riait au zoo face à une girafe, Agatha fixant le lointain sur fond de tours à Chicago, Agatha en robe blanche vaporeuse devant un mur en brique couvert de lierre, Agatha et deux copines chaudement emmitouflées sur les gradins d'un stade, avec des gobelets de café entre leurs mains gantées. Les autres personnes étaient aussi classe qu'elle, vêtements, coiffures et maquillages respiraient le même luxe et la même expertise, mais toutes paraissaient fades à côté de la beauté éclatante d'Agatha. On aurait dit un ange entouré de mortels.

Je ne pourrais jamais rivaliser, pensai-je, sans prendre le temps de me demander dans quelles circonstances on pourrait être amenées à rivaliser, elle et moi.

Après avoir replacé cette photo-ci dans le cadre du miroir, je fis lentement le tour de la chambre, en m'arrêtant pour caresser les chemises soyeuses jetées sur le fauteuil ou la moquette, les piles froissées de tissu noir satiné qui devaient être des leggings ou des soutiens-gorge de sport. Ce qui me frappa le plus, c'était que ces vêtements, les vrais et ceux des photos, étaient à des années-lumière du style raide et conservateur qu'elle portait maintenant. Que *je* portais maintenant.

Comme si cette chambre contenait la vraie Agatha, alors que la fille assise dans le fauteuil de la nurserie n'était plus que l'ombre de ce qu'elle avait été.

Pourquoi l'avaient-ils changée de chambre ?

Et pourquoi n'avaient-ils rien rangé ?

Le couvre-lit à fleurs était encore repoussé sur le côté, à moitié en boule. Les draps étaient froissés et l'oreiller de travers. Sur la table basse, il y avait encore un verre dans lequel l'eau évaporée avait laissé un léger film, un chargeur débranché, et un livre ouvert posé à l'envers : *La lettre écarlate*. La rangée de peluches posées sur une petite étagère au-dessus avait glissé sur le côté.

Je savais que je n'aurais pas dû rester là. Quelque chose me disait – c'était même une certitude – que si Laura me trouvait là, dans cette chambre défendue et délaissée, cela briserait la confiance que j'avais pu gagner auprès d'elle – aussi fragile fût-elle Mais ça ne m'inquiétait pas trop. Je voyais l'allée depuis la fenêtre et ça me laissait le temps de sortir si elles revenaient.

Et puis, il fallait l'avouer, j'étais prête à tout pour avoir un petit aperçu de la vraie vie. J'avais besoin de me rappeler, ne serait-ce que brièvement, ce qu'avait été ma vie avant que mon monde explose.

Sur l'un des murs, il y avait une porte munie d'un crochet auquel était suspendue une armada de sacs de tailles variées, et quelque chose se dressa dans mon cerveau comme des antennes.

Son dressing.

Allez, rien qu'un *petit* coup d'œil.

En franchissant la porte, je laissai échapper un petit sifflement admiratif. Pour un dressing, c'était un dressing. Il était presque aussi grand que mon ancienne chambre, entouré de portants chargés de jupes, de robes, de chemises, de jeans, de pulls et de manteaux. Dessous s'empilaient les boîtes de chaussures, dont le contenu était signalé par des polaroïds collés sur le côté. À l'image du reste de la chambre, c'était un vrai chantier. Ma mère aurait fait une attaque si j'avais traité mes affaires de cette manière, sans parler de ce que ça avait dû couter. Je ne pus me retenir de prendre les articles les plus luxueux pour les déposer sur l'ottomane qui se trouvait au milieu du dressing. Quelque chose d'indéfinissable dans la qualité du tissu, des finitions, de l'assemblage de manches, ne laissait planer aucun doute sur le luxe de tout ça.

Sans l'avoir décidé, je m'approchai de l'étagère la plus proche, qui croulait sous les chapeaux. Mes doigts se replièrent sur un panama blanc orné d'un ruban de velours noir et je le mis sur ma tête. Puis je pris une paire de lunettes de soleil – des Ray-Ban vintage, me sembla-t-il – et les glissai sur mon nez.

Je me contemplai dans le miroir. Mes cheveux, dans leur atroce dégradé court – merci le service coiffeur des urgences –, avaient presque un air sympa sous le bord en paille. L'espace d'un instant, je m'imaginai sur l'une des photos d'Agatha, au milieu des autres filles aux vêtements et au maquillage irréprochables.

Mais oui, Margot. C'est ça. C'est pile ce que ferait Agatha si elle se réveillait : t'inviter à une virée pour le week-end.

Soudain, je me sentis ridicule. Je rangeai le chapeau et les lunettes avec des mains de plomb et retournai me camper devant la coiffeuse. La photo du bateau avait glissé et je la remis à sa place initiale.

En inspectant la table, je repérai un cahier à spirale dont la couverture arborait un A en gaufrage argenté : un journal intime.

Je tendis la main, malgré la résistance de tous mes muscles. Ce journal ne me regardait absolument pas. Il n'avait rien à voir avec moi. C'était une terrible violation de la vie privée d'Agatha…

Ça ne m'empêcha pas de l'ouvrir.

Et ce que je vis me fit reculer.

La page était presque entièrement couverte d'écriture. Mais la graphie était brouillonne et irrégulière. Ici et là, sans raison apparente, apparaissaient des majuscules et des répétitions. C'était l'écriture d'une personne qui n'allait pas bien.

L'ÂME des Individus Reflète le Sens Moral du monde monde monde, et seule la plus grande VIGILANCE peut nous éviter éviter la Chute dans les penchants les plus SOMBRES et les Plus Bas de la Nature humaine.

Je refermai le cahier et le reposai vivement, comme s'il était en feu.

Les élucubrations tordues de *Lily*. Dans le cahier d'Agatha.

Était-ce vraiment son œuvre ? À en juger par la graphie tremblante, elle avait dû mettre des heures. Quant au contenu, il était franchement flippant. Pour quelles raisons quelqu'un de mon âge se mettrait-il à penser des choses pareilles ? Sans parler de les écrire !

Après une grande inspiration, je rouvris le cahier et commençai à le feuilleter. Même sans l'effet de surprise, c'était horrible. Elle avait couvert le cahier d'un gribouillis irrégulier, tantôt répétant indéfiniment certaines lignes, tantôt se perdant dans de longs paragraphes sur plusieurs feuilles, dans une écriture de plus en plus chaotique.

C'est alors que, à ma grande horreur, j'entendis des voix dans l'escalier.

Elles étaient déjà de retour ? J'avais été si occupée à fouiner que j'avais oublié de surveiller l'allée. Comment avais-je pu être aussi stupide ?

Ou avais-je encore perdu toute notion du temps, prise dans un drôle de brouillard, comme la première nuit ?

Je tendis l'oreille, électrisée par la peur.

En imaginant Laura en train de me surprendre ici, je fus frappée par l'ampleur de ma bêtise.

Une seconde plus tard, je me détendis – un peu. Ce n'était pas la voix de Laura ni celle de John.

C'était celles d'un homme jeune et de M. Albright. J'en étais presque sûre, à en juger par le ton bref et protocolaire des réponses.

Je me collai au mur près de la porte pour qu'ils ne me voient pas.

– On a dû avancer notre vol de retour. Andy était tombé à court d'argent en Sardaigne et son père n'a pas voulu lui en envoyer plus. Vous connaissez les Benson, disait le jeune homme avec un soupçon de désapprobation.

Ça ne pouvait être que Barrett. Il était censé rentrer ce week-end, mais je n'avais pas réalisé jusque-là que cela allait impliquer une nouvelle présence dans la maison. Et pas n'importe laquelle. M. Albright était une personne. Mais Barrett était quelqu'un de mon âge. Un *garçon*.

Et voilà qu'il rentrait en avance. Ça n'allait pas du tout. Je n'avais pas eu le temps de me préparer. Tout ce qui m'était devenu familier allait être bouleversé. Je me sentais déstabilisée, angoissée et en sueur.

– Ça ne m'étonne pas, répliqua M. Albright. J'ai eu vent de rumeurs inquiétantes sur l'état de leurs finances. Je ne compterai pas sur de nouveaux week-ends à bord de ce yacht.

– Dommage, dit Barrett. Enfin, c'est sans doute un mal pour un bien, les bateaux sont un très mauvais investissement. En tout cas, merci d'être venu me chercher. C'est bon, je peux porter mes bagages, maintenant.

– Oh, le timing était parfait pour moi, je devais sortir. Votre mère et Agatha sont en ville. Elles devraient être de retour d'ici une heure.

Puis ils durent se séparer, puisque j'entendis des bruits de pas prendre deux directions opposées ; les plus pesants vers le rez-de-chaussée et les plus légers vers le fond du couloir.

Une fois seul, le garçon se mit à siffler un air improvisé.

Alors que j'essayais de reprendre mes esprits, je m'aperçus que je serrais toujours dans mes mains le journal d'Agatha. Lorsque je voulus le remettre à sa place, mes doigts tremblaient tellement sous l'effet du stress que je le lâchai.

Le sifflotement s'interrompit.

J'arrêtai de respirer – je ne pouvais plus.

Enfin, au bout de quelques secondes, le sifflotement reprit, mais de plus en plus faiblement. Il y eut le déclic d'une porte. La dernière à gauche, celle de la chambre de Barrett. Laura me l'avait montrée au moins dix fois.

Je ramassai le cahier et jetai un coup d'œil sur la page à laquelle il s'était ouvert en tombant. Elle ne comportait qu'une seule phrase, inscrite en haut :

Je n'ai Plus la Force de continuer à me Battre.

C'était la dernière chose qu'elle avait notée dans son journal.

Mon cœur se serra d'horreur. Son écriture avait encore régressé et ressemblait à celle d'un petit enfant, hésitante et maladroite.

Mais le pire était ce qu'elle disait. Passer de la jeune fille superbe et pleine de vie qu'elle avait été à la coquille vide qu'elle était devenue était déjà moche, mais le pire était qu'elle avait eu conscience du processus et qu'au bout d'un moment, épuisée par ses efforts, elle s'était sentie incapable de continuer à résister.

Je soupirai profondément, du fond de mon âme.

Je connaissais ce sentiment.

Après avoir reposé le journal sur la coiffeuse, j'éteignis la lumière, je refermai la porte et je repris le couloir.

Alors que j'allais ouvrir la porte de la nurserie, un bruit me fit sursauter.

Le bruit de quelqu'un qui s'éclaircit la gorge.

Puis ce quelqu'un parla :

– Excusez-moi.

Le ton était sec, froid et autoritaire.

– Qui êtes-vous ? Et que faites-vous chez moi ?

12

12

En me retournant, j'eus la confirmation que c'était bien Barrett, le garçon de la photo dans le cadre de cristal. Il était indéniablement séduisant, mais loin de la perfection intimidante de sa sœur. Il ressemblait moins à une poupée, plus à un mannequin de catalogue de vêtements pour des gens qui s'occupent en parlant yachts. Il avait la mâchoire carrée et une petite fossette au menton. Ses sourcils bruns et fournis s'étaient rapprochés tandis qu'il me dévisageait d'un air sévère. Il avait des cheveux courts mais hirsutes, comme s'il ne les avait pas coupés depuis un mois ou deux. Sa peau était dorée par le soleil, un hâle qu'il avait dû acquérir au cours de ses pérégrinations en Europe, à draguer les filles de sénateurs.

J'ouvris la bouche pour répondre, mais aucun son n'en sortit.

– C'est une propriété privée ici, reprit-il. Vous n'avez pas le droit d'être là.

– Mais si, couinai-je.

– C'est quoi, votre nom ?

– Je... Je m'appelle Margot, dis-je d'une voix tremblante.

– Restez où vous êtes. J'appelle la police.

Je me plaquai contre le mur lorsqu'il fit un pas vers moi, mais il voulait juste se rapprocher de l'escalier pour crier en direction du rez-de-chaussée :

– Monsieur Albright ! Il y a une intruse dans la maison !

Les pas de M. Albright s'approchèrent à la hâte et il apparut au bas des marches, les yeux écarquillés par la surprise.

– Elle était dans la chambre d'Aggie, dit Barrett.

– Oh, non, non, Barrett... C'est un malentendu. Je suis désolé, Margot, je te présente Barrett Sutton. Barrett, vos parents avaient prévu de vous parler de Margot à votre retour, mais ils n'en ont pas eu le temps, bien sûr. Si j'avais su qu'elle était là, je vous aurais prévenu.

Les sourcils de Barrett s'abaissèrent d'un cran supplémentaire et son regard se fit encore plus noir. Il croisa les bras. Il portait un polo blanc élimé, un bermuda bleu à l'ourlet déchiré et des chaussures bateau au cuir blanchi par le soleil et l'eau salée, dont les semelles se décollaient. C'était typiquement le genre de tenue râpée dans laquelle seuls des gens immensément riches pouvaient se sentir à l'aise. On l'aurait pris pour un SDF au supermarché du coin.

– Je *vis* ici, ajoutai-je.

Il se tourna vers M. Albright pour confirmation.

Ce dernier soupira.

– Je vais vous expliquer, Barrett. Si on allait au petit salon ?

Une minute. Ils allaient me tourner le dos pour tenir une conversation secrète sur moi ? Franchement, moi aussi, j'étais un peu choquée que Laura et John n'aient même pas jugé utile de lui signaler mon existence. Cela induisait diverses suppositions peu agréables. Par exemple, ils avaient peut-être pensé que ça risquait de ne pas marcher avec moi. Ou alors j'avais fait quelque chose qui leur avait déplu.

Ou encore, ils n'avaient rien dit parce qu'ils soupçonnaient – à raison – que cela ne plairait pas à leur fils. Cette hypothèse commençait clairement à apparaitre comme la plus probable.

– Non, non, pas la peine, dit Barrett sans me lâcher des yeux. Je vais attendre papa. Elle est là depuis combien de temps ?

– Trois semaines, l'informai-je à la place de M. Albright.

– Vous restez jusqu'à quand ? Et vous faisiez quoi dans la chambre d'Aggie ?

Le simple fait de s'adresser à moi semblait lui couter.

– Elle dort dans la chambre d'Agatha, dit M. Albright.

Barrett le regarda d'un air dérouté.

– Ah bon ?

– Oui. Margot va vivre ici un certain temps. Elle aide votre mère à s'occuper d'Agatha.

– Hein ? Vraiment ?

Il me jeta un regard… bizarre, tout à coup. Presque comme s'il avait peur de moi.

– Oui. Elle nous est d'un grand soutien, précisa M. Albright.

Cette déclaration parut couper Barrett dans son élan, aussi net que l'arrêt du financement de son ami avait mis fin à son voyage. Il recula d'un pas, apparemment à court d'objections.

– Bon, fit-il en s'humectant les lèvres. OK.

M. Albright exécuta un petit salut, nous scruta attentivement, puis redescendit l'escalier quatre à quatre.

Je m'attendais à ce que Barrett me tourne le dos sans un mot de plus, mais il fixa mes pieds une seconde, releva les yeux et demanda :

– Et vous faites quoi pour Agatha ? Vous êtes infirmière ?

– Je lui tiens compagnie.

– Vous lui tenez compagnie, répéta-t-il sans bien comprendre. Vous avez quel âge ?

– Seize ans.

– Mais vous logez ici ? Ça fonctionne comment ? Vous allez au lycée ?

S'il y avait eu un gramme de condescendance dans sa question, je me serais abstenue de répondre. Mais il était étrangement penaud.

– Vos parents ont décidé de m'héberger, répondis-je d'un ton glacial. Les miens sont morts il n'y a pas longtemps, je suis orpheline.

Il eut l'élégance de ne pas commenter.

– Et on est en été, repris-je en savourant sa gêne. Il n'y a pas cours.

– Ah, oui.

Là-dessus, je me glissai dans la nurserie en le laissant planté dans le couloir.

*

* *

Un peu plus tard, j'entendis Barrett descendre et j'ouvris la porte pour épier ses retrouvailles avec sa mère et sa sœur. Me disant que j'aurais l'occasion de parler avec Laura lorsqu'elle amènerait Agatha à la nurserie, je préférai l'attendre en haut. Mais une heure passa, puis une autre, sans qu'elles montent. Quand j'entendis retentir les exclamations de John à son retour, j'entrouvris de nouveau ma porte pour les écouter.

Et je m'aperçus avec consternation que toute la famille restait en bas sans se préoccuper de moi, comme si je n'existais pas.

Je passai l'après-midi à tourner en rond avec agitation dans la nurserie. J'habitais là depuis assez longtemps pour me sentir à peu près chez moi dans la pièce, et pour pouvoir y fouiner sans avoir le sentiment de me mêler de ce qui ne me regardait pas. En guise d'excuse, j'époussetai et je rangeai sur mon chemin, gonflant les oreillers, alignant les livres de classe d'Agatha, arrachant la page vierge du jour dans son cahier de « cours ». J'avais songé à gommer la date pour la remplacer par celle du lendemain, et peut-être à en faire autant chaque jour, histoire de ne pas gâcher de papier, avant de me raviser. Le rituel scolaire d'Agatha était purement symbolique et tout le monde le savait – y compris Agatha elle-même, probablement. Mais il était visiblement important pour Laura, ou elle n'aurait pas pris la peine de coiffer et d'habiller Agatha quotidiennement comme une poupée. À bien y réfléchir, tout dans la vie à Copeland Hall relevait du spectacle. Laura orchestrait la mise en scène et chacun jouait son rôle.

Alors j'arrachai la page périmée et la jetai dans la corbeille.

Extérieurement, j'accomplis ces corvées dans le calme. Mais intérieurement, je n'étais qu'un nœud d'angoisse. Et de colère. Et si Barrett, à l'instant même, était occupé à convaincre ses parents de me renvoyer ? Laura me défendrait, bien sûr, mais je savais instinctivement que l'avis de Barrett aurait de l'influence sur ses deux parents. Rien qu'à leur manière de prononcer son nom, on voyait qu'ils plaçaient tous leurs espoirs en lui. Et la maladie d'Agatha ne faisait qu'accroitre son importance. Il devenait l'héritier. Qui pouvait garantir que ses parents n'allaient pas commencer à lui donner son mot à dire sur la façon de gérer les choses ?

Une troisième heure passa, et j'avais l'impression que la tension allait me rendre dingue. Je les imaginais réunis autour de la table, à décider de mon sort.

Enfin, incapable de me retenir, je me donnai un coup de brosse, me mis une touche de baume à lèvres et descendis, direction la bibliothèque. Et peut-être qu'ils me verraient et me proposeraient de me joindre à eux. Ils allaient sûrement m'entendre dans l'escalier. Ou me voir passer derrière une porte ouverte. John dirait : « Mais viens donc, Margot ! Pourquoi tu te cachais ? »

Sauf que non. J'arrivai à la bibliothèque sans qu'il se soit rien passé, et il ne me resta plus qu'à trainer là en inspectant les rayonnages en quête d'un livre intéressant. Parvenue près d'une porte que j'avais toujours prise pour celle d'un placard, je m'arrêtai net.

J'entendais parler, à voix basse et grave. C'était Laura, John et Barrett.

Cette porte ne donnait pas sur un placard mais sur une autre pièce. Je m'approchai aussi près que je l'osai et concentrai mon énergie à comprendre ce qu'ils disaient. Même Agatha devait être là avec eux. Je me sentais totalement laissée pour compte.

– Mais tu dois te montrer gentil avec elle, disait Laura. Elle est très sympathique, et ton père a fait ses études de droit avec le sien. Anthony Radegan.

– Anthony qui ? Jamais entendu parler.

La colère me monta au nez, et je fus tentée d'ouvrir la porte et de lancer : « Tu n'as pas le droit de prononcer le nom de mon père. »

– Il m'a sauvé la vie, intervint John. Il m'a sorti de la piscine alors que je me noyais.

– Quoi ? Mais tu n'avais jamais parlé de ça ! s'exclama Barrett.

– L'occasion ne s'est pas présentée, justifia Laura. On ne te raconte pas tout.

– Je vois ça, ricana son fils.

– Je te prierai de me parler avec respect, Barrett, riposta-t-elle sèchement.

Si elle s'était adressée à moi avec ce ton d'autorité glaciale, j'aurais couru me cacher sous un lit. Je tendis l'oreille, curieuse de la réaction de Barrett.

– Excuse-moi, maman, dit-il après un silence. Mais je ne comprends pas. Elle n'a vraiment plus de famille ?

Un poids glacé tomba sur mon estomac et mes mains se couvrirent de sueur.

– Non, répondit John. Il y avait une grand-tante du côté de sa mère, mais elle est morte il y a plusieurs années. Et ses quatre grands-parents sont morts.

– Et elle n'a pas d'amis ?

– Elle logeait chez des amis au début, dit Laura prudemment. Mais ça n'a pas marché. Elle faisait des cauchemars et cela perturbait les enfants.

Une manière élégante de dire que mes hurlements nocturnes avaient envoyé les petits frères et sœurs de Becca chez le psy.

– Bon, ben super ! fit Barrett d'un ton sarcastique. Qu'elle nous perturbe, nous, alors.

J'avais mal au dos à force de me tenir penchée. En me redressant, je me cognai à un rayonnage et fis tomber une pile de livres posés dessus en équilibre précaire. Je priai pour que le bruit de leur dispute ait couvert celui de ma maladresse et me dépêchai de les remettre en place, l'oreille toujours aux aguets.

– Ça n'a pas posé de problème, répliqua fermement Laura. Elle s'est très bien adaptée ici. Nous l'aimons beaucoup.

Je fus prise d'un élan d'affection pour Laura. Elle m'aimait beaucoup. Elle ne laisserait pas son fils me jeter à la rue.

– Mais ça n'a pas de sens ! objecta Barrett. C'est qui, cette fille ? Son père était quelqu'un de respectable, au moins ? D'accord, papa, il t'a sauvé la vie, et c'est super. Mais… je ne sais pas, moi, tu ne pourrais pas te contenter de l'envoyer dans une bonne pension, par exemple ?

– Franchement, Barrett, répondit John, consterné, je ne m'étais pas rendu compte qu'on avait élevé un snob. Respectable ? Son père était quelqu'un de bien.

– Écoute, chéri, ajouta Laura d'un ton conciliant. La première fois que ton père m'en a parlé, moi aussi, cela m'a paru être une très mauvaise idée. Je n'avais aucune envie de voir une étrangère s'installer ici, dans notre foyer… surtout avec Agatha dans un état aussi fragile.

Minute. Laura n'avait pas voulu de moi ? J'eus la sensation d'avoir pris un coup dans l'estomac, juste sous les côtes.

– Notre foyer ? répéta John d'un ton légèrement méprisant. Mais vous vivez dans un mauvais feuilleton, ma parole ! Nous vivons dans une maison, et pas une petite. Nous avons largement la capacité et les moyens d'accueillir une jeune fille qui a besoin d'aide, et nous allons le faire. Franchement, Laura, combien de chambres faut-il laisser inoccupées pour préserver la précieuse réputation des Copeland ?

– Tu es injuste, John, protesta-t-elle.

– Tu n'as pas compris ce que je voulais dire, papa, dit Barrett. C'est juste que… ce n'était pas déjà assez compliqué avec Agatha ? Et voilà qu'on se retrouve avec une personne de plus à gérer. Ça ne doit pas être simple pour vous, si ? Surtout pour maman.

– Ta mère s'entend très bien avec Margot. Je pense même que cet arrangement leur fait beaucoup de bien à toutes les deux. En ce qui me concerne, cette discussion est terminée.

Ses pas lourds sortirent de la pièce et je m'accroupis à la hâte pour éviter de me faire repérer.

Il y eut un long silence de l'autre côté de la porte.

– Pourquoi papa est-il aussi attaché à un type qu'il n'a pas vu depuis vingt ans ? demanda enfin Barrett.

Laura soupira.

– Tu connais ton père.

– Ouais.

– Mais… il n'y a pas que cela, reprit Laura. Les spécialistes commencent à laisser entendre qu'il fallait envisager de transférer Agatha dans un foyer.

– Un foyer ? Elle a *déjà* un foyer.

– C'est exactement ce que j'ai dit. Mais ton père a estimé qu'ils avaient raison. Il a commencé à chercher des solutions pour Agatha. C'est à ce moment-là qu'on a appris par hasard l'existence de Margot. Et ton père a accepté qu'Agatha reste avec nous à condition que Margot vienne vivre ici et lui tienne compagnie.

– Oh, fit Barrett. Du coup…

– Du coup, tu dois être gentil avec elle. Ou il pourrait y avoir des conséquences pour Agatha.

J'avais l'impression de manquer d'air. J'étais utilisée. Je n'étais qu'un instrument dont Laura se servait pour protéger sa fille.

– Tu sais, reprit-elle, au début, je ne savais pas quoi penser de tout cela. Mais Margot est vraiment quelqu'un de bien.

Il y eut un nouveau silence prolongé.

– Bon, reprit enfin Barrett. Si tu l'aimes bien…

– Oui. Elle s'implique beaucoup avec ta sœur. Et ce n'est pas désagréable d'avoir quelqu'un pour nous aider à la maison.

– Une domestique, tu veux dire ? commenta Barrett en riant. Tu n'as pas intérêt à dire ce genre de truc devant papa.

– Mais non, ce n'est pas cela.

– Un animal de compagnie. Ta petite orpheline de compagnie.

Il avait pris un ton taquin et elle rit. De mon côté, j'étais totalement accablée. Moi qui avais cru être une actrice dans le petit spectacle de Laura, je n'étais qu'un accessoire.

– Mais c'est vrai que tu as l'air... plus heureuse, ajouta Barrett.

– Heureuse ? C'est une enfant dans le besoin, Barrett, pas un membre de la famille. Pourquoi me rendrait-elle plus heureuse ? Allez, va te changer pour le diner. Tu ressembles à un vagabond.

Puis ils quittèrent la pièce. Je m'assis par terre en boule et je restai là, à écouter le silence en tâchant d'apaiser la douleur qui me déchirait le cœur. Moi qui avais commencé à considérer Laura comme une amie, je la voyais soudain comme une inconnue. Même la réaction spontanée de John de vouloir m'accueillir avait été motivée par un intérêt personnel. Et maintenant que Barrett était de retour, je ressentais ma relégation aussi durement que s'ils avaient porté mes affaires dans la cabane de jardin.

Par sécurité, je décidai de compter jusqu'à cent avant de bouger et je posai le front sur mes genoux, les yeux fermés. Mais alors que j'arrivais à soixante-dix, la catastrophe se produisit.

– Margot ? C'est toi ?

John se tenait sur le seuil. Je n'avais pas dû me rendre compte que, du haut de sa grande taille, il n'aurait pas de mal à me voir dans mon coin près des fauteuils verts.

– Oh. Oui. J'étais juste passée prendre un livre.

À l'aveuglette, je pris le premier qui se présenta : l'un de ceux qui étaient tombés et qui gisaient encore à mes pieds.

John me dévisagea d'un air sceptique et, à son front plissé et à la rougeur qui lui couvrait les joues, je vis qu'il se demandait depuis combien de temps j'étais là et ce que j'avais entendu.

– Je peux t'accompagner à la table du diner ? me proposa-t-il.

Je me relevai, le livre placé en bouclier devant moi.

– Non merci. En fait, je ne me sens pas très bien. Je suis venue vous prévenir et prendre un livre. Si vous pensez que ça ne dérangera pas Laura, je vais sauter le repas et aller me coucher.

Il ne put retenir un coup d'œil sur la porte à ma gauche pour calculer mentalement sa capacité d'isolation sonore.

– Oui, oui, bien sûr. On peut te faire monter un plateau, si tu veux.

– Merci, mais je n'ai vraiment pas faim.

– Je suis désolé que tu ne te sentes pas bien, me dit-il, un peu trop gentiment. J'espère que ça ira mieux quand tu te seras reposée.

Il s'éloigna dans le couloir et je filai dans l'escalier le plus vite possible pour éviter une autre rencontre intempestive.

*

* *

De retour dans ma chambre, j'enfilai mon pyjama, me glissai dans mon lit, remontai la couverture au-dessus de ma tête et inspirai l'air chaud et étouffant comme pour me punir d'exister.

Tout était foutu. La paix fragile que j'avais trouvée venait d'être anéantie par la découverte que Laura ne me considérait guère plus que comme une domestique. Elle n'aurait pas pu se contenter de me traiter avec une froide indifférence, au lieu de me faire croire qu'on était amies ? Au lieu de prétendre se soucier de moi ? Le fait que Barrett le sache ne faisait qu'aggraver les choses. À chaque moment que je passerais en sa présence, il me regarderait en pensant : « C'est une gamine dans le besoin. »

J'avais les paupières lourdes, et ma vision commençait à se brouiller. Même s'il n'était pas l'heure de dormir, j'étais épuisée. Alors je laissai mes yeux se fermer.

Après ce maelstrom émotionnel, il n'y avait sans doute rien de surprenant à ce que mon cerveau s'empare de l'obscurité pour façonner mon premier cauchemar depuis des semaines. J'avais oublié que des choses qui semblaient horribles à la lumière du jour se changeaient en monstres dès que je baissais la garde.

C'est ainsi que je m'enfonçai dans les couches noir d'encre du monde des rêves, où je me retrouvai prise au piège d'une pièce sans porte ni fenêtres, entre des murs qui ne cessaient de se rapprocher et de s'éloigner. Dans un coin, il y avait quelqu'un aux cheveux et au visage recouverts d'un voile, qui se recroquevilla à mon approche.

– Agatha ?

Il n'y eut pas de réponse, et je réalisai que ce n'était pas elle. C'était quelqu'un d'autre, quelqu'un avec qui je n'étais pas sûre de vouloir me retrouver enfermée dans une pièce obscure. Je m'arrêtai pour chercher une issue des yeux. Mais, alors que je me retournais, une main s'abattit sur mon épaule. Une main aux doigts gris, incrustés de crasse, aux jointures noueuses et aux ongles déchiquetés.

– Je suis là, dit doucement une voix. Je suis toujours là.

Je retins ma respiration en espérant que cela pousserait la créature à me laisser tranquille.

– Margot, insista la voix. *Margot*.

La main se resserra sur mon épaule.

Je ne pouvais pas regarder, parce que je verrais son visage, et je ne voulais pas le voir.

– Margot ?

Dans un sursaut, j'ouvris les yeux et je vis Laura qui me regardait avec inquiétude.

– Ça va ? me demanda-t-elle.

Elle tendit la main vers mon front et j'eus un mouvement de recul. Mon souffle resta bloqué dans ma poitrine.

– Tu as fait un cauchemar ? Tu es toute pâle.

Je hochai la tête en observant ce qui m'entourait, pour reprendre pied dans la réalité. Plus d'une fois, j'avais cru me réveiller pour découvrir que je n'étais que dans une autre couche d'irréalité. Je préférais vérifier.

Enfin, mes sens eurent engrangé assez de données pour me convaincre que je ne rêvais plus, et je me redressai sur un coude.

– Oui. Oui, c'était un rêve.

– Je venais te souhaiter bonne nuit, dit-elle avec un coup de menton vers un mug fumant posé sur la table de chevet. Tu dormais déjà. Je ne voulais pas te réveiller, mais tu avais l'air très agitée.

– Oui. Merci.

Elle avança d'un petit pas.

– Tu as envie d'en parler ?

– Non merci.

Je n'étais pas seulement motivée par le refus de jouer le rôle de la pauvre orpheline qu'elle m'avait assigné. Le fait est que, même si je l'avais voulu, je n'aurais pas su quoi dire sur mes rêves. C'était gênant de voir à quel point mon esprit puisait son inspiration dans le quotidien. Perturbant de m'être imaginé que la silhouette voilée était Agatha... Et frustrant de ne pas savoir de qui il s'était agi.

Dans tout ça, le pourcentage de ce que j'étais prête à confier à Laura était égal à zéro. En particulier ce jour-là.

– Eh bien, tu pourrais boire ton thé et lire quelques pages ? Je peux t'apporter du pain grillé et de la confiture, si tu veux.

Ses paroles étaient si gentilles, et elle était si polie... Ça rendait les choses encore plus difficiles.

– Je n'ai pas faim, merci. Mais je vais boire le thé.

– C'est bien, approuva-t-elle. Ça va peut-être t'apaiser.

Avec un hochement de tête, je me redressai et pris le livre que j'avais déposé sur ma table de chevet en revenant de la bibliothèque. Après avoir allumé la lumière, Laura se dirigea vers la porte.

– Bonne nuit, me dit-elle doucement.

– Bonne nuit.

Puis elle partit, et je m'adossai à mes oreillers avec un soupir. Je n'avais pas envie de thé, ni de lire un livre comme si de rien n'était. Mais je redoutais de fermer les yeux et de me retrouver de nouveau dans la pièce obscure, à essayer de deviner à qui était la main desséchée posée sur mon épaule.

Alors j'ouvris le livre à la page du titre.

Fondements philosophiques de la moralité de l'individu :
les droits et les devoirs des classes privilégiées

J'avais réussi à prendre le livre le plus soporifique de toute la maison. Je tournai quand même la page pour lire le début :

> La preuve de la vertu est la capacité d'obéir face à la résistance interne. La nécessité d'obéir contre sa propre volonté est la mise à l'épreuve absolue du sens moral. Un enfant est conduit à la droiture par le phare de la constance de ses parents et doit être modelé par des mains fermes en un être à l'humilité et au mérite exemplaires. Livrée aux ténèbres des défaillances parentales, la nature du caractère de l'enfant sera assurément aussi faible que la tige du lis qui a poussé à l'ombre.

Ces mots me causèrent un mouvement de recul, et je revins à la page précédente pour lire le titre du chapitre :

L'encadrement des enfants et des jeunes gens

J'eus la curiosité de vérifier le nom de l'auteur, qui à ma surprise, était une certaine Loretta Copeland. Il n'y avait pas sa biographie et je ne pus que me demander si c'était quelqu'un de la famille ou un homonyme. Plus étonnant, il n'y avait pas davantage de date de copyright. La couverture était reliée d'une toile bleue aux coins élimés et le papier, bien qu'en bon état, avait pris un ton bistre avec le temps.

Ça pouvait être le produit d'une lubie. Loretta Copeland avait peut-être écrit un livre flippant qui expliquait aux gens comment façonner leurs enfants simplement pour s'occuper.

Écœurant.

Je m'interrompis dans mon examen pour boire un peu de thé, assez contente d'avoir trouvé de quoi me distraire du drame de la soirée. Puis, je feuilletai le livre pour lire les titres des chapitres, qui semblaient tous sortis d'un musée : « Étiquette du comportement en public », « Principes à exiger des domestiques », « Pureté spirituelle », « Les dangers de l'enseignement », et, mon chouchou, « L'inclination naturelle au mal chez la jeune fille ».

Je parcourus ce chapitre-là en quête de passages divertissants sur les dangers d'apprendre à nos filles à lire, à écrire et à se servir de leur cerveau, mais ne découvris qu'un amas sinistre de sombres avertissements sur la tendance innée des jeunes femmes à se vautrer dans le péché et à dévoyer les hommes, suivis de conseils vigoureux sur la marche à suivre si l'on soupçonnait sa fille de flirter avec le diable, pour ainsi dire – ou littéralement, je ne sais pas.

L'une des recommandations était de l'isoler des influences néfastes. Une autre, de l'occuper par les tâches domestiques. En cas d'échec, on pouvait la marier et refiler le problème à quelqu'un d'autre.

Le chapitre se terminait par un bref résumé.

Je me figeai en lisant le paragraphe :

> L'âme des individus reflète le sens moral du monde, et seule la plus grande vigilance peut nous éviter la chute dans les penchants les plus sombres et les plus bas de la nature humaine.

Je connaissais cette phrase. C'était celle qu'Agatha et Lily avaient répétée à l'infini dans leurs cahiers. Et la toute dernière phrase du chapitre me donna la chair de poule.

> N'oubliez jamais que la femme fut la cause directe de la chute de l'homme et de son expulsion du jardin d'Éden. Ne la laissez pas causer une telle dévastation à votre famille et à sa réputation. Il est certain qu'elle essaiera.

Je reposai le livre avec la curieuse sensation de m'être rabaissée en le lisant. Le ton était si hostile et si cruel – surtout envers les filles – que j'aurais voulu pouvoir me nettoyer les yeux.

Je repensai à la grand-mère de Laura en pleurs au mariage de sa petite-fille. Et au portrait de la veuve Copeland. Et à celle qui avait conçu le portail du fond du jardin – comment Laura l'avait-elle décrite, déjà ? Ah oui, « extrêmement préoccupée par la chute de l'homme ».

Pas étonnant que Laura soit devenue ce qu'elle était en ayant grandi dans une famille pareille.

Mais pourquoi Lily avait-elle recopié ces mots ? Et Agatha ? En particulier dans le contexte d'une grave maladie…

En buvant mon thé, j'essayai de m'intéresser à un livre de jardinage, mais cela ne fit que me rappeler que j'avais perdu à jamais l'envie de jardiner avec Laura. Alors je fixai le mur et m'efforçai de me vider l'esprit.

Puis je pensai à Barrett. J'essayai de l'imaginer dans une pension friquée, entouré d'amis prénommés Chet, Trip ou Woodward, ou autres prénoms ridicules que les gens riches donnent à leurs enfants. Quoi que puisse être le lacrosse, tous maitrisaient ce sport à la perfection, et les filles superbes de petits politiciens, vêtues de pulls pastel et chaussées de charmants mocassins, faisaient la queue pour sortir avec eux.

L'image générale était agréablement répugnante, et m'occupa jusqu'à ce que je finisse par m'endormir.

13

Quelque chose me toucha l'épaule.

Je me réveillai vaguement, certaine que ça n'avait été que l'aspect trop réel d'un rêve, avant de réaliser que ce n'en était pas un.

Agatha était assise au bord de mon lit, la main suspendue au-dessus de mon épaule.

Je sursautai, avec un mouvement de recul si fort que je faillis tomber de l'autre côté.

– Qu'est-ce que tu fais ? chuchotai-je.

Elle me donna un petit coup du bout de l'index. Ses yeux, bien visibles dans le clair de lune, ne contenaient aucune émotion. Elle aurait aussi bien pu être en train de tâter des housses de coussin dans un grand magasin.

Je m'assis en me frottant le bras.

– C'est bon, arrête, je suis réveillée.

Elle retira sa main et se tourna vers la porte du placard.

– Qu'est-ce que tu veux ? Tu as besoin d'aller aux toilettes ?

Pas de réponse.

– Tu as soif ?

Pas de réponse.

– Tu as fait un cauchemar ?

Elle marcha jusqu'à la porte de la nurserie qui donnait sur le couloir et s'arrêta.

– Tu retournes te coucher ? demandai-je avec espoir.

Elle fit un pas de côté et me tint la porte ouverte.

C'est fou ce qu'on peut projeter sur une personne qui vous fixe d'un air impassible. Par exemple que, bien qu'elle se taise et n'exprime rien extérieurement, elle essaie désespérément d'obtenir votre aide pour quelque chose de mystérieux et de fascinant.

– D'accord, murmurai-je.

Une fois que je fus passée devant elle, elle me contourna et gagna la porte verrouillée de l'aile verte.

À ma stupéfaction, elle saisit la poignée et donna dans la porte un coup d'épaule, puis de hanche. La porte s'ouvrit sans peine et Agatha me conduisit dans le couloir interdit.

Ayant déjà visité la première chambre à droite, je n'avais pas franchement envie d'y retourner, mais c'est là qu'elle s'arrêta. Elle ouvrit et s'écarta, révélant l'intérieur plongé dans le noir. Presque comme si elle m'invitait, *moi*, à y entrer. Seule.

Et puis quoi encore ? Ce fut ma peur qui parla, d'une voix chevrotante :

– Non. Désolée.

Elle continua à me fixer, aussi placide qu'une statue d'ange.

La situation était si étrange que je m'en voulais de refuser. Mais franchement, non, non, non. J'avais déjà passé plusieurs heures là-dedans. Rien que l'odeur de renfermé qui flottait jusqu'à mes narines suffisait à me donner la chair de poule.

– Je ne *peux pas*, Agatha, dis-je d'une voix plaintive. Je n'aime pas du tout cette pièce.

Elle détourna la tête et glissa une mèche de cheveux derrière son oreille.

– Vas-y, toi. Je t'attends ici.

Pas de réaction.

Je pris une grande inspiration, la relâchai d'une manière un peu théâtrale pour bien montrer que je n'étais vraiment pas partante, et j'entrai.

Elle me suivit, mais quand je m'arrêtai au centre de la pièce, elle continua jusqu'à quelques mètres de la fenêtre, que j'avais trouvée ouverte la première nuit. Là, elle s'immobilisa et fixa le sol comme s'il y manquait quelque chose.

– Qu'est-ce que tu cherches ? demandai-je, sans m'attendre à une réponse.

Elle vouta légèrement les épaules dans une posture déçue.

– Attends.

Gagnant le bureau, je récupérai la corbeille métallique que j'avais repoussée dans un coin.

– C'est ça que tu veux ?

Elle me regarda approcher sans réellement manifester d'intérêt, mais son air n'était plus aussi indifférent.

Je posai la corbeille et elle la renversa.

– Oh, pitié.

Je la redressai et elle la renversa de nouveau.

– Bon, OK, laissons-la comme ça.

Mais ça ne lui convenait pas non plus. Alors je me baissai et je la retournai. Maintenant que j'y pensais, c'était dans cette position que je l'avais trouvée la première fois.

– Bon, on fait quoi ?

Elle fixa le haut du cadre de la fenêtre en bois épais.

– Oui, je l'ai refermée. Tu préfères qu'elle soit ouverte ?

Ce n'était pas la peine de renverser la corbeille pour ça, non plus.

– Agatha... Il y a quelque chose en haut de la fenêtre ?

Pas de réponse. Elle se contentait de garder les yeux rivés sur le même point.

Mais pourquoi avait-elle besoin de moi pour ça ?

Elle n'avait peut-être pas assez confiance en elle pour monter ? Cela me fit penser à la façon dont elle hésitait dans les escaliers, à sa manière de toujours s'agripper à la rampe.

Je rapprochai la corbeille de la fenêtre et montai prudemment dessus, priant pour que ses capacités de résistance ne s'arrêtent pas au poids d'Agatha.

Mais je n'étais pas assez grande pour atteindre le haut de la fenêtre, et je dus tendre le bras jusqu'à me faire mal à l'épaule. Le bout de mes doigts frôla quelque chose calé contre le mur.

– Qu'est-ce que c'est, Agatha ?

Mais elle s'était détournée, les yeux fixés sur le couloir.

Après quelques tâtonnements, j'attrapai l'objet. C'était un cordon. Je réussis à passer un doigt dedans, et découvris un petit sachet en velours noir.

– Ha ! m'exclamai-je. Je l'ai !

Soudain, Agatha se raidit.

– Aggie ?

Elle me saisit par le bras pour me faire redescendre, si vivement que je faillis me casser la figure. Puis elle me tira vers la porte et m'entraina précipitamment dans le couloir jusqu'à la porte de l'aile verte.

Nous filâmes dans le couloir suivant jusqu'à la nurserie. À l'instant où je posais la main sur la poignée de porte, la voix de Laura lança depuis le bas de l'escalier :

– Les filles ?

Elle semblait inquiète. Ses pas se rapprochèrent rapidement.

– Les filles, que faites-vous debout ?

Elle avait dit « les filles », mais la question s'adressait clairement à moi. Déjà, elle arrivait à l'étage.

En panique, je sortis les premiers mots qui me vinrent à l'esprit, en espérant qu'ils formeraient un mensonge crédible :

– Je venais vous chercher. Agatha était…

Celle-ci choisit ce moment-là pour se plier en deux et vomir partout.

– … euh, elle ne se sentait pas bien.

– Oh, mon Dieu ! s'écria Laura. Cours chercher des serviettes, s'il te plait !

Alors que je revenais de la salle de bains, la porte du bout du couloir s'ouvrit et Barrett fit son apparition, en tee-shirt et pantalon de pyjama de flanelle.

– Qu'est-ce qui se passe ? demanda-t-il d'un air endormi.

– Rien, répondit Laura. Tout va bien. Va te recoucher.

Puis elle poussa doucement Agatha vers la salle de bains et j'entendis couler l'eau de la douche. Je me retrouvai seule avec Barrett et le vomi sur la moquette.

– Qu'est-ce qui s'est passé ?

– Ta sœur a vomi, répondis-je en jetant une serviette sur la tache.

Il s'avança vers moi.

– Je peux nettoyer. Ce n'est pas à toi de le faire.

– Ça ne me gêne pas, assurai-je, même si, sincèrement, c'était vraiment répugnant.

Barrett s'approcha encore et je reculai instinctivement. Je ne pouvais pas supporter sa proximité ; sa présence faisait monter chez moi une colère irrationnelle. C'était un snob, quelqu'un de moche.

En attendant, il refoula ces défauts le temps d'essuyer par terre, ce qui me causa une petite piqure de reconnaissance.

– Ça arrive souvent ? me demanda-t-il.

– Pas depuis que je suis là.

– Pauvre Aggie, murmura-t-il, avec une douceur qui me désarma quelques secondes. Elle doit être complètement paumée.

– Oui.

Je jetai un coup d'œil vers la porte de la nurserie – le moment me semblait bien choisi pour lui dire bonne nuit et m'enfuir.

– Elle a besoin d'autre chose ? reprit Barrett. Elle a aussi vomi dans la nurserie, ou… ? Est-ce qu'elle… ?

– Elle va bien. Ta mère est avec elle. Et elle n'a pas vomi dans la nurserie.

Il regarda autour de lui d'un air impuissant.

– C'est juste que… Je m'en veux.

– Tout va bien. Et ce n'est pas de ta faute si elle a vomi.

Il me fixa dans la pénombre, et j'eus soudain l'impression de découvrir un visage totalement différent. Vulnérable. Presque effrayé.

Intéressant, songeai-je. Cela ne me le rendait pas plus sympathique, mais c'était intéressant.

Puis il détourna le regard.

– OK, bon… Je crois que je vais me recoucher.

J'acquiesçai d'un hochement de tête, et il disparut dans sa chambre.

J'attendis à la porte de la nurserie que Laura ait aidé Agatha à se recoucher. Elle s'agita autour d'elle plusieurs minutes. Enfin, puisque Agatha paraissait s'être rendormie, elle s'en alla en me faisant promettre de venir la chercher s'il se passait quoi que ce soit.

De retour dans ma chambre, je sortis la pochette en velours de ma poche de pyjama pour l'observer. Elle était noire et poussiéreuse. Je vidai le contenu sur mon lit et découvris trois objets : une clé assez grosse, avec un anneau ajouré représentant des feuilles et la lettre C, une petite fiole en plastique remplie d'un liquide transparent et un billet de cinq dollars plié en triangle comme un origami.

Pourquoi Agatha tenait-elle à ce point à récupérer ces objets ? Qu'ouvrait cette clé ? Quel était ce liquide dans la fiole ? On aurait dit un échantillon de parfum, mais je n'osais pas l'ouvrir pour le sentir. Et l'argent ? Si je m'étais sentie capable de replier le billet, je l'aurais déplié pour l'examiner de plus près, mais je n'avais jamais été très forte en origami.

Je ressortis de ma chambre sur la pointe des pieds. La nurserie paraissait anormalement silencieuse. J'entendais même le tic-tac de la grande aiguille sur la vieille horloge murale.

– Agatha, chuchotai-je. Tu dors.

Non, elle ne dormait pas. Elle se tourna vers moi. Son teint était un peu grisâtre, sans doute à cause de l'effort qu'elle avait dû produire pour régurgiter tout ce qu'elle avait avalé depuis le déjeuner, et elle sembla avoir un peu de mal à se concentrer sur mon visage.

– Je vais garder tes affaires dans ma chambre, d'accord ?

Elle me dévisagea encore un long moment, puis ses yeux se fermèrent comme s'ils n'avaient pas la force de rester ouverts plus longtemps.

*

* *

Les jours suivants furent tendus. Inquiète de la « maladie » de sa fille, Laura la fit rester au lit pour se reposer, ce qui était frustrant pour tout le monde. Agatha n'avait pas envie de passer ses journées couchée, ce qui m'obligeait à l'occuper et à la divertir. Je passai des heures à lui lire des livres pour lesquels elle ne montrait pas le moindre intérêt – et, pour être honnête, moi non plus. C'était Laura qui les choisissait, et il n'y avait que des histoires insipides à tendance éducative pénible.

J'entendais parfois Barrett passer dans le couloir et j'étais soudain submergée par la rancœur et la jalousie.

Lui pouvait aller et venir à sa guise. Et je détestais l'idée qu'il m'entende ânonner ces inepties à Agatha.

Dès que Laura la jugea en état de se lever pour passer la matinée dans le bureau de John, les longues heures d'ennui passées dans la nurserie remisèrent au second plan mon sentiment d'insécurité, et je bondis sur l'occasion d'aller travailler dans le jardin. Le gros projet du moment était de nettoyer la serre, ce qui impliquait de jeter les vieilles plantes dans les bacs à compost, et de remettre de l'ordre dans les paquets de graines à planter et les bulbes qui dormaient sur les étagères. Il fallut aussi laver les verrières à la raclette, dévisser et récurer les bouches d'aération encrassées. Ensuite, Laura voulait changer chaque mini-tronçon de tuyau du système d'arrosage goutte à goutte, ce qui promettait de nous occuper une bonne partie de la semaine.

Soyons clairs : ces tuyaux étaient dans un état lamentable et leur remplacement s'imposait. Mais au bout de quelques jours, j'étais épuisée par la chaleur moite et l'effet amplifié du soleil dans la serre.

Il y avait quand même un bon côté : Laura semblait retirer une certaine satisfaction non seulement de la qualité de mon travail, mais aussi de ma capacité à tenir son rythme effréné. Au bout de deux jours, elle arrêta de me demander toutes les deux heures si je n'avais pas mal à la tête et si j'avais eu des effets secondaires mentaux inquiétants.

– Tu es quelqu'un de solide, observa-t-elle une fois tandis que je transportais un palmier mort dans l'allée. Tu aimes le sport ?

– J'ai fait du cross. Mais je n'étais pas très rapide. Pas assez athlétique.

– Ah.

L'entraineur m'avait dit un jour : « Bon, c'est juste du remplissage de CV pour toi, je me trompe ? Parce que je ne vais pas te pousser si tu n'en as pas envie. » (À l'époque, j'avais trouvé ça insultant, mais rétrospectivement, sa question se tenait.)

– Mes sœurs étaient plus sportives que moi, ajoutai-je. Elles étaient pom-pom girls au collège.

Laura sourit, mais son sourire manquait de conviction.

Soudain, je me retrouvai plongée dans les souvenirs.

– Siena était super forte pour les acrobaties. Elle avait treize ans. Dina était moins douée, même si elle se débrouillait, mais elle avait une présence incroyable. Elle souriait toujours. Elle croyait à fond à la grandeur de l'équipe de volley des filles de sa classe. Les gens ne regardaient qu'elle, tellement elle resplendissait.

Laura ne répondit pas, mais ça ne me dérangea pas, parce que j'étais perdue dans les souvenirs, ramenée à mon poste d'observation dans les gradins. Dina faisait partie de l'équipe junior et Siena était co-capitaine des seniors. Elle serait forcément prise dans l'équipe officielle au lycée. J'étais super fière d'elle, pas parce que ça la rendrait populaire ni rien – dans mon lycée, il y avait un peu de tout chez les pom-pom girls, des filles cools, des filles normales, et des accros exaspérantes –, mais parce qu'elle se donnait à fond et qu'elle était vraiment douée.

Laura travaillait en silence, me laissant seule avec mes pensées et avec les larmes qui s'étaient mises à couler sur mes joues. Au bout d'une minute, elle passa aux orchidées avec un petit claquement de langue compatissant.

Quand je me sentis en état, je la rejoignis et commençai à tirer des pots vers moi.

– Et vous, vous avez été sportive ?

Je supposais que, si elle l'avait évoqué, le sujet devait la concerner d'une manière ou d'une autre.

Mais, à ma surprise, elle plissa les yeux, pas vraiment ennuyée par ma question mais pas enchantée non plus.

– Non. J'aurais pu, mais… les forces ont joué contre moi.

Je n'avais pas le début d'une idée de ce que j'étais censée répondre à ça.

– J'aurais été bonne, reprit-elle en fixant obstinément une plante momifiée. Très bonne, même. Mais je n'ai jamais eu l'occasion d'essayer.

Puis elle emporta la plante et je préférai renoncer à mes tentatives de faire la conversation. Lorsqu'elle regagna la maison, je restai dehors pour enrouler le tuyau d'arrosage et je finis en sueur, crasseuse et passablement déprimée.

En quittant la serre, je croisai la dernière personne que j'avais envie de rencontrer : Barrett, occupé à lire sur un banc. Absorbé dans sa lecture, il tressaillit lorsqu'il me vit apparaitre au coin de l'allée. Il parut même alarmé. Puis il regarda mes mains et mes vêtements couverts de terre d'une mine perplexe, comme si j'avais l'air de sortir d'une bagarre de rue ou je ne sais quoi.

– Ça va ?

– Mais oui, ça va. Je suis juste crade.

– OK. Où est ma mère ?

– Elle est rentrée.

– Et tu es là, dehors… toute seule ?

– C'est un problème ? Tu as peur que je vole quelque chose ?

Je regrettai aussitôt mon agressivité. Il ne manquerait plus qu'il me déteste franchement et qu'il me démolisse auprès de ses parents.

– Non, fit-il, choqué. Ce n'est pas ce que je voulais dire. Je sais bien que tu ne voles pas. Mais pourquoi c'est toi qui fais tout le boulot ?

– Tu ne l'as peut-être pas remarqué, mais je suis une orpheline fauchée, Barrett. Je n'ai pas ma place réservée ici comme toi. Alors j'essaie de me rendre utile.

Je me tournai pour partir, mais il posa son livre et se leva.

– Pourquoi tu me détestes ?

– Je ne te déteste pas. Je ne te connais pas.

– Logique, vu que, quand je t'adresse la parole, tu…

– Oh, tu veux dire la fois où tu m'as accusée de violation de propriété privée ?

Il écarta les mains d'un air résigné.

– J'ai été surpris ! Il y avait une inconnue chez moi ! Et on n'a pas l'habitude d'avoir de la visite, ici. Comment tu voulais que je réagisse ?

À contrecœur, je dus admettre qu'il n'avait pas tort.

– Et puis, je me suis excusé…

J'éclatai de rire.

– Absolument pas. Tu m'as demandé pourquoi j'étais orpheline et tu as déclaré que mon père n'était pas quelqu'un de respectable.

Il plissa le front en secouant la tête, avec l'air résigné du gars qui nierait volontiers s'il n'était pas pris en faute.

– Je t'ai entendu le dire à tes parents.

J'eus du mal à avaler ma salive. Pas question de pleurer devant lui. Je me détesterais de faire ça.

– Je vous ai entendus parler le premier soir.

Il inspira à fond et eut l'élégance de continuer à se taire.

– Et franchement, je me fiche de ton opinion. Mais pas de celle de ta mère.

– C'est pour ça que tu fais toutes ces corvées pour elle ?

– Ça ne me gêne pas d'aider.

D'ailleurs, il était temps que je m'y remette.

Le soleil commençait à descendre à l'horizon.

– Mais tu n'as pas besoin d'en faire autant, remarqua Barrett. Enfin, personne ne te le demande.

Il n'y croyait pas lui-même. Il savait aussi bien que moi que c'était ce qu'attendait Laura.

– Désolée, j'ai encore des trucs à finir.

J'essayai de soulever des pots empilés près du banc, mais les plus petits posés en haut tombèrent et Barrett se précipita pour les ramasser.

– Attends, fit-il en essayant de me prendre les autres des mains.

– C'est bon, je les tiens, dis-je en me détournant.

Il me suivit jusqu'à l'endroit où Laura les stockait et on déposa notre charge près des vieilles piles.

Après avoir inspecté les environs, Barrett porta son attention sur le portail.

– Il est cool, ce truc, non ?

Je trouvai sa manière de vanter les mérites de son futur domaine d'assez mauvais gout, mais je laissai courir.

– Ouais. Tu es déjà allé de l'autre côté ?

Il secoua la tête.

– Je ne passe pas tellement de temps dans le jardin. C'est le truc de ma mère.

J'étudiai la ferronnerie, la complexité de ses détails – le haut de la grille représentait l'arbre, avec des centaines de feuilles individuelles. Le tronc de l'arbre constituait le centre du portail, divisé en deux par l'ouverture. L'un des battants représentait Adam, l'air un peu perdu, et l'autre montrait Ève observant la pomme et le serpent. On avait sans doute voulu donner à Ève une expression malfaisante, mais elle semblait un peu perdue, elle aussi.

Barrett testa la poignée, mais le portail ne s'ouvrit pas.

– C'est fermé, dis-je.

Mes yeux tombèrent sur la serrure.

Un motif de feuilles, et la lettre C en arabesques…

Elle était là, la serrure dans laquelle entrait la clé d'Agatha ?

Mais que faisait-elle avec cette clé ? Et pourquoi était-ce important au point de me réveiller en pleine nuit pour la prendre ?

Je me rendis compte soudain que Barrett me fixait en train de fixer la serrure, et je me détournai.

– Je vais rentrer. À plus tard.

Il haussa les épaules.

– Je vais rentrer aussi.

Du coup, je dus marcher à côté de lui, subitement mal à l'aise qu'il me voie dans mes frusques de mamie et couverte de terre.

Barrett s'éclaircit la gorge.

– En tout cas, si tu as besoin de quoi que ce soit, dis-le-moi.

– Pourquoi j'aurais besoin d'aide ?

– En fait, je pensais plutôt aux trucs que tu n'aurais pas envie de faire.

– Ça ne me gêne pas. Si je suis ici, c'est bien pour aider.

Il prit une expression vaguement dégoutée qui me vexa.

– Ce n'est pas vrai, protesta-t-il. Ou ça ne devrait pas l'être. On n'accueille pas une orpheline pour la faire travailler.

Ah, ce n'était pas moi qui le dégoutais, alors. Ça m'apaisa un peu.

– Je devrais en parler à mon père.

– Non ! S'il te plait.

– Pourquoi ?

– Parce que. Je n'ai aucun autre endroit où aller. Ça peut paraitre geignard, mais c'est comme ça. Soit je reste ici, soit c'est un centre spécialisé.

– Pourquoi un centre spécialisé ? me demanda-t-il, choqué.

– Parce qu'il n'y a pas d'autres endroits pour les gens qui se réveillent en hurlant la nuit.

– Je ne t'ai jamais entendue hurler.

– C'est vrai, ça ne m'arrive pas ici. Autre raison pour laquelle j'ai intérêt à rester, non ? Alors, s'il te plait, rends-moi service, n'essaie pas de m'aider. Je vais bien. Je n'ai pas besoin qu'on me sauve.

Il soupira.

– De toute façon, remarqua-t-il, je suppose que c'est temporaire. Ça va changer à la rentrée.

– Je ne sais même pas quand c'est, dis-je.

– Dans cinq semaines. Le même jour que moi. J'ai vu ça sur le panneau d'affichage du lycée.

– Ah, fis-je, tandis qu'une avalanche d'émotions me tombait dessus. OK.

Cinq semaines ? Ça me paraissait bien trop court. Je ne savais rien de mon nouveau lycée. Je n'étais pas encore prête à affronter les autres. Je ne savais même pas comment je m'y rendrais. En car ? Si oui, longerait-il de sombres canaux ? Déraperait-il sur la route ? L'image d'une boîte de conserve géante remplie de jeunes en train de se noyer me donna un haut-le-cœur. Et si je ne voulais pas aller au lycée ? Et qu'est-ce que j'allais mettre ? Je ne pouvais pas me pointer là-bas dans les vêtements d'Agatha. Les gens croiraient que je faisais partie d'une secte ou quelque chose du genre.

On était arrivés à la porte de service et Barrett s'écarta pour me laisser passer.

– Dis, demandai-je, c'est qui, Lily ?

– Lily ? Lily comment ?

– Lily Copeland.

Il fronça les sourcils.

– Il y a une Lily Copeland ?

Mince. Pas question de révéler que j'avais fouillé la maison.

– Ouais, dis-je sans me mouiller.

– J'en sais rien. Désolé.

– Pas grave.

– Qui est-ce qui t'a parlé d'elle ?

– Euh... j'ai oublié. J'ai dû lire ce nom quelque part.

Puis, sans lui laisser le temps de poser davantage de questions, je filai à l'étage me réfugier dans la nurserie.

*

* *

Pendant le diner, je remarquai que quelque chose avait changé entre Barrett et moi. Ça devenait plus difficile de détester quelqu'un après avoir discuté avec lui – quelqu'un qui n'avait même pas bronché quand je l'avais engueulé. Et le fait qu'il m'ait donné un coup de main sans que je lui aie rien demandé me forçait à lui accorder quelques points dans la colonne « OK, peut-être que je ne te déteste pas totalement ».

Et puis, j'avoue que j'étais intriguée. Sa façon de parler de ses parents ne correspondait pas au discours auquel je m'étais attendue. Barrett n'était pas le robot obéissant que j'avais imaginé. Ce qui soulevait des questions au sujet d'Agatha. J'étais partie du principe que c'était un clone de Laura, mais si elle ressemblait davantage à Barrett ? Visiblement, elle avait été une ado normale. Sa chambre en était la preuve, même si on n'en retrouvait rien dans son comportement actuel.

Barrett et moi n'échangeâmes qu'une phrase ou deux, mais je ne me sentis pas systématiquement irritée par ses interventions. Ça ne me faisait plus d'effet, je trouvais normal qu'il dise ce qu'il avait envie de dire devant moi. Pas vraiment ma réaction au cours des repas précédents.

*

* *

Ce soir-là, Laura m'apporta mon thé mais toucha à peine au sien ; je compris qu'elle le gardait pour son passage dans la chambre de Barrett et ça me chiffonna un peu, mais moins que les premiers jours. C'était son fils, après tout.

Un grondement sourd résonna dehors et Laura eut un petit frémissement excité.

– Gros orage, ce soir. J'adore l'orage. J'adore me sentir à l'abri à l'intérieur alors que les éléments se déchainent dehors.

Je hochai la tête. Je ne partageais pas son enthousiasme. À vrai dire, mon gout pour l'aventure en général avait été pas mal refroidi par l'accident. Mais je pouvais comprendre l'attrait de se sentir protégé par cet endroit aux allures de forteresse tandis que le vent secouait tout et que la pluie tombait à seaux.

Comme je n'avais pas très soif, je posai ma tasse après son départ et fermai les yeux. Ma tête bouillonnait de pensées à propos de Barrett, du jardin, de mes sœurs, et du curieux changement d'humeur de Laura. Puis je me rappelai la serrure richement ornée et la clé qui semblait aller avec. Et, une fois partie là-dessus, je fus incapable de penser à autre chose.

De grosses gouttes de pluie commencèrent à battre les carreaux. Je repris la pochette dans le premier tiroir de la commode et examinai la clé, en finissant mon thé refroidi dans l'espoir de trouver de l'apaisement par ce rituel du soir. Mais au fond, je savais que je ne me détendrais pas avant d'avoir testé cette clé.

La seule question était… quand ? Si Agatha avait caché la clé et tenu à la récupérer en douce, cela indiquait sans doute que celle-ci ne serait pas contente que je l'aie. Je me serais sentie vraiment mal à l'aise si Agatha ne me l'avait pas donnée. Mais là, ce n'était pas ma faute ! Je n'avais rien fait de mal. Je l'avais suivie au milieu de la nuit parce que c'était mon rôle de veiller sur elle. Fin de l'histoire.

Bon, alors quand ? Les moments où je travaillais dans le jardin avec Laura étaient exclus. Et, la journée, il n'y en avait pas d'autres qui m'offraient la liberté de trainer dehors sans me faire remarquer. Sans aller jusqu'à surveiller mes mouvements, Laura semblait avoir un sixième sens pour toujours savoir où j'étais. Si j'allais dans le jardin en dehors de nos heures habituelles, elle voudrait savoir pourquoi. Et je mentais assez mal. Et puis je n'aimais pas ça. « Les mensonges, ça s'entasse jusqu'à nous enfouir », disait mon père. Mieux valait éviter d'avoir à dire la vérité que de devoir sortir un mensonge, aussi crédible soit-il.

Je tournai la clé dans ma main. Je n'avais plus qu'à attendre que le bon moment se présente.

14

L'eau dégoulinait sur ma figure. Soudain, un arc de cercle de lumière bleutée coupa le monde en deux, avant de disparaitre en laissant son empreinte sur ma rétine. Je battis vivement des paupières. Un rugissement de tonnerre fit vibrer l'air autour de moi.

C'était quoi, ce bazar ?

Je tournai lentement sur moi-même, à la recherche d'un indice sur mon environnement ou sur ce qui se passait.

J'étais dehors, dans un endroit inconnu. Il y avait des arbres au-dessus de ma tête, mais ils ne m'abritaient en rien de la pluie. Il y avait des murets – des murets ? –, des espèces de bornes sombres, des pierres, peut-être, ou des buissons. Je n'y voyais rien dans le noir, jusqu'à ce qu'un nouvel éclair illumine tout quelques secondes comme en plein jour.

Des massifs d'arbustes, c'était ça, les murs.

Sous mes pieds nus, un sentier de gravier. De chaque côté, une longue bande de terre.

Et devant moi, quelque chose sur le chemin. Une petite construction.

J'aurais dû chercher la sortie, rentrer à la maison. J'étais totalement flippée de ne pas savoir où je me trouvais ni comment j'étais arrivée là. Mais cette construction m'attirait malgré moi. Il fallait que je sache ce que c'était. Et elle n'était pas très loin…

Plus je m'approchais, plus mes émotions m'étouffaient. Il ne pouvait rien se cacher de bon sur un étroit carré de terre délimité par des murs, encore moins sur une surface de la taille d'un lit, encadrée par une petite grille en fer forgé.

Ce n'était rien de bon, en effet. C'était une tombe.

J'étais dans un cimetière. Derrière cette tombe, il y en avait d'autres. Le chemin serpentait paresseusement sous les arbres au milieu d'autres petites constructions semblables.

J'étais arrivée assez près de la première pour distinguer la statue d'un ange au fond du petit espace délimité par la grille, et je me penchai pour lire l'inscription.

BEVERLY TURNER COPELAND
ÉPOUSE ET MÈRE BIEN-AIMÉE
1946-1975

La tombe de la mère de Laura ?

Le tonnerre gronda, un nouvel éclair transperça le ciel, et un désir violent de partir me poussa à faire demi-tour et à reprendre le chemin vers ce que j'espérais être la sortie.

Hors de question que je passe la nuit dans un cimetière. Pas par un temps pareil, avec la pluie qui martelait le sol si fort qu'on n'entendait plus rien – que je n'aurais même pas entendu quelqu'un arriver derrière moi et me saisir par l'épaule…

Quelqu'un me saisit par l'épaule.

Je lâchai un hurlement glaçant, dégageai mon bras d'un geste brusque et réussis à asséner un bon coup sur la tempe de Barrett. Il ne l'avait pas volé, décidai-je en haletant comme une folle.

– Qu'est-ce que tu fais là ? cria-t-on tous les deux en même temps.

Il avait les yeux écarquillés, le visage et les vêtements trempés.

– Sérieux, pourquoi tu as fait ça ? demandai-je.

– Qu'est-ce que tu fiches ici ? riposta-t-il.

J'aurais bien continué à lui brailler dessus, mais le souffle me manquait.

– Je ne sais pas. Et *toi* ?

– Je t'ai suivie. Et, avant que tu m'accuses de te prendre pour une voleuse, je m'inquiétais pour toi.

– Pourquoi ? (Il fallait admettre que vu la situation, il y avait un peu de quoi s'inquiéter.) Enfin… qu'est-ce qui s'est passé ? Je ne me rappelle… rien.

– Tu ne te souviens pas d'être sortie ?

Je secouai la tête.

Une énorme toile d'araignée de lumière bleue sillonna le ciel, suivie d'un coup de tonnerre qui parut exploser juste au-dessus de nos têtes.

– Viens, dit Barrett. On rentre à la maison.

Je lui emboîtai le pas et me calai sur son rythme malgré le gravier qui s'enfonçait dans mes plantes de pied, et en évitant de relever le nombre de tombes. Je tâchai aussi de ne pas remarquer les toutes petites.

– C'est super flippant ici, dis-je.

– Ouais, c'est clair. Je ne savais même pas que cet endroit existait. Comment tu l'as su, toi ?

– Je ne le savais pas non plus. Je te jure, j'étais dans mon lit, et d'un seul coup...

Et d'un seul coup, quoi ? Un souvenir surgit dans ma tête. La clé. Elle était dans ma main et je me demandais comment m'en servir.

– On est passés par le portail d'Adam et Ève ? demandai-je.

– Tu ne te rappelles vraiment pas ?

– Non. Vraiment.

– OK. Et la réponse est oui, pour le portail. Je t'ai vue aller droit dessus, l'ouvrir et entrer. On aurait dit que tu cherchais quelque chose.

Je regardai autour de moi, perplexe.

– Comment tu as su que je m'étais levée ?

– Tu as fait un bruit pas possible. En t'habillant, j'imagine. Le mur de mon placard est mitoyen avec celui de ta chambre, je t'ai entendue t'agiter.

Je me rappelai soudain que je ne portais qu'un mince pyjama en coton sous la pluie battante, puis constatai à mon grand soulagement que je m'étais couverte avant de me lancer dans ma petite aventure. J'avais enfilé mon tee-shirt J'AI LAISSL MON CŒUP EN FLORID et un blouson beige donné par Laura par-dessus mon haut de pyjama. Bon, j'avais l'air de quelqu'un qui s'était habillé dans le noir, mais au moins, j'étais présentable. On ne pouvait pas en dire autant de Barrett, dont le tee-shirt moulait ses pectoraux – *très joliment*, pensai-je avant de me pincer mentalement.

– J'ai dû faire une crise de somnambulisme. Je ne me souviens d'absolument rien.

– C'est quand même bizarre. Ça t'est déjà arrivé ?

Après un tournant, sous un saule pleureur dont les branches balayaient presque le sol, je vis une petite pierre tombale plate. Elle était située tellement à l'écart et avait un aspect si humble, comparé aux grandes stèles gravées et aux autres tombes délimitées par leurs petites grilles, que je m'approchai malgré moi.

– Tu ne crois pas qu'on ferait mieux de rentrer ? demanda nerveusement Barrett.

– Si, si. Je n'en ai que pour une seconde.

Dans l'ombre du saule, les lettres gravées en relief sur une simple plaque en métal sur la pierre étaient difficiles à déchiffrer. Coup de chance, un éclair les illumina juste assez longtemps pour me permettre de lire :

LILY COPELAND
FILLE ET SŒUR BIEN-AIMÉE

Ce n'est pas cela qui me choqua, mais les années gravées dessous :

1971-1988

– Qu'est-ce que c'est ? demanda Barrett.

– C'est Lily, dis-je en me retournant vers lui. Je pense que c'était la sœur de ta mère.

*
*   *

Nous regagnâmes le portail en silence. Barrett semblait ruminer et je ne voulais pas le déranger. Lorsque Adam et Ève apparurent, mon estomac eut un drôle de petit sursaut. Pourquoi étais-je incapable de me rappeler être venue ici ?

Je refermai le portail sans bruit et récupérai la clé. Le motif gravé dessus était devenu familier sous mes doigts.

– Je ne savais pas que ces tombes étaient là, déclara Barrett, d'un ton un peu blessé. Ni que ma mère avait eu une sœur… Pourquoi nous cacherait-elle tout ça ?

– Je crois que je peux comprendre. Quand vous étiez petits, ça aurait été un peu plombant. Et ensuite, quand vous avez grandi, elle n'a jamais dû trouver le bon moment pour vous en parler.

La tombe de Lily était si petite, si discrète...

– Elle est morte très jeune, ajoutai-je. Elle avait notre âge. Je me demande ce qui s'est passé.

Barrett leva les yeux sur la vaste masse grise de la maison qui se dressait en face de nous. La pluie n'était plus qu'une petite bruine, que je sentais à peine sur mon visage déjà trempé.

– Je demanderai à ma mère demain, reprit Barrett.

– Non... S'il te plait, non.

– Il y a un *cimetière* chez moi ! Et elle n'a jamais pris la peine de me le signaler.

– Oui, c'est sûr, mais... Enfin, je ne crois pas qu'on était censés le découvrir.

Puis j'expliquai – sans parler de mon expédition nocturne clandestine avec elle – que la clé venait de la pochette secrète d'Agatha.

– C'est Agatha qui te l'a donnée ? Je ne savais pas qu'elle était capable de faire des trucs comme ça.

– Moi non plus. Enfin, je savais qu'elle n'était pas totalement passive, mais ça, c'est encore un cran au-dessus.

– Et tu ne l'as pas dit à mes parents ?

Je revis Agatha se forçant à vomir pour détourner l'attention de Laura.

Je haussai les épaules.

– Bah, je… j'ai eu l'impression qu'elle préférait que ça reste notre secret.

– Je ne savais pas non plus qu'elle avait des secrets. Je n'aurais pas cru qu'elle était assez consciente pour ça.

Nous arrivions à la petite sphère réfléchissante, parsemée de gouttelettes. Je les essuyai pour fixer mon reflet déformé sur la surface et Barrett m'imita.

– Je suis désolé, dit-il soudain en baissant les yeux. Je suis désolé de t'avoir donné l'impression que tu n'étais pas la bienvenue.

– Pas de problème.

– Mes parents ne sont pas parfaits – loin de là –, mais j'ai toujours eu un endroit où vivre. Je n'ai même jamais pris le temps de me demander ce que ça faisait de ne pas en avoir.

– Moi non plus, je n'y avais jamais réfléchi. En même temps, ça aurait été un peu bizarre.

Nous nous parlions par l'intermédiaire de nos reflets respectifs.

– Je suis content que tu sois là, m'assura-t-il, avec une fermeté qui avait quelque chose de fougueux. Agatha t'aime bien. Elle te fait confiance.

Je me tournai vers lui avec surprise.

– Tu crois ?

– J'en suis sûr.

Il détourna les yeux, et, pour la première fois, il me vint à l'esprit que c'était peut-être un timide, et pas le snob hautain que j'avais imaginé. Je soupçonnais toujours l'existence d'une longue file de filles attendant qu'il s'intéresse à elles au lycée, mais il pouvait aussi leur plaire parce qu'il était discret et attentionné. Et assez craquant.

– Moi aussi, je l'aime bien, dis-je. C'était un peu sportif au début, mais on s'entend bien, maintenant. Elle était comment avant de tomber malade ?

– Pas très facile à contrôler. Je veux dire, selon les critères de ma mère.

– J'ai l'impression que tout le monde doit être un peu difficile à contrôler selon les critères de ta mère.

Il rit, mais pas longtemps, et sans gaité.

– Ouais, elle est plutôt stricte. Quand elles s'y mettaient toutes les deux, on les entendait brailler à l'autre bout de la maison.

– C'est vrai ?

– Ça t'étonne ? Remarque, c'est normal. Tu n'as pas connu Agatha.

– Ouais. C'est quand même bizarre de se dire qu'on ne se serait jamais rencontrées si nos vies n'avaient pas été complètement bousillées.

– Tu lui aurais plu, dit-il, avant d'ajouter d'un ton un peu gêné : Enfin, je pense que tu lui plais toujours. Mais…

– J'ai compris. Je ne te crois pas.

– Pourquoi ?

– Franchement, tu la connais. Et tu m'as regardée ? Fais la comparaison.

Il me détailla littéralement de la tête aux pieds.

– Bon, tes choix vestimentaires sont un petit peu excentriques, mais en dehors de ça… je ne vois pas de quoi tu parles.

– Laisse tomber. Il est tard, on devrait rentrer.

Comme pour souligner mes paroles, le ciel s'illumina et l'éclair fut suivi immédiatement par un coup de tonnerre assourdissant, si proche et si violent que mes poils se dressèrent sur mes bras. Nous baissâmes la tête par réflexe, avant de nous regarder.

Puis j'entendis le grondement lointain d'une pluie battante qui fondait vers nous.

– On fonce ! cria Barrett.

Et, me prenant la main, il se mit à courir. Nous n'avions pas fait dix mètres que l'averse nous tomba dessus. Il nous restait encore cinquante mètres à parcourir pour nous mettre à l'abri, et on se serait crus dans un monde parallèle : tout luisait, ponctué d'éclairs de lumière et de grondements de tonnerre menaçants. Dès qu'on eut déboulé dans le couloir du fond, Barrett referma la porte, et le brusque silence parut totalement irréel.

On resta un moment à se fixer, le souffle court, puis on se mit à rire – un rire de soulagement, de triomphe, un rire qui disait : « On a réussi ! »

– Waouh, fit-il avec un petit coup d'œil vers la porte. On a eu du bol de ne pas se faire foudroyer !

À court de mots, je hochai la tête, grisée par le fait d'avoir partagé une expérience excitante avec quelqu'un pour la première fois depuis très longtemps, et je sentis les coins de ma bouche remonter dans un grand sourire un peu idiot. Barrett sourit à son tour.

Au bout de quelques secondes, l'obscurité de la maison s'abattit sur nous comme un voile et nous jetâmes un coup d'œil vers le couloir principal. Visiblement, lui aussi s'inquiétait à l'idée que Laura soit en train d'errer dans la maison. Et si elle était passée dans nos chambres et qu'elle les avait trouvées vides ?

Puis, soudain, je me demandai ce qu'elle penserait en voyant qu'on avait disparu tous les deux, et en pleine nuit. Et si elle nous trouvait ensemble ?

Jusqu'à cette soirée, je n'avais considéré Barrett que comme le fils des Sutton et le frère d'Agatha. Je n'avais jamais pris le temps de penser à lui en tant qu'individu, en dehors de cette histoire de filles en larmes que j'imaginais dans son sillage.

Et là, tout à coup, je le voyais en trois dimensions, plus réel que John ou Laura et indépendamment d'Agatha.

Soudain, je fus frappée par une évidence : c'était un garçon. Et j'étais une fille.

Il se peut que ça lui ait traversé l'esprit aussi, parce que, alors qu'on prenait des serviettes dans la cuisine pour nous sécher et essuyer par terre, il se cogna à moi et bondit en arrière en marmonnant une excuse et en piquant un fard.

Je me sentis rougir également. Quelque chose – ou même tout ? – avait changé entre nous.

Soit parce que l'orage avait couvert nos bruits, soit parce que la pluie fournissait le fond sonore idéal pour bercer le sommeil de Laura, toujours est-il qu'elle ne se réveilla pas. Barrett et moi écourtâmes nos souhaits de bonne nuit – pas de regards entendus ni d'échanges murmurés, merci, rien qu'un petit signe de la main avant de partir chacun de notre côté – et je me retrouvai saine et sauve dans la nurserie.

Je jetai un coup d'œil vers le lit d'Agatha, certaine de la trouver endormie. Mais, horreur, il était vide. Les draps et la couverture pendouillaient sur le côté.

– Agatha ?

Je balayai la chambre du regard et la découvris assise immobile devant la fenêtre.

Lorsque je m'approchai, elle enregistra ma présence par un bref mouvement des yeux puis les posa de nouveau sur l'extérieur.

Par la fenêtre, on voyait l'allée qui menait au jardin.

Nous avait-elle vus dehors ? Sûrement.

Savait-elle que je m'étais servie de sa clé ? Savait-elle ce qui se trouvait derrière le portail ?

– Je te raconterai tout demain, Agatha. Maintenant, retourne te coucher, d'accord ?

Sur ces mots, j'allai me changer à la salle de bains.

Quand j'en ressortis, elle était dans son lit, la couverture remontée sur elle aussi soigneusement que Laura l'aurait disposée. Elle avait les yeux fermés, mais je lui murmurai quand même bonne nuit avant d'aller me coucher à mon tour.

Ma chambre était dans un désordre effroyable. Il y avait des vêtements partout, les draps étaient emmêlés, la tasse gisait par terre en morceaux. Sur le mur d'en face, la petite fenêtre était ouverte et la pluie et le vent s'engouffraient dans la pièce, remplissant l'air d'une odeur de mousse et de pierre mouillée. Tous les tiroirs de la commode étaient ouverts. C'était un miracle que le meuble n'ait pas basculé sur le pied du lit.

Mais le pire se trouvait sur le mur à côté de la commode.

En lettres noires irrégulières de cinquante centimètres de haut, il y avait écrit :

PARS

15

– Tu n'es pas très réveillée aujourd'hui, me dit Laura à la table du petit-déjeuner tandis que j'essayais tant bien que mal d'étouffer un bâillement.

Sans blague. J'avais mis une heure à ranger ma chambre, à essuyer par terre et à nettoyer le mur. Puis je m'étais couchée et j'avais fixé le plafond, trop à cran, trop intriguée, trop flippée, trop tout pour dormir. Je savais juste que j'avais réussi à glisser quelques moments dans un état intermédiaire, sans rêve et vaguement brumeux.

– Et tu as l'air un peu pâlotte, ajouta Laura d'un ton inquiet en m'examinant. Tu as peut-être trop travaillé cette semaine.

– Non, ce n'est pas ça. Je n'ai pas bien dormi cette nuit, je ne sais pas pourquoi.

– Ah, je vois, fit-elle sans conviction.

– Je ferai peut-être une sieste tout à l'heure pendant qu'Agatha fera ses devoirs.

– Bonne idée, approuva Laura avec un sourire.

Puis elle se mit à m'observer de si près que ça me coupa l'appétit. Alors je m'éclipsai sans finir mon assiette en m'excusant, montai dans ma chambre, fis mon lit et inspectai le mur à l'emplacement du graffiti.

L'explication logique était qu'Agatha avait fait le coup. Elle avait disposé du temps nécessaire, elle avait accès à ma chambre... Avait-elle un mobile ? C'était dur de me dire que, après que j'ai créé ce qui ressemblait presque à une familiarité détendue, elle voulait encore que je m'en aille. Mais bon, qui pouvait savoir ce qui se passait sous cette surface muette ? Certes, elle avait arrêté de s'en prendre à moi, mais ça ne signifiait pas qu'elle m'avait acceptée. Peut-être qu'elle n'avait jamais renoncé à échafauder un plan pour me chasser.

Pendant le petit-déjeuner, je lui avais jeté quelques coups d'œil, qu'elle m'avait retournés d'un air neutre.

Et puis, une bonne partie de mon cerveau ne cessait de revenir à Barrett. Son visage, sa voix, son côté « garçon » avait tendance à grignoter le reste dans ma tête, si insidieusement que je mis un moment à m'en apercevoir.

Sans les vêtements que j'avais mis à sécher derrière le rideau de ma douche, j'aurais eu du mal à croire que les évènements de la nuit s'étaient réellement produits. Notre expédition nocturne avait l'apparence d'un rêve : la pluie, les tombes, les éclairs qui illuminaient le ciel autour de nous. Et, plus que tout, la sensation aussi brusque que choquante de m'être sentie proche d'un autre être humain après tout ce temps – proche comme une amie, dans le sens où j'étais curieuse de savoir ce que faisait et pensait cette personne. J'avais envie de le voir, qu'on parle de la vie, de nos familles, de n'importe quoi, d'être près de lui. Assez près pour parler à voix basse et lui dire des choses qu'il serait le seul à entendre.

Bien sûr, restait la question embarrassante de savoir s'il ressentait la même chose. Peut-être la soirée de la veille avait-elle été trop bizarre pour lui. Ou qu'il me trouvait énervante, ou ennuyeuse.

Mais il ne me semblait pas. Un diaporama d'images défila dans ma tête : ses yeux ourlés de longs cils noirs, auxquels des gouttes de pluie restaient accrochées telles des petites perles. L'eau qui coulait sur son visage. Et ensuite, comme si j'avais regardé un film, lui qui me prenait la main pour m'entrainer à couvert.

Non, il ne pensait pas que j'étais ennuyeuse. Je ne savais pas ce qu'il pensait de moi.

*

* *

Je restai dans mon lit, les yeux fermés, à essayer de me rendormir. Mais j'avais l'impression d'avoir avalé deux bols de café. Mon cœur battait trop vite et mes pensées se bousculaient dans ma tête. Sachant que Laura me renverrait me reposer si elle me surprenait en train de trainer dans la maison, je décidai de jouer le jeu dans l'espoir que le sommeil finirait par me rattraper.

Peine perdue. Alors je mis ce moment à profit pour réfléchir tranquillement aux évènements de la nuit. Maintenant, je ne pourrais plus regarder Laura sans me dire : *Elle a eu une sœur et cette sœur est morte.* Cela la faisait entrer dans le nombre limité de personnes dont le vécu leur donnait une chance de comprendre ce que j'avais traversé.

Laura paraissait être le genre de personne qui portait le poids de ses secrets sur ses épaules. La cause immédiate, la plus évidente, était la maladie d'Agatha. Mais si le problème était plus profond que cela ? À entendre Barrett, elle n'avait *jamais* été très heureuse. Elle pleurait peut-être sa sœur en silence depuis toutes ces années ?

Mais je devrais marcher sur des œufs. Elle avait visiblement du mal à parler de Lily et il y avait peu de chances pour qu'elle accepte de le faire avec moi, même si je me semblais être la confidente idéale. Au moins, le sujet ne m'était pas totalement étranger. Je pouvais peut-être l'aider à apprivoiser ses souvenirs, à penser à Lily de façon apaisée.

Peut-être que je me trompais, et qu'elle avait fait son deuil d'une manière saine. Mais j'en doutais fort. Si c'était le cas, pourquoi n'avait-elle jamais parlé de Lily à ses propres enfants ? Pourquoi leur avait-elle caché l'existence du cimetière ?

Le simple fait d'ouvrir ce portail serait un tel pas en avant pour elle ! Juste ouvrir la porte de ses souvenirs, ou leur donner un endroit où reposer. Bien sûr, on ne pouvait jamais se libérer totalement de ce genre de fardeau.

Mais si j'arrivais à lui donner un endroit sûr où aller lorsqu'elle se faisait rattraper par ces souvenirs ?

*

* *

John avait emmené Barrett à son cabinet pour la journée et ils ne rentrèrent que pour le diner. Barrett se présenta à table en short et en tee-shirt siglé CAMDEN LACROSSE, mais Laura l'envoya se changer. Il me glissa un demi-sourire en sortant et, pendant quelques secondes, je me sentis électrisée par la perspective d'une connexion avec quelqu'un.

Le repas se déroula comme d'habitude, animé par une conversation polie. Pour des raisons qui m'échappaient, j'évitai de lui parler directement, mais nos yeux n'arrêtaient pas de se croiser et je ne pouvais pas m'empêcher de me réjouir de sa simple présence.

Je sentais le regard de Laura peser sur moi, mais cela n'avait rien de nouveau, et ses questions sur ma sieste et ma fatigue me firent conclure que cette attention venait juste de son inquiétude pour ma santé, un peu renforcée par mon coup de barre de la matinée.

À la fin du repas, je portai les assiettes à la cuisine et les tendis à Barrett une à une pour qu'il les rince dans l'évier.

– Alors ? me fit-il. Pas d'autre aventure de minuit en vue ?

– Comment tu as deviné ?

L'assiette qu'il tenait faillit lui glisser des mains.

– Non, c'est vrai ?

– Ils n'ont pas prévu de pluie ce soir. Ça te dit qu'on se retrouve dehors ?

Il hésita, et je me sentis rougir furieusement en me rendant compte de la proposition que je venais de lui faire.

– J'ai une idée. Pour ta mère.

– Ah ? Quel genre ?

J'aurais juré que son bras, à quelques centimètres du mien, irradiait de chaleur. Au point que je reculai d'un pas.

– Un truc de jardinage.

– En pleine nuit ?

– Pourquoi pas ?

– Elle est au courant ?

– Bien sûr que non.

Laissant l'eau du robinet couler sur l'assiette qu'il était en train de laver, il se tourna vers moi.

– Tu es sûre que c'est une bonne idée ?

Je ne sus pas quoi répondre.

– Bon, OK, reprit-il, on se retrouve ce soir. Quelle heure ?

– Euh, je ne sais pas. Il faudra attendre que tout le monde dorme. Je peux venir frapper à ta porte.

– D'accord.

– T'es sûr ?

Indépendamment de mon envie de passer du temps avec lui, j'avais réellement besoin de son aide pour exécuter mon plan. Je ne pouvais pas le faire seule.

– Oui, oui. Au pire, qu'est-ce qu'on risque ? Que ma mère s'énerve et qu'on se fasse punir ?

Je manquai de rire, avant de demander :

– Elles ressemblent à quoi, ses punitions ?

– Oh, t'en fais pas, répondit-il avec désinvolture en glissant l'assiette dans le lave-vaisselle. Elle ne te frappera pas. Elle préfère la guerre psychologique.

J'essayai de déchiffrer son expression.

– Je n'arrive pas à dire si tu blagues.

Il me regarda d'un air étonné.

– Je ne sais pas trop non plus.

*

* *

Tout se passa exactement comme prévu. Je bus mon thé quand Laura vint me souhaiter bonne nuit et le reposai dès qu'elle fut partie. Ce n'était pas le moment de me détendre : je devais encore tenir plusieurs heures éveillée. Alors je lus avec application le livre de jardinage que j'avais pris à la bibliothèque. Quand j'en eus assez, je m'aventurai dans l'histoire d'amour en apparence la plus canaille que j'avais réussi à dénicher dans la maison, un mince livre des années trente à la couverture rouge intitulé *La fille la moins appropriée*. Il s'avéra qu'il n'avait rien de canaille. C'était juste l'histoire d'un groupe de filles sur la mauvaise pente, qui finissaient par s'amender en lâchant leurs cigarettes et leurs expressions argotiques pour épouser leurs patrons. Puis je triai mon placard par couleurs. Enfin, j'enfilai ma tenue de jardinage, en me dispensant du tablier et du chapeau de mamie. Une fois prête, je pris mon portable et m'occupai un moment avec un jeu.

Enfin, ce fut l'heure. Je glissai la clé du portail dans une poche de mon pantalon et j'allai frapper à la porte de Barrett, qui m'ouvrit au bout de quelques secondes.

Après m'avoir détaillée de la tête aux pieds, il sourit d'un air railleur.

– Stop, dis-je. Pas un mot.

– Tu ne pourrais pas t'habiller normalement ?

Il portait toujours le pantalon kaki et la chemise qu'il avait mis pour le diner.

– Je n'ai *pas* d'habits normaux. Ça, c'est ce que je mets pour jardiner. Arrête de te moquer de moi.

– Ça va. Désolé.

– Tu continues à te marrer.

– Non, non. Juré.

– Si je salissais mes vêtements de tous les jours, ta mère me demanderait ce qui s'est passé.

Il redevint aussitôt sérieux.

– Ah bon ? Elle se préoccupe tant que ça de ce que tu portes ?

– Ben, ouais. Elle fait pareil avec toi. Sauf qu'elle pense que tu es une cause perdue.

*

* *

Comme nous venions de réorganiser la serre, je n'eus aucun mal à y trouver ce que je cherchais. Les bulbes se trouvaient sur l'étagère du fond, dans des caisses dont le contenu était précisé par des étiquettes. Certains noms étaient tracés soigneusement au pochoir alors que d'autres avaient juste été gribouillés au marqueur noir.

L'une des caisses portait un mot, griffonné en petit dans un coin, presque en ajout de dernière minute : *Lilies*, les lis dont la sœur de Laura portait le nom. Barrett la porta dehors pendant que j'allais prendre les outils dans la cabane de jardin. Puis il ouvrit le portail d'Adam et Ève et nous suivîmes le chemin qui serpentait à travers le cimetière, jusqu'au recoin de la tombe de Lily.

Elle m'apparut différente de la nuit précédente et me donna la chair de poule. Sous la pluie, elle avait semblé… je ne sais pas, reliée au reste du jardin, d'une certaine manière. Là, au contraire, elle paraissait juste isolée, voire désolée. Je n'avais pas mesuré à quel point elle était éloignée des autres, qui étaient regroupées harmonieusement près de l'entrée.

Barrett semblait mal à l'aise, lui aussi.

– Tu crois que… Tu crois que ma mère veut qu'on soit tous enterrés ici ? demanda-t-il avec un petit regard vers le portail.

– Pas moi, en tout cas.

J'avais déjà ma tombe, dans un cimetière à quatre-cents kilomètres de là. La société gestionnaire de celui où ma famille avait été enterrée me l'avait offerte en bonus, et je n'avais pas trouvé les mots pour refuser et leur signaler combien l'idée était horrible. Et maintenant que j'avais eu le temps de m'y faire, ça ne me dérangeait plus tant que ça.

– Pardon, me dit Barrett. Je voulais parler de mes parents, d'Agatha et de moi.

– Tu auras peut-être envie d'être enterré ailleurs. C'est le genre de décision que tu pourras prendre par toi-même un jour.

– Ouais.

– Allez, mets des gants et au boulot.

Puis, deux heures durant, on creusa et on retourna la terre, on mit de l'engrais et on disposa en fer à cheval autour de la tombe de Lily les bulbes des fleurs qui portaient le même nom qu'elle en anglais. On travaillait depuis l'extérieur de la tombe, en veillant à ne jamais s'agenouiller dessus. L'atmosphère était super pesante et silencieuse. On parlait uniquement de ce qu'on faisait.

En dehors des questions logistiques, on se taisait. Ça aurait paru irrespectueux de bavarder ici, dans ce petit recoin triste et obscur.

Lorsqu'on eut fini, nous rangeâmes les outils et je remis la caisse vide sur son étagère. Nous avions planté près de deux-cents bulbes, et il faudrait plusieurs semaines avant de savoir s'il en sortirait quelque chose. Mais même si ça ne marchait pas, ça faisait du bien d'avoir ce genre de projet, quelque chose qui ait du sens.

Je n'avais plus qu'à espérer que Laura y serait sensible.

Je nous imaginais en train de jardiner ensemble, un matin. Laura s'interromprait, s'assiérait par terre en me regardant et déciderait de me faire assez confiance pour me parler de Lily. De ce que ça faisait de perdre sa sœur. Juste parce que les lis lui auraient rappelé qu'il pouvait y avoir de la beauté dans les souvenirs, malgré la douleur qu'ils réveillaient en nous.

Je ne lui demande pas de m'apprécier, pensai-je tandis que nous remontions dans nos chambres. *Mais si j'arrive à l'aider, je gagnerai peut-être un peu de respect de sa part.*

Cette fois, quand j'entrai dans la nurserie, Agatha dormait à poings fermés, et ma chambre était dans l'état dans lequel je l'avais laissée.

Après m'être brossé soigneusement les ongles, j'enfilai mon pyjama et je me couchai, persuadée de m'endormir dès que j'aurais posé la tête sur l'oreiller. Allongée sur le côté, j'attendis les yeux fermés, concentrée sur ma respiration et sur les battements réguliers de mon cœur. Je finis par me redresser pour boire un peu de thé, mais il était froid.

Puis, au bout d'un autre long moment à chercher le sommeil en vain, je pris ma tasse et descendis à la cuisine.

Après avoir envisagé de me refaire un thé, je réchauffai ma tasse telle quelle dans le micro-ondes. Alors que je ressortais tranquillement de la cuisine en buvant de petites gorgées, avec l'intention de retourner me coucher, mon regard s'arrêta sur le salon de réception en face dans le couloir. Par la porte ouverte, je voyais le mur du fond, sur lequel s'alignait une rangée de portraits de famille.

J'entrai en allumant les spots braqués sur les murs, et les portraits s'illuminèrent. Ils présentaient chronologiquement chaque génération de Copeland.

Le premier dépeignait Jerahmeel, un homme maigre au regard triste, au menton pointu et au front proéminent qui lui donnaient une tête d'oiseau. À côté de lui, sa femme paraissait tout aussi triste avec ses lèvres pincées, mais elle était plus en chair dans sa robe à jupe ample et à manches ballons. Leurs cinq enfants, trois garçons et deux filles, semblaient encore ne s'être jamais remis de la révélation du caractère sinistre de leurs parents.

Le tableau d'après représentait le fils ainé de Jerahmeel et sa femme, qui était plutôt jolie. Elle me rappela quelqu'un, avant que je réalise qu'il s'agissait de la future veuve Copeland, dont le portrait ornait le couloir du premier étage. Elle était déjà vêtue de noir, d'une jupe à taille haute et d'un chemisier à col montant. Ils étaient accompagnés de deux petits garçons. Puis je m'aperçus que Mme Copeland tenait dans ses bras quelque chose qui avait la taille et la forme d'un bébé, emmailloté dans une sorte de voile noir.

Je me hâtai de passer au suivant.

Ce couple-ci avait l'air de s'ennuyer mortellement, ce qui paraissait impossible vu la quantité d'enfants qui les entouraient. J'en comptai huit. Sept filles et un garçon, le plus jeune. Les filles portaient des robes informes aux couleurs ternes qui me firent penser à des sachets en papier kraft.

J'allais m'intéresser au quatrième tableau lorsqu'un visage familier attira mon regard sur le dernier portrait de la rangée. Celui-là ne représentait que deux personnes : Laura et un homme qui devait être son père. Vêtue d'un haut noir asymétrique dénudant l'une de ses épaules et d'un collier de perles, elle ne semblait pas loin de l'âge adulte. Derrière elle, son père fixait le lointain, une main sur l'épaule de sa fille, tandis qu'elle regardait droit devant elle. C'était un portrait d'elle très réussi.

À cette époque, sa mère devait être morte depuis longtemps. Mais où était Lily ?

L'emplacement qui suivait était vide, dans l'attente de la prochaine génération. Je me demandai s'ils perpétueraient la tradition. Ils attendaient peut-être qu'Agatha aille mieux.

Je finis mon thé en contemplant le portrait de Laura, et en songeant au vide qu'avait dû laisser la perte de sa sœur.

– Tu n'arrivais pas à dormir ?

Je faillis lâcher ma tasse de surprise. Je pivotai sur mes talons et découvris Laura, dans sa chemise de nuit démodée, qui me regardait depuis la porte.

– Désolée. J'étais juste descendue réchauffer mon thé.

– Je peux t'en préparer un autre, si tu veux.

– Je viens de le finir. Désolée.

– Tu n'as pas besoin de t'excuser. C'est chez toi aussi, ici.

C'était une pensée pleine de délicatesse, même si je ne la croyais pas totalement. Mais à quoi bon gâcher la sérénité du moment ?

Elle fixa sa propre image.

– Je me suis sentie si adulte quand le moment est arrivé de peindre ce tableau ! Je crois que je m'étais fait des idées très vieux jeu sur la façon dont cela allait se passer. Je nous imaginais poser pour le peintre, mon père et moi… En réalité, nous ne nous trouvions même pas dans la même pièce. Le peintre est venu et nous a pris chacun en photo. J'ai trouvé que c'était de la triche.

– N'empêche que c'est un beau tableau.

Laura se pencha légèrement en avant.

– C'est vrai. Il m'a toujours plu. Mon père et moi, on formait une belle équipe.

– Il n'y avait que vous deux ?

Ma question resta suspendue en l'air plusieurs secondes.

– Oui. Ma mère était morte depuis des années.

– Oh, pardon. J'avais oublié.

Puis Laura se campa devant le tableau précédent.

– Grand-père Matthew et grand-mère Edna. Mon grand-père est décédé dans un accident de voiture quand j'étais bébé. C'était très triste pour mon père.

Matthew et Edna étaient entourés de deux jeunes enfants, un garçon et une fille. Ils avaient tous un air grave, comme s'ils savaient ce qui allait arriver.

– C'est elle qui a pleuré à votre mariage ?

Laura eut un petit rire, doux et étonné.

– Je t'ai raconté ça ? Oui. Edna, paix à son âme. Elle a l'air d'un petit ange sur ce portrait, mais c'était une vraie terreur. Et là, ce sont mes arrière-grands-parents, David et Maude… alors que son nom de baptême était Agatha. Franchement, se faire appeler Maude ! Je ne suis pas sûre qu'elle se soit jamais pardonné d'avoir eu sept filles et un seul fils. Aucun roi d'Europe n'aurait été plus dépité de laisser son royaume aux mains d'une femme. Alors qu'elle n'était qu'une Copeland par *alliance* ! Elle venait d'une vieille famille de la haute société dont la richesse remontait à des générations, mais qui s'était beaucoup appauvrie. Dieu merci, Matthew est né !

J'ai d'abord cru à une plaisanterie, mais il y avait un peu trop de conviction dans sa voix.

– Et voici la conceptrice des jardins.

– La veuve Copeland ?

– Oui, excellente mémoire ! Loretta Copeland. Elle a épousé le fils ainé de Jerahmeel, Abel. Il est décédé très jeune, sans doute peu après la réalisation de ce portrait. Loretta a pris les choses en main et régné sur la maison et la compagnie de chemins de fer comme une maitresse femme jusqu'à la majorité de mon arrière-grand-père. Puis elle s'est occupée de la maison pour lui, lui a choisi Maude pour épouse, avant de mourir fort à propos trois jours après la naissance de mon grand-père.

– Waouh.

Laura balaya le mur du regard.

– Oui, cela parait assez impressionnant… tant qu'on ne les prend pas un par un. Ils avaient tous beaucoup de défauts. Et aucun n'était très drôle, j'en ai peur. Je ne le suis pas beaucoup non plus.

– Vous avez vécu beaucoup d'épreuves.

– C'est vrai. Mais cela n'oblige personne à s'endurcir, si ? Regarde-toi. Après tout ce que tu as perdu, tu restes quelqu'un de si…

Son ton était devenu de plus en plus triste, et elle ne termina pas sa phrase.

– Enfin, chacun d'entre eux a accompli de grandes choses, reprit-elle en se redressant. Et cela continuera, même dans la prochaine génération, et la suivante…

Elle avait l'air de chercher à se convaincre en même temps que moi.

Puis elle me regarda, les yeux luisant d'une étrange intensité.

– Te plais-tu ici, Margot ?

– Oui, bien sûr.

J'aurais préféré mettre la main dans la cage d'un fauve que de lui laisser percevoir la moindre hésitation.

– Et si tu restais ?

– Je…

Je la fixai, totalement déconcertée. J'avais cru que c'était ce qui était *prévu*.

– Non, non, rectifia-t-elle, comme si elle avait lu dans mes pensées. Je veux dire… Les Albright ont toujours travaillé pour nous, depuis des générations. Mais la fille de Tom – M. Albright – a décidé de faire autre chose. Les Beaux-Arts.

Dans sa bouche, ces deux mots semblaient enrobés d'une mince couche d'acide.

– Donc, pas de nouvelle génération d'Albright. C'est triste, bien que le problème ne vienne pas tant du nom que de l'idée. Du principe de loyauté. Mais toi, tu pourrais faire une école de commerce et ensuite un stage auprès de Tom. Ainsi, tu resterais avec nous ?

– Oh. C'est super généreux.

Vraiment ? Je n'en étais pas si sûre. J'étais embrouillée, et désagréablement rattrapée par le sommeil.

Le sourire de Laura me sembla si radieux qu'il en devenait aveuglant. Je voyais carrément luire les pointes de ses dents.

– Ce serait parfait ! s'exclama-t-elle. Et ensuite, quand Barrett reprendra la direction, tu…

– Ou Agatha.

Elle ne répondit pas.

– Si elle va mieux, ajoutai-je.

– Oui… Bien sûr, acquiesça Laura en resserrant la ceinture en soie de son peignoir. Oui. Agatha. Ou Barrett. L'essentiel serait que les affaires de la famille restent entre les mains de quelqu'un qui aurait notre entière confiance.

Cette discussion était très étrange. Oppressante. Comment Laura pouvait-elle m'accorder son entière confiance ? Elle ne me connaissait que depuis un mois. Il faisait trop chaud dans cette pièce.

Elle glissa un bras autour de mes épaules et je sentis la pression de chacun de ses doigts à travers le tissu de mon pyjama.

Je commençais à avoir un peu mal au cœur.

– Oh, Margot, ce serait magnifique. Pense à…

*

* *

J'ouvris les yeux.

J'étais dans mon lit.

Comment étais-je arrivée là ?

Dans mon dernier souvenir, je parlais avec Laura dans le salon de réception. Quel était le sujet, déjà ? Qu'avait-elle dit à la fin ?

Mais enfin, qu'est-ce qui m'arrivait ?

C'était encore la nuit, et tant mieux, parce que je ne demandais qu'à me rendormir. J'avais l'impression que je pourrais dormir encore dix heures. Mais en me retournant, alors que mes paupières commençaient à se refermer, je vis, écrit sur le mur :

PARS

16

– Bonjour ! me lança Laura d'une voix chantante à mon entrée dans la pièce du petit-déjeuner.

Puis – à ma stupéfaction – elle se leva et me serra brièvement contre elle.

– Agatha a rendez-vous avec son spécialiste à Chicago aujourd'hui. Il faut que je me dépêche si on veut être à l'heure.

Elle consulta sa montre et écarquilla les yeux d'une manière presque comique.

– Mon Dieu, mon Dieu, il est déjà cette heure-là !

– Vous avez besoin d'aide pour préparer Agatha ?

Elle m'adressa un sourire si chaleureux que je me sentis légèrement mal à l'aise. Qui était cette nouvelle Laura ?

– Ce matin, avant que John parte au travail, je lui disais justement à quel point tu étais prévenante. Comment une jeune fille de seize ans peut-elle être aussi attentionnée ? Mais non, merci. Agatha a déjà mangé, je n'ai plus qu'à l'habiller et à la coiffer.

– D'accord.

Le regard de Laura s'attarda sur moi.

– Mais encore merci.

– Je vous en prie.

Elle semblait mourir d'envie d'ajouter quelque chose, mais se ravisa et se dirigea vers la porte.

J'allai m'assoir à table avec un certain soulagement. L'éclat de cette énergie inhabituelle était un peu beaucoup pour moi au réveil.

Je sursautai en sentant une main sur mon épaule, et Laura lâcha un petit rire cristallin.

– Pardon, je t'ai fait peur. Je voulais juste te dire, Margot… J'espère que tu sais ce que tu représentes pour nous. Pour moi.

Qu'est-ce que j'étais censée répondre à ça ?

Elle me riva sur place d'un regard inquisiteur et me dit, dans un murmure excité :

– Et l'idée que tu resteras toujours avec nous… que tu fais partie de la famille, maintenant… ça me fait vraiment très, très plaisir.

Puis elle se volatilisa, comme pour m'épargner la gêne de devoir trouver une réponse.

Je la regardai partir bouche bée.

Rester toujours avec eux ? Faire partie de la famille ? De quoi parlait-elle ? Je me creusai la tête pour me rappeler notre conversation de la veille. Je me souvenais qu'on avait regardé les tableaux, et qu'elle avait dit un truc. Mais quoi ?

Pendant un bref moment de panique, j'eus peur d'avoir accepté de me faire adopter. Je n'avais aucune envie d'être adoptée par les Sutton. Aucune.

Mais ça ne collait pas.

Non, c'était pas ça.

Les Beaux-Arts ? Non plus. Qu'est-ce que ça venait faire dans l'histoire, ça ?

Un truc en rapport avec M. Albright ? Travailler pour M. Albright ?

Non… travailler pour les Sutton. *Devenir* M. Albright.

J'eus une vision absurde de moi-même dans un costume de M. Albright, avec cravate et attaché-case, entrant dans la maison à petits pas pressés avec son entrain de robot.

Voilà. J'y étais. Laura m'avait demandé si je voulais prendre la relève de M. Albright… un jour.

Et j'avais dit oui ?

Je me laissai tomber sur une chaise en fixant l'assiette de pâtisseries. Je n'avais plus faim du tout. J'avais la sensation d'avoir déjà avalé un truc à base de plâtre qui aurait déposé une couche de poussière sèche de ma bouche jusqu'à mon estomac.

J'avais dit oui ?

Impossible. Je n'aurais jamais fait une chose pareille. Passer deux ans ici avec les Sutton le temps de finir le lycée, bon. Mais vivre avec eux, faire partie de ce monde pour toujours… non, impossible. Je n'avais pas besoin d'y réfléchir pour savoir que ça me rendrait dingue. Ça me ferait perdre la boule.

Mais si je n'avais pas répondu oui, Laura n'aurait pas dit ce qu'elle venait de me dire.

Si je n'avais pas répondu oui, elle ne serait pas d'aussi bonne humeur. Elle serait blessée.

Elle serait en colère.

*

* *

Ce n'était pas dans mes habitudes de chercher à voir Barrett pendant la journée. Je savais qu'il en consacrait une partie à travailler dans sa chambre. Parfois, il courait autour de la propriété, sans doute pour rester en forme pour le lacrosse. Il passait aussi plusieurs heures par jour avec son père. J'ignorais totalement à quoi il occupait le reste de son temps, et je n'avais jamais songé à me lancer à sa recherche.

Or voilà que j'y songeais. Parce que j'étais nerveuse, que je tournais en rond et que Laura et Agatha ne reviendraient pas avant le soir. J'aimais bien lire, cependant, quand j'avais terminé un livre, j'avais du mal à me motiver pour en choisir tout de suite un autre.

J'aurais bien fait un peu de rangement, mais il n'y avait rien à ranger.

Campée dans le couloir devant la porte de la nurserie, fraichement douchée et habillée, je me demandais s'il était dans sa chambre, en train de penser à *moi*, si lui aussi se demandait ce que je pouvais faire. Sans doute pas.

Même au plus fort de la solitude, ce n'était pas mon genre de rester plantée là à attendre qu'un garçon se souvienne de mon existence. Alors je me calai avec un nouveau livre dans la bibliothèque, d'où je pouvais l'entendre descendre l'escalier, et j'attendis. Je veux dire, je lus. Tellement que je ne tardai pas à m'endormir.

Je fus réveillée par une cascade de notes qui résonnaient dans les couloirs. Alors je partis à la recherche de la source, avec l'impression d'être un rat suivant le joueur de flute de Hamelin.

J'avais vu la salle de musique deux ou trois fois en passant. C'était une petite pièce douillette au bout du couloir, de sorte que la musique ne risquait pas d'envahir la maison. Je n'y avais jamais vu personne. C'est pourtant là que me mena la mélodie. Barrett était assis au piano, les traits figés par la concentration.

Au bout de quelques secondes, peut-être parce que je bouchais la lumière, il tourna la tête vers la porte. Son expression s'adoucit et il me sourit, sans que le rythme fluide de la musique s'interrompe. Puis il reporta son attention sur les touches et je m'adossai au montant de la porte pour l'écouter.

Il jouait un morceau rapide et léger, entrecoupé de passages plus lents, plus méditatifs. Un peu honteuse de mon manque de culture musicale, j'espérais qu'il n'attendrait pas de moi un commentaire pertinent.

Mais ce n'était pas vraiment ce qui m'accaparait. J'étais captivée par la tension qui traversait tout son corps, par la façon dont ses doigts semblaient toujours jouer de nouvelles notes avant que j'aie enregistré les dernières. Je n'arrivais pas à détacher les yeux des angles de ses épaules, de sa manière de tenir sa tête.

Il adorait ça. Ça comptait pour lui. Et il était *excellent*. Je retenais mon souffle, comme si cela pouvait aider ses doigts à continuer à danser, le pousser à poursuivre le cours de la mélodie. Comme si je participais.

Enfin, il acheva le morceau par un petit trille espiègle et me regarda avec un grand sourire.

Oh. *À l'aide.*

– Euh..., bafouillai-je. C'était quoi, ça ?

Il se leva en jetant sur les touches une dernière volute guillerette.

– Ça, ça s'appelle un piano.

– Non, sérieusement ! Pourquoi je n'étais pas au courant que tu jouais ? Tu ne t'entraines jamais ?

– Si, mais dans ma chambre, généralement. J'ai un clavier et un casque. Ma mère n'aime pas m'entendre.

– Franchement, ça me dépasse. Je pourrais écouter ça toute la journée.

– Merci, c'est gentil, dit-il, l'air touché.

– Franchement, je ne comprends pas.

Je ne pus pas me retenir de m'approcher.

– Bah, répondit-il, elle n'aime pas beaucoup la musique. Je ne comprends pas non plus, mais elle est chez elle.

– Tu joues au lycée ?

– Ouais. Je commence le programme du conservatoire à la rentrée.

– Génial !

Il haussa les épaules.

– Oui, enfin, on y entre assez facilement. Mais ça devrait être sympa.

– Et Agatha, elle aime bien t'écouter ?

– Je ne sais pas trop. Avant, ça lui plaisait. Mais elle ne m'a pas entendu jouer depuis un moment.

– On devrait essayer, un de ces jours. Je m'étais déjà demandé si la musique pourrait l'aider.

– Comme je te disais, ma mère préfère le silence, répondit-il avec un soupir résigné.

– On n'a qu'à acheter un séparateur de casque.

– Mais ouais ! fit-il en s'illuminant. Super idée.

Je contemplai le piano étincelant, qui devait faire presque deux mètres de long.

– Et toi, tu en joues ? me demanda-t-il.

– Non, non. J'ai pris des leçons jusqu'à mes huit ans, mais je râlais tellement que ça a découragé ma mère.

– Moi, c'est le contraire. Elle a fini par céder et me laisser prendre des cours en ville. Et mon père m'a acheté le clavier.

– Tu veux bien jouer autre chose ?

– Oui, mais plus tard. Je meurs de faim. Tu as déjeuné ?

Je secouai la tête.

Alors on se rendit à la cuisine, où on se lança d'un accord tacite dans la préparation d'un repas express. Des sandwichs sans prétention, accompagnés de tranches de pommes. Mais le simple fait qu'on se tienne épaule contre épaule, à couper les aliments dans un silence complice, m'ôtait presque la respiration.

J'allais me diriger vers la pièce du petit déjeuner avec mon assiette, quand il me dit :

– Attends, je vais te montrer un truc.

Il m'entraina dans un couloir de service mal éclairé. Vers le fond, une porte donnait sur un petit escalier. Nous montâmes dans le noir jusqu'à une autre porte qui débouchait sur l'extérieur.

Malgré un ciel nuageux, la lumière du dehors était éblouissante et mes yeux mirent quelques instants à s'acclimater.

Nous étions sur le toit, mais sur une section aménagée. Le sol était tapissé d'un carrelage en damier noir et blanc, sur lequel de vieux meubles de jardin étaient dispersés par paires ici et là.

– Autrefois, il y avait un escalier extérieur ici, m'informa Barrett en me montrant un endroit où la rambarde semblait avoir été rebouchée. Mais je crois qu'il n'existait déjà plus à la naissance de ma mère.

Maintenant, le seul accès qui reste est l'entrée de service.

Comme une partie de l'espace était ombragée par l'un des arbres centenaires qui poussaient à côté, on y tira deux lourds fauteuils de jardin. De là-haut, on distinguait l'ensemble du domaine, à l'exception du cimetière, bien caché derrière ses murs et sa haie touffue.

Il y avait une petite brise. J'essayai de manger normalement, mais c'était compliqué, parce que mon cerveau ne demandait qu'à se concentrer entièrement sur Barrett. Un musicien.

– Je trouve ça dingue, quand même, dis-je malgré moi.

Je me rendis compte que ce genre de manifestation d'admiration béate allait me couter mes derniers points de coolitude auprès de Barrett, mais je n'étais pas trop inquiète. Après tout, il m'avait déjà vue dans mon accoutrement de jardinage et me regardait jour après jour suivre docilement les ordres de sa mère, il ne devait plus être à ça près.

– Oui, dit-il, c'est beau, hein ?

Je me tournai vers lui, un peu étonnée qu'il s'envoie des fleurs de cette manière, mais il ajouta :

– J'adore cette maison. Mais je l'apprécie encore plus en sachant que je vais en partir bientôt.

En partir bientôt ? Je m'efforçai d'ignorer cette information dans l'immédiat.

– Mais tu pourrais en hériter. Tu vas peut-être vivre ici plus tard.

– Non, répliqua-t-il d'un air grave. Jamais.

Je ne parvins pas à cacher mon étonnement. Il regarda les collines environnantes d'un air presque douloureux.

– Je… J'ai beaucoup de respect pour ma famille. Pour ce que mes ancêtres ont accompli. Mais tout ça a disparu, maintenant. Ma mère se démène pour garder les choses exactement dans le même état qu'autrefois. Mais c'est un peu comme… comme quelqu'un qui aurait travaillé dans une usine qui a fermé et qui continuerait à s'y présenter chaque matin. C'est la même chose. Il ne reste plus rien ici. Ce n'est que du passé.

– Mais comment… (Je devais marcher sur des œufs.) Comment font tes parents pour continuer à financer l'entretien ?

– Oh, ils ont réalisé des investissements. Il faut dire que ma mère a un vrai don pour faire fructifier l'argent. Et elle dépense peu. On pourrait rester ici indéfiniment, et même embaucher plus de personnel. Mais ça ne m'intéresse pas. Je n'ai pas envie de passer ma vie à couver la fortune familiale.

– Tu voudrais faire quoi ?

Il rentra légèrement la tête dans les épaules.

– Du piano, si c'est possible.

– Oh, je suis sûre que tu pourrais ! dis-je en me redressant. Tu es super doué ! C'est vrai que c'est chouette de vivre ici, mais c'est…

– Quoi ? me coupa-t-il en me regardant attentivement. Ça ne te plait pas ?

Je contemplai la vue à couper le souffle.

– C'est magnifique. Mais je ne me sens pas vraiment moi-même ici. C'est vrai que je ne sais plus trop qui je suis de toute façon, mais… qui que je sois, ça ne colle pas complètement.

– Ça va sûrement s'améliorer à la rentrée.

– Ouais…

– Tu vas te faire des amis, tout ça. Ma mère ne va pas continuer à te garder sous clé quand tu auras rencontré des gens avec qui faire des trucs.

– Espérons. Enfin, je ne me plains pas, hein ! Tes parents sont très sympas avec moi. Mais ça m'a vraiment étonnée de te voir jouer du piano. C'est dingue que je ne l'aie pas su avant.

Je ne pouvais pas m'empêcher de revenir sur le sujet.

– Bah, qu'est-ce que tu croyais que je faisais toute la journée ?

– Je ne sais pas. Tu crois que je fais quoi, moi ?

Il se carra dans son fauteuil et pencha la tête en arrière pour contempler les branches entrelacées de l'arbre au-dessus de nous.

– Alors… Tu descends prendre le petit-déjeuner et tu remontes t'occuper d'Agatha. Ensuite, tu vas travailler dans le jardin, mais tu es toujours impeccable pour le repas de midi, donc j'imagine que tu prends une douche et que tu te changes d'abord. L'après-midi, tu retournes à l'étage avec ma sœur pour lui faire la lecture. Avant le diner, tu demandes toujours à ma mère si elle a besoin d'aide, et elle te répond toujours non. Du coup, tu vas à la bibliothèque.

Je le dévisageai et il me répondit avec un petit air content de lui :

– Quoi ? Tu pensais que je passais mes journées dans ma chambre à admirer mes trophées de lacrosse ?

– Désolée, dis-je sans pouvoir réprimer un sourire. J'aurais dû me douter qu'il ne fallait pas se fier aux apparences avec toi.

– Je cache tellement bien mon jeu que, pour la plupart des gens, j'ai tout dans les muscles et rien dans la tête. Et fondamentalement, ils n'ont pas tort.

– À part pour un petit secret, le taquinai-je.

– Un seul, c'est permis, non ?

– Absolument. Tout le monde a droit à un secret gratuit.

Il hocha la tête. Je sentis mon cœur voleter comme un petit oiseau prisonnier dans ma poitrine.

– Tu peux faire quelque chose pour moi ? demandai-je.

– Ce que tu voudras.

M'embrasser.

– Joue-moi un autre morceau.

17

Quand nous eûmes fait la vaisselle et nettoyé la cuisine, Barrett rejoua pendant une heure et demie. La salle de musique était petite, avec un plafond bas. Le piano se trouvait au milieu et il y avait d'autres instruments fixés aux murs dans leurs étuis. Il y avait même une harpe miniature sur un petit support dans un coin. Je m'étais affalée dans un canapé au dossier en ivoire recourbé qui me donnait l'impression d'être Marie-Antoinette. Rien que la forme du divan me collait des complexes. C'était le genre de meuble sur lequel on est censé s'étaler gracieusement dans une pose alanguie pour capter l'attention d'un jeune galant affriolant qu'on s'est mis en tête de séduire. J'étais même étonnée que Laura ait admis un meuble de ce genre chez elle. Personnellement, je trouvais ce canapé franchement pousse-au-crime. (*Embrasse-moi*, continuai-je à ne pas dire à Barrett.)

Les yeux fermés, je me laissai flotter sur la musique. Mais au bout d'un moment, je commençai à m'inquiéter. Il devait avoir mal aux mains, à la longue. Alors, quand il parvint à la fin d'un morceau, je proposai qu'on fasse une pause.

Il leva les yeux, et j'aurais juré qu'il avait oublié ma présence.

– Excuse-moi. Tu en as marre ?

– Non, non, pas du tout ! C'est juste que tes doigts ont sûrement besoin d'un peu de repos.

Il se redressa sur son tabouret en remuant les doigts.

– Non, ça va.

Mais je notai la façon dont il se frotta les mains.

– De toute façon, ta mère na va pas tarder à rentrer, rappelai-je en me levant à regret. Elle sera sans doute fatiguée, il faudra que je reste avec Agatha jusqu'au diner.

Il hocha la tête, s'étira les bras, puis soupira.

– Merci de m'avoir écouté.

Brusquement, je réalisai que je n'aurais peut-être pas d'autre occasion de l'entendre, et ça me donna envie de pleurer. Même s'il nous restait plusieurs semaines avant son départ, trouverait-on d'autres moments tout seuls ? Sa musique me reliait à un aspect de moi-même auquel je n'avais jamais vraiment prêté attention – pas la moi d'autrefois qui n'existait plus, ni une hypothétique et mystérieuse moi future. Plutôt une sorte d'armature centrale qui avait toujours été là et qui existerait toujours, immuable. À la facette de moi qui était une sœur aimante, qui se souciait d'Agatha, qui voulait désespérément aider Laura à donner du sens à la mort de sa sœur. Dans la musique, je m'entendais, moi.

– Attends, dis-je.

Il tourna les yeux vers moi.

– Un dernier ? demandai-je.

Il hocha la tête et attendit que j'aie repris place sur le canapé, sans me quitter des yeux. Mais au lieu de se tourner vers le piano, il continua à m'observer et j'eus beaucoup de mal à garder un air naturel.

– OK, dit-il à mi-voix. Je sais ce que je vais jouer.

Il entama un air doux et lent, dont chaque note, délicate, presque pensive, se mêlait aux autres dans une harmonie subtile. Ça me fit penser à des cygnes dérivant sur un lac tranquille. C'était à la fois serein et triste.

Ce fut bien trop court.

– Ça t'a plu ? me demanda Barrett lorsque la dernière note eut résonné dans la pièce.

Oh oui. Plus que n'importe quel air que j'avais jamais entendu dans ma vie. Mais je n'avais pas envie de répondre. Le fait d'être là avec lui me faisait me sentir étrangement, terriblement seule.

– C'était très beau. Mais il faut que j'y aille. Je dois… ranger mon linge.

– Attends ! me lança-t-il tandis que je filais dans le couloir. Margot, je suis désolé…

Je parvins à me contenir jusqu'à l'étage, jusqu'à ce que j'aie refermé la porte de la nurserie derrière moi. Je savais qu'il ne viendrait pas y frapper.

Puis je m'affalai sur mon lit et laissai les larmes couler.

Pas de crise d'hystérie ni de désespoir, pas de plaintes amères pour cause de cœur brisé.

Je restais juste assise là, déjà en manque de Barrett.

J'étais très forte pour ça, être en manque des autres. Je pouvais bien en ajouter un de plus.

*

* *

– Margot ? Barrett ?

Il était si peu habituel d'entendre la voix de John résonner dans la cage d'escalier que je courus ouvrir la porte de ma chambre. Barrett fit de même au bout du couloir.

– Papa ? Qu'est-ce qui se passe ?

– Rien, rien, répondit John en nous regardant tour à tour. Tout va bien. On dirait que vous venez de voir un fantôme. Je voulais juste vous prévenir que Laura et Agatha passent la nuit à Chicago. Je pensais à des pizzas pour ce soir. Ça vous irait ?

– Oh, fit Barrett, dont je sentis le regard se poser sur moi. Oui, oui, parfait !

– Tu aimes bien la pizza, Margot ? me demanda John. Sans aubergine.

Je fus touchée qu'il n'ait pas oublié.

– Oui, j'adore ça !

– OK. Je passe la commande, elles seront là dans une heure.

Et, après un sourire un peu gêné, il commença à dévaler l'escalier.

Nos regards se croisèrent.

– À plus tard, dis-je en refermant ma porte.

*

* *

Le diner fut cool. Sans Laura pour manifester par des petits riens sa désapprobation d'une ambiance de table décontractée, John se montra d'humeur légère et fit même un peu l'idiot. Il raconta toutes sortes de blagues, dignes du répertoire considérable de blagues de mon propre père (*Pourquoi les pigeons roux ne peuvent pas nager ? Parce que les pigeons roux coulent*), et manifesta beaucoup d'intérêt pour les récits de Barrett sur sa vie au lycée.

Ensuite, il disparut dans son bureau parce qu'il avait du travail à finir, et j'allai mettre les restes de pizza au frigo.

– Je peux le faire, proposa Barrett alors qu'il me rejoignait dans la cuisine et m'y trouvait aux prises avec le film alimentaire.

– Moi aussi. D'où le fait que… je suis en train de le faire.

– Je n'ai jamais voulu dire le contraire.

– Non. Juste que je ne devrais pas me laisser opprimer par l'insistance de tes parents à me faire emballer les restes.

– Parfaitement. Résiste à l'autorité.

– C'est l'autorité qui a acheté les pizzas. Je peux bien les ranger.

– Dans ce cas, je vais jeter les cartons à la poubelle.

Il disparut avec les emballages. Le temps passant, je finis par me sentir mal à l'aise. Finalement, je décidai de remonter à la nurserie. Je ne m'étais pas débarrassée de la mélancolie qui m'était tombée dessus dans l'après-midi et qui me rendait sensible aux moindres détails de nos interactions. Du coup, j'en étais venue à me demander s'il ne prolongeait pas son absence pour m'éviter.

– Margot, attends-moi ! me lança-t-il en déboulant dans l'entrée.

Cette fois, il me rattrapa.

– Désolé, les boîtes ne rentraient pas dans la poubelle. J'ai dû aller jusqu'au garage. Je me demandais si tu aurais envie de faire un tour.

– Où ça ?

– Juste dans le coin. Je n'ai pas pensé à un endroit ni à une activité particulière...

– Oh, on pourrait arroser les lis.

– Par exemple, acquiesça-t-il en riant.

– Je vais chercher la clé.

*
* *

Quand nous sortîmes, le soleil était sur le point de se coucher et ses derniers rayons teintaient les nuages de rose et d'orange dans un ciel de plus en plus sombre.

Nous restâmes étrangement silencieux jusqu'au cimetière. Je pense qu'on réfléchissait à la folie que ce serait, dans le contexte, d'admettre notre envie d'être ensemble. Du moins c'était ce qui m'occupait, moi.

Depuis ma conversation avec Laura au sujet des tableaux de famille, je pouvais mettre des visages sur les noms écrits sur les tombes, ce qui ne les rendait que plus flippantes. Abel ? Oui, je me souvenais d'Abel. Il était là, justement. Et ici, Loretta, la vieille harpie. Agatha – alias Maude –, et Matthew à côté. Ils étaient tous là, dans leurs petites tombes pittoresques et bien alignées, qui donnaient l'impression de créer un ensemble bien qu'elles fussent dispersées parmi les arbres.

Sauf Lily. Sa tombe se trouvait après un tournant du chemin qui l'éloignait distinctement des autres. La famille avait peut-être décidé de commencer la nouvelle génération ici, de se donner un peu d'espace. Cette pensée m'amena à imaginer les actuels Sutton allongés là, immobiles et silencieux, avec leurs corps froids, leurs muscles qui fondaient et leurs os réduits en poussière, et cela me souleva l'estomac.

– Ça va ? me demanda Barrett.

– Je n'aime pas trop cet endroit.

– Ouais, je comprends, moi non plus. Tu veux qu'on s'en aille ?

– Non, c'est bon.

Enroulé autour de mon épaule, je transportais un tuyau déniché dans les stocks de rab de la serre, que je prévoyais d'accrocher à l'un des robinets installés dans le cimetière.

Alors qu'on prenait le tournant, j'inspectai le joint à l'extrémité du tuyau ; le plastique avait tendance à se désagréger si on le laissait se dessécher.

– Margot, murmura Barrett d'un ton pressant.

– Quoi ?

Puis je levai les yeux vers la tombe de Lily et m'immobilisai.

– Mais non, dit Barrett.

Ce qui signifiait en clair : « Impossible qu'on voie ce qu'on croit qu'on voit. »

Avec de la chance, les bulbes plantés la nuit précédente auraient dû absorber la chaleur du sol gorgé d'eau. Si tout se passait bien, d'ici quinze jours, les premières petites pousses se libèreraient de leur fine enveloppe et pointeraient timidement en surface. D'ici un mois, quelques-uns commenceraient peut-être à fleurir.

Or, là – après moins de vingt-quatre heures –, la tombe était cernée par de somptueux lis rouge sombre, entièrement ouverts, dont les pétales bâillaient au bout de leurs hautes tiges ondulantes. Les feuilles, semblables à des brins d'herbe géants, s'inclinaient élégamment vers le sol.

– Impossible, confirmai-je.

Absolument impossible. Le genre de chose qui n'arrivait pas.

– Je ne comprends pas, dit Barrett.

Il s'agenouilla pour examiner une fleur en effleurant ses pétales de velours prudemment, comme s'il craignait qu'ils se referment brusquement sur ses doigts.

Je l'imitai, bizarrement stressée.

– On dirait de la magie, murmurai-je avant de me redresser et de reculer.

Barrett observa la tombe, qui semblait encore plus petite ainsi, un lit d'enfant aux contours dessinés par le foisonnement des lis.

Puis il éclata d'un rire nerveux et, l'espace d'un instant, ce son me projeta dans mon ancienne vie, dans les après-midis passés à la cafète du lycée avec Becca, C. J. et toute la clique, dans le bourdonnement des bavardages joyeux-stressés-fatigués des autres élèves, ponctués des éclats de rire qui fusaient sans prévenir des quatre coins de la salle. Des rires gais, chaleureux, lumineux.

– Mais comment ça a pu se produire en une nuit ? demanda Barrett qui se releva à son tour.

Je contemplai le spectacle sans répondre, toujours stupéfaite.

On aurait dit qu'un grand silence était tombé sur le jardin et nous enveloppait.

Les dernières lueurs du crépuscule qui rasaient le mur avaient viré à l'or pur et changeaient Barrett en statue de bronze.

– Cette maison…, commençai-je.

Il se rapprocha.

– Oui ?

– Ça t'a plu de grandir ici ?

– Je ne connaissais rien d'autre. C'était normal, pour moi.

– Au début, je trouvais que ta mère était très tendue.

– Elle l'est.

– D'accord, mais… il y a autre chose. On dirait qu'elle vit dans la peur de quelque chose. Ce n'est pas seulement à cause d'Agatha.

– Tu crois que ça a un rapport avec la mort de sa sœur ?

– Ça dépend comment elle est morte.

– Petits, on ne jouait jamais avec les autres, déclara Barrett, songeur. Et dans les rares cas où ça arrivait, on n'avait pas le droit d'aller dans les ailes fermées à clé. Ma mère fait une fixette sur le fait de ne pas laisser entrer le froid, ni l'air chaud ni rien, enfin tu vois.

Des rides lui creusèrent le front.

– J'ai eu un ami à une époque, un gamin que j'avais rencontré à la supérette. J'ai pratiquement dû forcer ma mère à l'inviter. Sa mère l'a amené en voiture et elles ont bavardé en attendant qu'on ait fini de jouer. On s'amusait bien, mais, à un moment, ma mère nous a appelés, et comme on n'est pas venus immédiatement, elle s'est mise à nous hurler dessus. L'autre mère s'est fâchée et on ne les a jamais revus.

– Mais pourquoi elle avait crié ?

– Je n'ai pas compris, avoua-t-il avec un haussement d'épaules. Mais il y a des tas de trucs compliqués dans cette maison. Des câbles nus, des endroits où on peut se retrouver coincé. À une époque, on avait un monte-plat, une sorte de mini-ascenseur, dans le garde-manger derrière la cuisine. Enfin, il est toujours là, mais il ne sert plus depuis longtemps. Apparemment, quand mon grand-père était petit, une bonne a perdu un doigt en mettant un seau dedans et ma mère nous a interdit d'ouvrir la porte. Elle m'a surpris en train d'essayer de monter dedans une fois et elle a complètement paniqué. Genre, elle tremblait tellement elle avait eu peur.

– Quelquefois je me demande comment on fait pour ne pas avoir peur en permanence. Quand on a une famille qu'on aime, on devrait se dire tous les matins en les voyant partir : « Et si c'était la dernière fois que je les voyais ? »

Les rides sur son front s'étaient encore creusées.

– Ça ne m'arrivait jamais, avant. Mais... quand Agatha est tombée malade, c'est un peu ce que j'ai ressenti. Sauf qu'il était trop tard. La dernière fois que je lui ai parlé, on s'est disputés. Et ensuite, c'est comme si elle était devenue une personne différente. Je repasse cette dispute dans ma tête chaque jour.

– Vous vous êtes disputés à propos de quoi ?

Il regarda en face la lumière orangée du couchant, qui virait rapidement à une ombre indigo.

– Elle voulait se barrer du lycée pour le week-end. Elle s'était fait une autorisation bidon pour aller dans la maison d'une amie au bord d'un lac avec d'autres filles. Je lui ai dit que c'était débile. Et puis là-bas, elle a glissé sur le ponton et s'est ouvert le pied. Les médecins pensent qu'une espèce de bactérie s'est infiltrée dans son sang. Elle est rentrée à la maison pour que ma mère la soigne, mais ça ne s'est jamais arrangé. C'était en octobre. Quand je suis revenu pour Noël, elle était… comme elle est aujourd'hui.

Il baissa les yeux sur ses chaussures.

– Ils ont dit qu'elle avait eu de la chance de ne pas avoir perdu son pied, ou sa jambe, et qu'elle aurait même pu mourir. Mais ça lui a couté sacrément cher.

On pouvait le dire.

– Je sais que ce n'est rien comparé à ce que tu as subi, reprit-il. Mais c'est comme si la sœur que j'ai connue… était morte. Et puis, je me dis que si j'avais insisté, j'aurais pu la dissuader d'aller à ce week-end. Je n'aurais pas dû lâcher aussi vite. Maintenant, elle n'est plus la même, et je ne peux même plus lui demander pardon.

– Tu n'as pas à lui demander pardon.

Il resta silencieux un long moment, fixant la tombe de Lily d'un air absent.

– Je lui ai dit… Je lui ai dit qu'elle cherchait les problèmes et qu'elle allait les trouver, ajouta-t-il d'une voix un peu tremblante.

Je ne réagis pas.

– Et elle m'a répondu : « Je parie que c'est ce que tu voudrais, pour que ça me serve de leçon. » Mais ce n'est pas vrai. Je jure que ce n'est pas vrai.

– Bien sûr que non.

– Sauf qu'après, quand elle s'est mise à aller de plus en plus mal… est-ce qu'elle le savait ? Est-ce qu'elle savait que je n'avais jamais souhaité ça ? Ou est-ce qu'elle a cru que j'avais eu ce que je voulais ?

– Elle n'aurait jamais pensé ça ! Personne de sensé ne penserait ça.

– Et ensuite… je suis parti. Je suis retourné au lycée alors qu'elle était déjà super malade.

– Tu n'avais pas le choix. Tu ne pouvais pas arrêter les cours.

– Et si elle était morte ?

– Elle n'est pas si malade que ça. Elle n'a même pas l'air malade du tout, en réalité. Juste ailleurs.

– N'empêche que je l'ai abandonnée. Et je crois que je ne m'en étais pas rendu compte avant que tu arrives.

Il se força à me regarder dans les yeux.

– C'est à cause de ça que je t'ai accueillie aussi mal. Parce que… parce que j'ai honte. Je suis un mauvais frère. Et ça devient encore plus évident quand je vois comment tu fonctionnes.

– Comment je fonctionne ? répétai-je, alarmée et un peu vexée. Qu'est-ce que je fais de mal ?

– Mais rien, Margot, au contraire... Enfin, tu es géniale.

Ah, murmura mon cœur.

Je le regardai. J'aimais bien la façon dont ses cheveux tombaient en ondulant sur son front. J'aimais bien la douceur de ses yeux noisette.

Il approcha les mains dans une invitation. Je les effleurai, et ses doigts se replièrent sur les miens.

– Tu as les mains gelées.

– T'inquiète, réussis-je à articuler. Elles sont toujours comme ça.

– Attends.

Il les attira sur sa poitrine en les couvrant avec les siennes, chaudes, et je sentis son cœur battre aussi nettement que si je l'avais tenu entre mes doigts.

– Merci, murmurai-je.

Il me sourit.

L'air autour de nous semblait s'être changé en une matière scintillante, brumeuse et irréelle.

– Ce que je voulais te faire entendre dans le morceau que je t'ai joué tout à l'heure, dit-il, dans un murmure presque aussi bas que le bruissement des feuilles au-dessus de nos têtes, c'est qu'il parlait de toi. De ta façon de marcher, de parler, et...

Avant qu'il ait pu finir sa phrase, j'avais retiré mes mains des siennes pour attirer son visage vers moi.

Nos bouches se frôlèrent doucement. Puis elles se séparèrent, se retrouvèrent, hésitantes, et le baiser prit son envol, et l'air irréel tourbillonna autour de nous en nous enveloppant comme une tornade.

Nous nous séparâmes, un peu étourdis. Mais ses mains restèrent repliées sur mes reins.

Je posai la tête contre sa poitrine et inspirai, la joue sur sa chemise. Il sentait une odeur de garçon, chaude, épicée, un mélange de propre et de sale. J'aurais voulu mémoriser son parfum pour le garder avec moi pour toujours.

– Margot, Margot, murmura-t-il.

Je retournai à sa bouche et nous nous embrassâmes encore quelques minutes, tandis que la lumière du jour clignait des paupières et s'éteignait pour de bon. L'odeur de la terre humide montait autour de nous. J'avais lu quelque part que l'odeur d'une pelouse fraichement tondue était en réalité l'herbe coupée qui appelait à l'aide, et je sentis quelque chose crier au fond de moi :

À l'aide, à l'aide, à l'aide.

Mais qu'est-ce qui pouvait m'aider ?

Ça, pensai-je en attirant Barrett encore plus près.

Notre baiser se prolongea encore un peu. Puis nous restâmes à une vingtaine de centimètres l'un de l'autre, les mains entrelacées.

– Waouh, dit-il.

– Ouais.

Il déposa un baiser sur mes cheveux.

– On ferait mieux de rentrer, signalai-je.

Il hocha la tête et nous revînmes sur nos pas jusqu'au jardin, main dans la main. Je refermai le portail, mais lorsque je voulus tourner la clé dans la serrure, elle n'était pas dessus. Nous regardâmes autour de nous.

– Bizarre, fit Barrett. Elle n'est pas dans ta poche ?

– Je n'en ai pas, répondis-je en passant les mains sur mes cuisses, là où lesdites poches auraient dû se trouver sur un pantalon digne de ce nom. Je suis certaine d'avoir laissé la clé dans la serrure.

J'inspectai les alentours, regrettant tout à coup d'être là, dans la nuit fraiche et humide.

– On n'a qu'à laisser ouvert, suggéra Barrett. Ça ne fait rien.

Cette idée, si inoffensive et modérée, fit monter en moi une bouffée de panique.

– Non. Il faut qu'on le referme.

J'entrepris de fouiller l'herbe autour de nous ; la clé était peut-être tombée quelque part à nos pieds. Mais un rapide coup d'œil ne révéla rien, et pour qu'on y voie mieux, le résultat ne fut pas plus probant à la lumière du portable de Barrett.

Je m'éloignai de quelques pas, attirée par la pile de pots vides et les caisses de plants de tomates étiolés qui trainaient non loin de là.

– Elle ne peut pas avoir atterri aussi loin, observa Barrett.

Je m'agenouillai quand même pour fouiller le sol et il me rejoignit pour m'éclairer.

– Là, dis-je en voyant luire un éclat de métal à moitié couvert de terre.

Je le saisis, mais au lieu d'une clé, mes doigts se replièrent sur une petite boucle. Je dus tirer d'un coup sec pour l'extirper du sol. À la boucle était attachée une fine lanière de cuir sale et craquelée.

Barrett se pencha vers ma trouvaille.

– C'est quoi ? Un collier ?

Son bras effleura le mien et j'oubliai un instant ce que je faisais.

– Vous avez eu un chat ? Ou un petit chien ?

La lanière était à peine assez longue pour faire le tour de mon poignet.

– Non, jamais. Ma mère a horreur des chats et elle trouve que les chiens ne sont pas propres.

– Ça devait être à un chat, supposai-je.

Je décollai une motte de terre accrochée au cuir et découvris une clochette.

– Je confirme.

Puis j'essuyai une petite plaque métallique sur laquelle apparut un nom : MISSY.

– Ça doit être super vieux, dit Barrett.

Je lâchai un soupir. Ce que je voulais, moi, c'était retrouver cette clé pour qu'on puisse fermer le portail et s'en aller.

Sans conviction, Barrett promena le faisceau de sa lampe par terre une dernière fois.

– Là !

Je traversai l'allée pour me pencher sur la touffe de fleurs la plus proche, de longues tiges grêles couvertes de grappes de petits boutons blancs et mauves. À son pied, comme si on l'avait déposée là soigneusement, se trouvait la clé.

– Comment elle est arrivée là ? demanda Barrett.

– Sans doute le vent.

Il ne me répondit pas.

Soulagée de l'avoir trouvée, je tournai la clé dans la serrure en essayant de ne pas me laisser perturber par ce nouveau mystère.

Nous regagnâmes lentement la maison, les doigts entrelacés.

Alors que nous tournions à l'angle de la façade, la porte de service s'ouvrit.

Je lâchai aussitôt la main de Barrett, qui se redressa face à Laura avec une petite inspiration saccadée.

– Oh, vous êtes là, dit-elle aimablement. Qu'est-ce que vous bricolez ?

– On était juste sortis faire un tour. Je croyais que vous ne rentriez que demain.

– C'était ce qui était prévu, oui, dit-elle en nous suivant à l'intérieur. J'avais même réservé une chambre à l'hôtel. Mais la pharmacienne a réussi à préparer le traitement dix minutes avant la fermeture. On a eu de la chance.

– C'est cool qu'Agatha puisse dormir dans son lit, dis-je.

– Oui, répliqua Laura avec un sourire. Dis-moi, Barrett, tu n'avais pas des révisions à faire ?

– Si, si, fit-il en se dirigeant vers l'escalier.

Je priai pour qu'il s'abstienne de me regarder – Laura remarquait tout –, mais il me jeta un petit coup d'œil par-dessus son épaule.

Je me raidis en sentant qu'elle le remarquait.

Puis elle consulta sa montre.

– Je suis vraiment désolée, Margot, mais je crois que je ne vais pas avoir le temps de passer te souhaiter bonne nuit ce soir. Cette journée en ville a complètement chamboulé mon programme. Et comme, en plus, j'ai la migraine, je voudrais aller me coucher. Ça ne t'ennuie pas ?

– Non, non, pas du tout.

Sans vouloir être méchante, je ne comptais pas sur nos échanges du soir pour m'apaiser. À vrai dire, l'attente de ses visites avait plutôt tendance à me crisper. Laura était capable de transformer le coucher en rituel protocolaire.

Lorsque j'arrivai à l'étage, Barrett passa la tête par la porte de sa chambre et me décocha un grand sourire.

Je ne pus m'empêcher de sourire à mon tour.

– Elle t'a dit quoi ? me chuchota-t-il.

– Rien de spécial.

Il s'approcha en gardant un œil derrière mon épaule, et sa proximité me fit l'effet d'une flamme.

Je repensai instantanément à ses doigts au creux de mes reins. Dans l'immédiat, je m'en tins à lui prendre la main. Il promena son pouce sur mes doigts et je frémis de la tête aux pieds.

Je me retins de me pencher et de l'embrasser, et récupérai ma main.

– À demain matin au petit-déj ? me glissa-t-il.

– Oui. Bonne nuit.

Je le regardai rentrer dans sa chambre, et quelque chose s'affaissa en moi dès qu'il eut disparu. Comment allait-on pouvoir continuer en présence de Laura ? Il était évident que rien de ce qui se passait sous son toit ne lui échappait, et je ne me fiais pas suffisamment à mes talents de comédienne pour espérer cacher le changement survenu entre Barrett et moi. Je me visualisai essayant de me retenir de lui faire les yeux doux à la table du petit-déjeuner. Cette image m'horrifia.

N'empêche, n'était-ce pas délicieux d'avoir quelqu'un à embrasser ?

Infiniment.

Tellement que je ne pus me retenir de sourire en traversant la nurserie jusqu'à mon lit. Après avoir lu un moment, les paupières de plus en plus lourdes, je me rendis compte que j'attendais Laura. Enfin, je l'entendis entrer dans la nurserie avec Agatha, mais elle ne vint même pas frapper à ma porte.

Tout va bien, me dis-je. *C'est juste qu'elle est occupée.*

Quand je sentis mes yeux se fermer de nouveau, je posai mon livre et j'éteignis.

Je m'endormis avec l'image du profil de Barrett teinté de lumière dorée projetée sur grand écran dans ma tête.

C'était merveilleux.

Jusqu'à ce que les cris s'élèvent.

18

Dans mon rêve, j'errais seule dans le cimetière à la recherche de quelque chose… ou de quelqu'un ? Les doigts de lumière qui se faufilaient entre les branches des arbres éclairaient mon chemin. Je dépassai les stèles imposantes et les statues délicates sans leur prêter beaucoup d'attention.

Qu'est-ce que je cherche ? me demandai-je.

Soudain, un mouvement furtif traversa le chemin. Un chat ?

– Missy ! criai-je en me mettant à courir. Missy !

Je continuais à l'entrevoir par éclairs, mais les arbres, plantés de plus en plus serré, m'obligèrent bientôt à me placer de profil pour me glisser entre les troncs. Une ombre ici, un battement de queue un peu plus loin…

– Missy, attends !

Il fallait que je la rattrape. Elle voulait me montrer quelque chose. Mais quoi ?

Après le virage, je vis la tombe de Lily, entièrement couverte de fleurs. Et, perchée sur la stèle, Missy, qui m'attendait.

Je m'engageai entre les tiges des lis pour la rejoindre, mais ne tardai pas à me rendre compte de mon erreur.

Mes pieds s'enfonçaient dans la terre meuble. Chaque pas me demandait un effort surhumain. Mais le temps que je m'en aperçoive, j'étais déjà trop avancée pour faire demi-tour. Un instant, j'eus même l'impression terrifiante que les tiges s'étaient mises à pousser. Mais c'était moi, le problème : la terre m'aspirait peu à peu, comme des sables mouvants.

J'y fus bientôt enfouie jusqu'à la taille et m'agrippai aux fleurs dans un effort désespéré. Il me semblait que des doigts fins accéléraient le processus en m'enserrant les chevilles tels des étaux. Pendant ce temps, Missy, toujours hors de portée, se léchait les pattes avec des mines de princesse.

Au bout d'un moment, je tentai de creuser la terre pour me dégager et me retrouvai avec les mains pleines d'une boue qui renfermait des os minuscules. Puis j'entendis des tintements étouffés et je vis le collier pendouiller de la motte de terre entre mes doigts. C'était les os de *Missy*. Je secouai frénétiquement les mains et ils volèrent dans les lis.

Brusquement, je sentis la terre froide et humide sur ma nuque, et je réalisai que mes bras et mes épaules étaient totalement enfouis. La boue, à quelques centimètres de mon nez, sentait la mort et la décomposition.

Tout à coup, la chatte dressa les oreilles et disparut d'un bond. Je tournai la tête pour voir ce qui l'avait effrayée. Quelqu'un s'approchait d'un pas vacillant à travers les arbres – non avec la démarche légère des vivants, mais d'un pas raide et titubant, l'horrible pas des morts.

Alors, juste avant que la boue se déverse dans ma bouche, je hurlai.

Je hurlai, hurlai, sans m'arrêter.

*

* *

Je fus réveillée par quelqu'un qui me secouait, et la personne penchée sur moi dans le noir ressemblait tellement à la silhouette titubante de mon rêve que je repris mon souffle pour hurler de nouveau.

Mais elle plaqua la main sur ma bouche en se penchant encore davantage.

Agatha.

Lorsqu'elle vit que je l'avais reconnue, elle retira sa main et l'essuya sur l'oreiller, dans un geste qui aurait pu être drôle si je n'avais pas été occupée à réaliser que je n'allais pas être avalée par la terre ou pourchassée par un zombie.

Après m'avoir observée une seconde, elle alluma la lampe de chevet et je distinguai son visage.

Elle avait à peu près son air normal, mais il me sembla remarquer quelque chose de différent, une infime étincelle d'intérêt qu'elle ne manifestait pas d'habitude.

– Désolée, dis-je. Il m'arrive de faire des cauchemars...

Elle continuait à m'observer sans réagir.

– Je me faisais entrainer vers le fond, sous la terre.

J'avais besoin de le dire tout haut pour revenir à la réalité.

Et là, il se produisit un truc incroyable.

Les yeux d'Agatha errèrent jusqu'à mon visage et se rivèrent sur les miens.

Puis elle ouvrit la bouche.

– Je, dit-elle.

Soudain, la porte s'ouvrit derrière elle et sa bouche se referma.

J'ai réveillé Laura, pensai-je avec angoisse.

Mais ce n'était pas elle.

C'était Barrett.

– Hé, fit-il. Qu'est-ce qui se passe ?

Je regardais toujours Agatha, mais son expression avait changé, son attention avait dérivé. Quoi qu'elle ait été sur le point de me dire, c'était parti. Enfin, je levai les yeux sur Barrett.

– Un cauchemar. Je crois que j'ai fait peur à Agatha. Elle s'est levée pour me réveiller.

– Tu veux que j'aille chercher ma mère ?

Je voulais tout sauf ça. J'étais soulagée qu'elle ne soit pas déjà là. Comment avait-elle pu ne pas m'entendre crier ?

– Non, pas la peine de la déranger. Elle a la migraine.

– Ah, d'accord. Elle prend un truc super fort contre la migraine. Tu pourrais hurler dans la même pièce qu'elle sans la réveiller.

Puis il toucha l'épaule de sa sœur.

– C'est bon, Aggie. Tu peux retourner te coucher.

Elle attendit quelques secondes. Je la connaissais assez pour savoir qu'elle hésitait. Elle n'avait pas vraiment envie de partir. J'eus un élan d'affection et de reconnaissance envers elle.

Finalement, elle s'en alla et je me retrouvai seule avec Barrett penché sur moi, et la conscience aigüe de la proximité de son corps.

La chambre était plongée dans l'obscurité et le silence. Le cauchemar rôdait toujours comme un spectre dans un coin de ma tête.

– Ça va ? demanda-t-il.

– Je ne sais pas. Enfin, oui, mais... je ne peux pas me rendormir immédiatement, ou ça va redémarrer là où ça s'est arrêté et je me remettrai à crier.

– Tu veux que je prenne une chaise et que je reste avec toi ?

Non. Je ne voulais pas qu'il s'assoie sur une chaise. Je voulais qu'il s'assoie *à côté* de moi. Je voulais qu'il me prenne dans ses bras et qu'il me laisse poser la tête sur son épaule. Je voulais glisser ma main dans les siennes. Je voulais qu'il baisse lentement la tête vers moi et qu'il m'embrasse.

Je tapotai le matelas et il s'assit avec hésitation. Je lui pris la main, un geste qui me parut follement dangereux.

Il inspira à fond.

– Tu as envie de parler de ton cauchemar ?

Je haussai les épaules.

– C'était à propos de… de ta famille ?

– Non, c'était…

C'était à propos de la tienne.

– C'était… flou, achevai-je après un soupir haché. J'avais un peu oublié qu'ils pouvaient être aussi horribles, parce que je n'en fais plus autant qu'avant.

– C'est une bonne chose.

– Ouais. Sauf que je m'étais habituée. Du coup, c'est presque pire maintenant parce que, chaque fois que je vais me coucher, je vais avoir peur que ça revienne. Et que ça réveille ta sœur. Et que ta mère me déteste pour ça.

Alors que je m'attendais à ce qu'il m'assure du contraire et que je me préparais déjà à ne pas le croire, il ne dit rien. Je fermai les yeux.

– Ma mère me manque.

– Elle était comment ?

– Drôle. Et maligne. Et assez stricte, mais elle se faisait toujours avoir. Genre, si on respectait ses règles dans les grandes lignes, elle cédait presque toujours sur d'autres trucs.

Je revis le visage de ma mère, ses cheveux ondulés, ses oreilles doublement percées que je trouvais super gênantes – comme si, malgré son métier de dentiste et sa quarantaine bien tassée, une partie d'elle n'était pas sortie de ses années d'adolescente rebelle. La tache de rousseur centrée pile au-dessus de son sourcil gauche, qui, bizarrement, lui donnait un air mystérieux.

– Elle me manque tellement ! Ils me manquent tous les quatre.

– Qu'est-ce qui s'est… ? Euh… ça t'ennuie si je… ? Non, pardon. Laisse tomber.

– C'est bon. Ça ne me gêne pas d'en parler.

– Je ne veux pas aggraver les choses en t'obligeant à y penser.

– Barrett, ça représente quatre-vingt-dix pour cent de mes pensées. Ça ne risque pas d'empirer si j'en parle. En plus, je ne me souviens pas de tout. Il y a un paquet de trucs qui se sont juste… envolés.

Alors je lui décrivis l'accident – ce que je m'en rappelais. Il ne lâcha pas ma main et, quand j'arrivai au moment où je rampais sur la berge et où je restais là à greloter en attendant de mourir de froid, il la serra plus fort, la mâchoire crispée.

– Je suis désolé, Margot, dit-il d'un ton saccadé quand j'eus fini. C'est horrible. Je suis vraiment, vraiment désolé.

Je hochai la tête. Je ne pouvais pas dire : « Ça va », parce que ça n'allait pas. Ça n'irait sans doute jamais.

Mais ça allait *mieux*… parce qu'il était là.

Il se pencha pour m'embrasser doucement sur le front.

Dans un sens, ça me faisait du bien d'avoir cette conversation. De pouvoir retourner en territoire connu. Le chagrin causé par la perte de ma famille était comme un vieux pull dans lequel j'étais à l'aise. Je savais comment me blottir dedans.

– Tu crois qu'Agatha va bien ? demandai-je soudain. Tu peux aller voir si elle s'est rendormie ?

– Oui, bien sûr.

Il se rendit dans la chambre de sa sœur et revint quelques secondes plus tard.

– Tout va bien.

– Tant mieux.

– C'est super touchant, la façon dont tu veilles sur elle.

– Ça marche dans les deux sens. Elle est venue m'aider.

Il eut un drôle de sourire gêné.

– Je crois… Je crois que je ne suis pas un bon frère.

– Il y a des limites à ce qu'on peut faire pour les autres, Barrett. Tu as le lycée, tu as…

– Non. Enfin, je pourrais quitter le lycée – je *devrais* peut-être le faire –, mais même avant, on n'était pas super proches. Plutôt, genre, de vagues connaissances. Elle m'énervait, je la trouvais superficielle.

J'attendis, avec l'impression qu'il n'avait pas vidé son sac.

– Et maintenant, voilà que je lui pique son héritage. Ma mère parle de ça comme si c'était acté.

– Il faut admettre qu'Agatha aurait du mal à gérer le manoir dans l'état où elle est.

– Elle ne l'aurait jamais fait, et ma mère le savait. Parfois, j'ai l'impression qu'elle est soulagée qu'Agatha soit tombée malade, parce que ça lui évite de devoir rompre la tradition.

C'était une idée atroce.

– Je ne dis pas qu'elle est contente, mais que c'est un soulagement.

– Hmm.

– Sauf que moi non plus je ne veux pas vivre ici, reprit-il avec une grimace. Je ne vais pas passer ma vie piégé dans cette maison. C'est pareil pour mon père. Avant, mes parents se disputaient souvent à cause de ça. Il voulait qu'on aille vivre à Chicago, ou au moins en ville. Mais, avec la maladie d'Agatha, il n'en est plus question.

J'imaginai la famille déménageant pour une maison normale, dans un environnement plus ordinaire. Un endroit où je pourrais sortir me balader et rencontrer d'autres gens. Ça paraissait trop beau pour être vrai. Je pensai à l'espèce de nervosité sèche de John, à cette impression qu'il donnait de ne jamais pouvoir se détendre ou se sentir bien. Et soudain, je compris mieux ses absences prolongées, absences que Laura ne commentait jamais.

Barrett lâcha un énorme soupir.

– Quand j'hériterai de cette baraque – si j'en hérite, ce que je n'espère pas mais si j'en hérite –, je me dépêcherai de la vendre. L'argent servira aux soins d'Agatha, et moi, j'irai vivre ma vraie vie ailleurs.

– Tu ne peux pas dire ça à ta mère.

– Je sais.

Puis, après un long silence :

– Tu penses que ça fait de moi quelqu'un de moche.

– Absolument pas. Je ne sais même pas ce que c'est, quelqu'un de moche. On fait tous des trucs moches. Mais c'est peut-être parce qu'on a peur, ou qu'on est triste, ou malheureux.

– Je ne suis rien de tout ça.

Je le regardai avec l'envie de demander : « Tu en es sûr ? »

– Mais c'est normal de vouloir vivre ta vie. Si cet endroit ne te convient pas, c'est comme ça, et ça n'a pas de sens de rester. Ta mère ne voudrait pas que tu sois malheureux.

– Je ne sais pas si elle y connait grand-chose au bonheur.

– Toi, tu la rends heureuse, dis-je.

En réalité, je n'en étais pas si sûre. Je me rappelai la manière dont mes parents nous parlaient, à mes sœurs et moi. Ils aimaient ce qu'on était. Ils nous trouvaient chouettes. Laura, elle, paraissait plutôt considérer ses enfants comme des éléments d'une existence bien planifiée. Sa conception du bonheur ressemblait plutôt à la satisfaction du devoir accompli.

– Je ne veux pas te laisser ici, murmura Barrett.

– Je n'aurai qu'à me planquer dans ta valise.

Il se redressa.

– Je vais parler à mon père. Ils peuvent t'envoyer à Camden avec moi. Ils sont bourrés de fric, et…

– Je ne peux pas. Je ne peux pas laisser Agatha.

Ses épaules se voutèrent, tandis que je lâchais un énorme bâillement.

– Tu as besoin de dormir, me dit-il. Tu crois que tu vas y arriver ?

– Ouais. Ce n'est pas le problème. Le problème, c'est les cauchemars.

– Je peux rester. Et je te réveillerai si ça ne va pas.

Je posai sa main sur ma joue.

– Tu imagines ce que ta mère dirait si elle te trouvait endormi ici ?

– Elle imploserait.

J'acquiesçai par un hochement de tête.

– Je peux quand même rester un peu. Jusqu'à ce que tu t'endormes. Enfin, si tu veux.

Il repoussa doucement quelques mèches de cheveux de mon visage.

– OK, dis-je. Merci.

Puis il se pencha pour m'embrasser sur les lèvres, un baiser doux, triste, inquiet, protecteur. Le genre de baiser qui en dit bien plus que des mots. Qui parlait de regrets, de peurs et d'espoirs que nous ne formulerions jamais. J'aurais voulu qu'il dure toujours, mais ce n'était pas possible, bien sûr.

Il remonta la couverture sur mes épaules et soupira.

– J'aimerais tellement pouvoir te rendre les choses plus faciles !

J'avais presque trop sommeil pour lui répondre. Mais au bout de quelques secondes, mon cerveau associa les mots aux pensées et je trouvai la force de dire :

– Tu le fais.

*

* *

À mon réveil, ma chambre baignait dans la douce lumière du matin. Je m'étirai et me retournai.

Barrett était toujours là, endormi sur la chaise dans le coin de la pièce, le menton sur la poitrine.

Je me levai d'un bond.

– Barrett ! chuchotai-je. Barrett, réveille-toi !

Il ouvrit les yeux, qui se remplirent de panique dès qu'il se rendit compte où il était.

– Oh, merde. Ma mère est à côté avec Agatha ?

– Je ne crois pas, non.

J'allai coller l'oreille contre la porte.

– Quelle heure est-il ? demandai-je.

– Je n'ai pas mon téléphone.

Je pris le mien et consultai l'écran avant de le tourner vers lui.

Cinq heures cinquante-neuf.

– Elle arrive à quelle heure, d'habitude ?

– Six heures.

Il parut se changer en pierre.

– Viens, dépêche-toi, dis-je. Tu ne peux pas rester là. Si tu la croises dans le couloir, tu n'auras qu'à dire que tu t'es réveillé tôt.

Il hocha la tête.

J'entrouvris la porte pour jeter un coup d'œil dans la nurserie. Agatha dormait toujours. Trois mètres nous séparaient de la porte du couloir. Il aurait déjà eu le temps de regagner sa chambre.

– Je vais descendre, dis-je à Barrett. Si je tombe sur elle, je la retiens. Quinze secondes, ça devrait te suffire, non ?

– Ça marche.

– OK. On se retrouve au petit-déj.

– Ouais.

– Mais attends que je sois en bas pour sortir.

Après l'avoir embrassé rapidement, je sortis dans le couloir. Il n'y avait pas un bruit, et je me dis que j'avais paniqué bêtement. Il aurait largement pu regagner sa chambre tranquillement. Pas de quoi en faire un plat. J'étais ridicule de jouer les espionnes comme ça en territoire hostile.

Mais au bout de trois marches dans l'escalier, je réalisai qu'on était passés à un cheveu de la catastrophe.

Laura arrivait en fredonnant.

Je dévalai le reste de l'escalier – trop vite. Elle pila et me regarda d'un air étonné.

– Margot ? Tout va bien ? Est-ce qu'Agatha… ?

– Non, non. Je veux dire, oui, tout va bien. C'est juste que… je me demandais si vous auriez quelque chose pour le mal de tête.

– Le mal de tête ? répéta-t-elle, inquiète. Oh, mon Dieu, il doit être costaud pour t'avoir fait lever si tôt.

– Euh… ça va. Je me suis juste réveillée avec.

– Oh là là. Viens.

Elle me conduisit à la cuisine, où elle tira une clé de sa poche pour ouvrir une petite armoire dans le coin de la pièce.

J'essayai de masquer ma surprise. Elle avait une pharmacie quasi complète là-dedans. Sur chaque étagère étaient alignés des médicaments soigneusement regroupés par catégorie : flacons de pilules, flacons à boire, et même des seringues.

– C'est un peu impressionnant mais ce ne sont que des produits de base, pour la plupart. Contre le rhume, les allergies… Ça n'est pas toujours facile à trouver en ville.

Ça se tenait, même si je me demandai un peu à quoi servait le reste. Je savais qu'Agatha prenait beaucoup de médicaments, mais elle ne pouvait pas prendre *tout ça*.

Laura s'empara d'un flacon blanc sans inscriptions et fit glisser dans sa main deux pilules brunes qu'elle me tendit.

Je fixai sa paume ouverte.

– C'est de l'ibuprofène. J'achète des génériques. Tu préfères en prendre un seul ? Si c'est une grosse migraine, deux, ce serait mieux.

– Je n'ai pas si mal que ça, dis-je en lui en rendant un.

Puis je me versai un verre d'eau et j'avalai ma pilule sous le regard de Laura.

– Tu devrais retourner te coucher, me conseilla-t-elle alors qu'elle refermait l'armoire à clé. Dors encore un peu, tu redescendras quand ça ira mieux.

J'avais largement eu ma dose de sommeil, et lui obéir impliquait de fixer le plafond de ma chambre un bon moment, le temps de pouvoir prétendre que le mal de tête était passé.

Mais je n'avais pas trop le choix. Alors je remontai.

Lorsque j'entrai dans la nurserie, Agatha s'assit dans son lit avec un air alarmé.

– Tout va bien, lui dis-je aussitôt. Ta mère va monter dans une minute. Je retourne juste me reposer un peu.

Mais elle continuait à me dévisager.

– Ça va ?

Je m'approchai d'elle.

– Il y a un problème, Aggie ? Quelque chose qui t'inquiète ?

Elle gardait les yeux fixés sur moi.

– À propos de moi ? Ne t'en fais pas. Moi, ça va. Et toi ?

Pas de réponse.

– Tu as essayé de me dire quelque chose hier. Tu as dit « Je ». « Je » quoi ?

J'entendis la porte s'ouvrir vivement dans mon dos.

Et Laura me lança d'un ton sec :

– Éloigne-toi d'elle, Margot !

Je tressaillis et la fixai : quel était le problème ?

C'était moi, le problème.

Laura me toisa.

– Oui ou non, t'ai-je demandé de remonter dans ta chambre et de te recoucher ?

– Oui, mais Agatha avait l'air de...

– Je te prierai de ne pas me répondre, me coupa-t-elle en fermant les yeux, comme si je lui avais fait mal physiquement. Je ne le tolèrerai pas. Je suis très déçue. Alors que tu es souffrante, tu ne respectes pas la distance qui s'impose et tu mets ainsi en danger la santé d'Agatha.

Je me rebellai intérieurement. Je n'étais même pas vraiment malade ! Mais ça, bien sûr, je ne pouvais pas le dire.

– Je suis désolée. Je ne risquerai jamais la santé d'Agatha en...

– Au lit, s'il te plait. Je crois que la matinée ne sera pas de trop pour te reposer.

Les joues en feu, je filai dans ma chambre et refermai la porte (en me retenant de la claquer, car qui, en dehors d'Agatha, se serait permis de claquer une porte en présence de Laura ?). Passer la matinée couchée ? Pour m'être approchée d'Agatha avec une *migraine* ?

Je m'affalai sur mon lit et restai là à fulminer, jusqu'à ce que je les entende partir. Puis j'allai prendre une douche. (Et si elle n'était pas contente, je dirais que ça apaisait mon mal de tête.)

En ressortant, je trouvai une pile de livres sur mon lit, ainsi qu'un mot de Laura, rédigé sur son papier à lettres de luxe.

Excuse-moi d'avoir été sèche avec toi. Repose-toi, je te verrai ce midi au déjeuner. Voilà un peu de lecture si tu n'arrives pas à dormir.

Je fus sensible à son geste, même si le mot montrait clairement qu'elle s'attendait à ce que je passe la moitié de la journée en quarantaine.

Au moins, Barrett avait regagné sa chambre sans encombre.

Je ne voulais même pas penser à la manière dont Laura aurait réagi si elle l'avait trouvé dans ma chambre.

19

La matinée se traina en longueur ; les livres prêtés par Laura se révélèrent d'un ennui si abyssal que je crus en mourir. Au déjeuner, sentant son regard peser sur moi, j'évitai de m'adresser à Barrett. Je perçus sa perplexité la première fois que je l'ignorai, mais il parut comprendre au bout de quelques minutes. Il bavarda avec sa mère à propos de l'année scolaire qui s'annonçait, tandis que je les écoutais, avec un sentiment de jalousie mordante envers quiconque aurait l'occasion de le côtoyer cette année-là. Dès la fin du repas, je m'enfuis dans le jardin pour que Laura n'ait pas le temps de me renvoyer dans ma chambre.

Barrett fut mystérieusement absent du diner, mais j'eus peur de paraitre suspecte si je posais des questions. Puis, au milieu du repas, je songeai que ne rien dire risquait de sembler encore plus étrange et je demandai à Laura si elle savait où il était.

Erreur. Elle comprit aussitôt, même si elle ne fit pas de commentaire. Arrivée à la fin du repas, je ne demandais plus qu'à monter me coucher, rien que pour ne plus avoir à faire l'effort de jouer les innocentes. Et je devrais attendre que Laura vienne me souhaiter bonne nuit le lendemain pour obtenir une réponse à ma question sur Barrett.

Ayant déniché un livre à peu près intéressant dans la bibliothèque, j'étais en train de lire quand elle entra avec nos tasses de thé. Elle me sourit d'un air confus et s'excusa de nouveau de s'être montrée abrupte avec moi le matin. *Abrupte*, c'est comme ça qu'elle le présenta.

Elle s'assit sur mon lit en me tendant ma tasse et j'avalai quelques gorgées.

– Tu dormiras peut-être mieux cette nuit.

Je bus encore un peu.

J'avais repassé mes conversations avec Laura dans ma tête toute la journée...

Et je ne me rappelais pas lui avoir dit que j'avais mal dormi.

Qu'est-ce qui lui faisait penser, ou même supposer cela ?

– J'espère, oui.

J'avais bien retenu que cela ne se faisait pas de contredire Laura.

Elle me sourit et se leva lentement.

– À demain matin. Dors bien. Pas la peine de risquer une nouvelle migraine.

Je hochai la tête.

– Finis ton thé, cela t'aidera à te détendre.

*

* *

Je me réveillai en sursaut, vaguement consciente d'être baignée de sueur.

Qu'est-ce qui m'avait tirée du sommeil ?

Je repoussai ma couverture, mais dès que je voulus me lever, un vertige me força à me rassoir. Je respirai calmement, me frottai les yeux pour éclaircir ma vision et réessayai.

J'avais un peu les jambes en coton, mais le temps d'arriver à la salle de bains, ça allait déjà mieux. Je bus un peu d'eau, me rafraichis le visage, la nuque et les bras avec un gant de toilette. J'avais froid, maintenant. Je reposai le gant à cheval sur le robinet et fis demi-tour.

Au moment où je sortais de la salle de bains, je discernai une silhouette debout au milieu de la nurserie.

– Agatha ?

Elle était si parfaitement immobile que, même si je n'avais pas eu l'esprit un peu embrumé, cette vision aurait été perturbante. En la circonstance, elle était carrément flippante.

Elle s'avança et j'eus un mouvement de recul. Mais elle replia la main sur mon poignet et repartit dans l'autre sens en m'entrainant derrière elle.

Qu'est-ce que je pouvais faire, me débattre ? Elle semblait savoir parfaitement où elle allait.

Je n'avais même pas eu le temps de me chausser. Elle fila dans le couloir, puis dans l'escalier.

Franchit la porte d'entrée et longea la zone où l'on garait les voitures.

En direction du jardin.

Là, elle ralentit. Mon reflet déformé dans la sphère de cristal me fit glousser, mais Agatha me tira vivement en avant et mon accès de gaité fut aussitôt remplacé par la perplexité.

Je tentai de suivre son rythme, mais un nouveau vertige me rattrapa.

– Moins vite, Agatha ! soufflai-je.

La forçant à s'arrêter, je posai une main sur son épaule pour me retenir de vaciller. Elle me laissa un moment pour récupérer, puis nous repartîmes.

Je ne l'avais jamais vue marcher si vite. Toute sa raideur de pantin, sa lenteur passive avaient disparu. Je ne la reconnaissais pas. J'avais la sensation étrange qu'on avait interverti nos rôles, que j'étais la malade et elle, la compagne solide.

Enfin, nous fûmes devant la zone en friche qui précédait le cimetière.

Le portail était grand ouvert.

On n'allait quand même pas entrer là-dedans ? Après mon cauchemar, je n'étais pas super emballée par l'idée de me rendre sur la tombe de Lily. Ni aucune autre, à vrai dire.

– Je ne…

Agatha fit taire ma protestation d'un regard impérieux.

Ah. Elle est en colère, pensai-je. *Elle m'en veut d'avoir planté les fleurs dans le dos de sa mère.*

Au point de m'amener ici au beau milieu de la nuit pour me les montrer ?

Et d'ailleurs… comment aurait-elle su que j'avais planté ces fleurs ?

Nous marchions moins vite, à présent, passant d'arbre en arbre pour rester à couvert. Agatha paraissait peser soigneusement chaque fraction de notre avancée. J'avais renoncé à résister ; elle avait de la force, et chaque tentative aurait brisé le silence, qui semblait être un élément essentiel de cette entreprise.

Enfin, nous dépassâmes les dernières grosses tombes entourées de grilles et parvînmes à une section du chemin qui serpentait dans un bosquet de buissons touffus. Derrière, on arrivait à la tombe de Lily.

Je me mis à frissonner, et la main d'Agatha se resserra autour de mon bras. Quant à savoir si elle cherchait à me rassurer ou à m'empêcher de m'enfuir…

Soudain, elle s'arrêta net puis, d'un pas de côté, me fit quitter le chemin pour m'entrainer avec elle derrière un tronc d'arbre. La tombe de Lily se trouvait à une douzaine de mètres.

Je battis des paupières. Même à cette distance, je me rendais compte que quelque chose… clochait.

Je regardai Agatha, qui restait parfaitement immobile, les yeux rivés sur la tombe. Sa main relâcha mon poignet et resta suspendue en l'air, comme si son mouvement s'était interrompu.

Tout à coup, dans le noir, un mouvement.

Une silhouette pâle debout devant la tombe, lumineuse dans le mince croissant de lune dont les rayons passaient à travers le feuillage.

Un fantôme ?

J'étouffai une exclamation, et Agatha me reprit la main pour me signaler sa désapprobation.

Oui. Silence.

Ne dérangeons pas le fantôme.

Puis la silhouette se mit à se plier et à se tordre frénétiquement, s'agitant en tous sens. Je retins mon souffle et tâchai de comprendre ce que je voyais.

Alors, la peur s'infiltra en moi. Une sensation glaciale envahit le haut de mon crâne, descendit sur mon visage, mon cou, mes épaules, puis le long de mon dos… et ce n'était pas que de la peur. C'était aussi un besoin impérieux de savoir ce que j'avais sous les yeux. Le fantôme de Lily ?

Je libérai ma main de la poigne d'Agatha et filai jusqu'à l'arbre suivant pour me rapprocher. En jetant un coup d'œil à Agatha par-dessus mon épaule, je la vis qui me foudroyait du regard, atterrée par mon imprudence.

Mais je me félicitai de mon initiative, car, à cette distance, je me rendis compte que je n'avais pas affaire à un fantôme.

C'était… Laura ?

Et elle… déterrait les fleurs ?

Elle les saisissait par poignées et tirait, et, même de loin, je percevais la violence et la colère qu'il y avait dans ses gestes.

Mais pourquoi ?

En silence, nous la regardâmes déterrer l'entièreté du massif de lis avec une rage méthodique.

J'étais hypnotisée. Agatha avait dû deviner que je serais trop absorbée par la scène pour l'entendre arriver dans mon dos, car, alors que Laura avait presque fini, elle plaqua la main sur ma bouche avant de m'attraper par le bras. (Bonne idée, parce que j'aurais hurlé, c'était certain.)

Lorsqu'elle comprit que j'allais me tenir tranquille, elle ôta sa main et me tira en arrière pour me faire rebrousser chemin.

L'immobilité m'avait donné des fourmis dans les pieds, et la situation m'avait tellement accaparé l'esprit que j'étais passablement désorientée. Je vacillai un peu et Agatha me stabilisa avant de me pousser à avancer. Le fait de marcher me fit du bien.

Après avoir franchi le portail, elle me lâcha et nous regagnâmes la maison côte à côte. J'avais tant de questions à lui poser que je n'aurais pas su par où commencer. Enfin, de toute façon, elle ne m'aurait pas répondu.

J'en formulai une quand même :

– Tu savais, pour Lily ?

Elle me jeta un regard perçant, les yeux brillants.

Je soupirai.

De retour à la maison, Agatha sembla perdre tout intérêt pour moi. J'étais épuisée, étourdie et glacée. Sans compter que j'avais mal aux pieds d'avoir couru sans chaussures sur le gravier et dans le chemin de terre.

Agatha se glissa dans son lit tandis que je refermais la porte et je retournai dans ma chambre. Sur ma table de chevet, la tasse en porcelaine à fleurs avait quelque chose de sinistre et de menaçant, comme si elle me jugeait.

C'est n'importe quoi, pensai-je. *Une tasse de thé ne juge personne.*

Ce qui ne m'empêcha pas de la déplacer plus loin, sur la commode.

Puis je me couchai et tendis la main vers l'interrupteur pour éteindre…

Et je vis, écrit au dos de la porte en lettres noires striées :

PARS

Je fermai les yeux en crispant les paupières. Pas maintenant.

Mais, alors qu'il dérivait vers le sommeil, pour la première fois, mon cerveau embrumé se demanda si celui ou celle qui me disait de partir cherchait réellement à me menacer.

Ou si, depuis le début, il ou elle n'essayait pas plutôt de me mettre en garde.

20

Le lendemain matin au petit-déjeuner, Laura avait un air parfaitement normal – autrement dit, pas celui de quelqu'un qui a passé la nuit à déterrer des fleurs dans un cimetière.

Elle m'adressa un sourire charmant lorsque j'entrai dans la cuisine.

– Alors, comment va-t-on aujourd'hui ?

– Je suis fraiche comme un gardon, répondis-je.

C'était une vieille expression ringarde de mon père, mais, allez savoir pourquoi, elle déplut à Laura. Je crus presque voir passer brièvement une ombre sur son visage.

– Je n'ai jamais aimé cette expression exagérément argotique. Merci de ne plus l'employer.

Euh… OK…

Je m'assis à côté d'Agatha, qui ne leva pas le nez de son assiette, et déposai une tranche de pain grillé dans la mienne.

– Qu'est-ce que c'est que cette marque sur ton bras ? me demanda soudain Laura.

Je me tordis le bras pour voir ce dont elle parlait. Une marque noire. J'avais dû m'appuyer sur la porte en effaçant les lettres écrites dessus.

– Ah, oui. Je ne sais pas.

Elle plissa le front.

– Tu t'es cognée ?

J'essuyai la tache avec ma main.

– Non, non. C'est juste… je ne sais pas trop, on dirait de l'encre.

La tache était partie. Mais la méfiance de Laura, elle, persista.

J'attendis l'arrivée de Barrett – tout mon être guettait son apparition –, mais il ne vint pas.

Je comblai le vide en repensant aux évènements de la nuit.

PARS

Devrais-je suivre ce conseil ?

L'endroit, son isolement, son caractère totalement bizarre, les étrangetés de Laura, le silence d'Agatha, justifiaient-ils que je m'en aille ? Même si partir signifiait aller vivre dans un centre spécialisé ? *Elle ne me laisserait pas emporter les vêtements*, songeai-je. Et si cette pensée paraissait mesquine, ça n'en était pas moins la vérité. Laura me renverrait avec les haillons que j'avais sur le dos à mon arrivée. Peut-être avec un sac moins moche, si elle en dénichait un vieux quelque part au fond d'un placard. Mais les pulls en cachemire, les chaussures à semelles fines qui m'allaient comme si elles avaient été faites pour moi ? Jamais.

Laura était bizarre, et mon avenir, des plus incertains. À se demander si je retrouverais *un jour* une vie qui ressemble à une vie normale…

Mais était-ce suffisant pour partir ? Honnêtement, non. Pour quelqu'un de plus courageux, peut-être, mais pas pour moi.

Je ne partais nulle part.

Le problème n'était pas juste le centre spécialisé. C'était de devoir encore changer de maison. Aussi étrange que soit la vie à Copeland Hall, j'en comprenais le fonctionnement – du moins à peu près – et je savais quelle était ma place ici. J'avais Agatha. J'avais Barrett. Même la présence de Laura et John avait quelque chose de sécurisant.

Alors que dehors, dans le vaste monde, je devrais tout recommencer à zéro. Toute seule.

Et cela, je n'arrivais pas à m'y résoudre.

Puis une petite voix dans ma tête m'étonna.

Pas encore, me dit-elle.

*

* *

TOC TOC.

Je m'assis dans mon lit et me coiffai avec les doigts.

– Oui ? Entrez.

Barrett ouvrit la porte de ma chambre et sourit d'un air déconcerté.

– La porte de la nurserie était ouverte... Euh... tu te tiens toujours assise parfaitement droite quand tu es dans ta chambre ?

– Non... Je croyais que c'était ta mère.

Il plissa les yeux.

– Et... tu t'assois comme ça quand elle vient ?

Je perçus avec acuité la raideur de mes épaules et me forçai à me vouter un peu.

– Je ne sais pas. Peut-être. Pourquoi tu te moques ?

– Ce n'était pas le but, fit-il, les yeux ronds. Tu es très bien.

– Merci.

– Serviable. Comme un caniche bien dressé. Toujours prête à courir chercher la baballe.

– Tu peux aller chercher mes fesses.

– Quand tu veux.

Je lui balançai un oreiller à la figure.

– T'es juste venu ici pour te foutre de moi ? Ou je peux...

J'allais dire « faire quelque chose pour toi », mais me retins juste à temps. Je n'étais pas un caniche.

T'embrasser fut ma pensée suivante, mais c'était exclu. Agatha « faisait ses devoirs » de l'autre côté de la cloison.

Bon. Plus qu'à attendre qu'on soit...

Mais Barrett se glissa dans ma chambre en refermant la porte.

– C'est débile, chuchotai-je. Tu fais n'importe quoi.

– C'est vrai. Pas grave, fais n'importe quoi avec moi.

Il me tendit la main, je lui donnai la mienne et il m'attira à lui. Je levai le visage. Nos bouches se rencontrèrent, et notre baiser dura quelques minutes délicieuses, débiles, incroyables.

Enfin, on se força à arrêter et il prit une grande inspiration.

– Viens, on part d'ici.

– « D'ici », où ?

– De la maison.

– Pour toujours ?

– Ha. (Il secoua la tête.) En fait, je venais voir si tu voulais faire un tour.

– Oh, et moi qui croyais que tu étais venu pour me comparer à un chien.

– Je suis venu pour t'embrasser.

Nous étions tout proches l'un de l'autre, sa bouche murmurait contre ma peau au creux de mon épaule, et je me serais bien allongée pour mourir là tout de suite.

Mais bon. Ce n'était ni l'heure ni le lieu. Avec un grognement de frustration, je reculai, puis bondis hors de portée avant qu'il recommence à m'embrasser.

– Agatha est juste à côté, fis-je. Pile de l'autre côté du mur.

Il soupira.

– Ça te plairait qu'elle embrasse un mec à deux mètres de toi ?

Il fit la grimace, et je sus que j'avais trouvé les mots pour casser l'ambiance.

– OK. D'accord, fit-il. Et pour la balade ?

– Je ne peux pas la laisser seule. J'ai promis à ta mère de rester avec elle pendant qu'elle faisait les courses.

Était-ce comme ça que les choses s'étaient passées, ou Laura m'avait-elle dit que je *devais* rester avec Agatha ? Je repoussai la question. Qu'est-ce que ça changeait ?

– Aggie peut venir avec nous, suggéra Barrett.

Rouvrant la porte, il se dirigea vers sa sœur, qui regardait par la fenêtre d'un air inexpressif depuis son poste habituel.

– Hep, Aggie, on va faire un tour ?

– Hé ! protestai-je un peu vivement, dans un élan protecteur. Elle non plus, ce n'est pas un chien.

– Ce n'était pas l'idée, répondit-il, penaud. Excuse-moi, Agatha. Ça te dit de sortir faire un tour ?

Pas de réaction.

– Elle est fâchée ? me demanda Barrett.

– Non.

– T'es sûre ?

– T'es fâchée, Aggie ?

Toujours rien.

– Tu vois ? fis-je. Elle n'est pas fâchée. Mais laisse tomber, ce n'est pas grave. Je vais rester avec elle.

De toute façon, même si elle avait envie de sortir, elle ne marcherait pas aussi vite que nous.

– Attends, dit Barrett. Je crois que j'ai une idée.

*

* *

Une dizaine d'années plus tôt, au ski, John s'était fait une fracture du fémur qui l'avait cloué dans un fauteuil pendant un mois. Et le fauteuil en question trainait encore dans un débarras. (Quoi que puisse être une piste double noire, je résolus de ne jamais m'en approcher si ça impliquait de se pulvériser les os.)

Je pensais qu'Agatha allait rechigner mais, quand Barrett nous rejoignit avec le fauteuil en bas du perron, elle s'y assit d'aussi bon gré que s'il s'était agi de son siège face à la fenêtre. Puis elle me laissa patiemment lui tartiner le visage de crème solaire.

Barrett eut beau m'assurer qu'on serait rentrés bien avant le retour de Laura, je le forçai à lui laisser un mot dans son petit bureau. Et on se mit en route.

En prenant un chemin de briques qui traversait la pelouse, j'éprouvai un drôle de frémissement de panique, comme un oiseau qui aurait vu s'ouvrir la porte de sa cage. Avec le temps, j'avais fini par m'habituer au rythme de la vie à Copeland Hall. Le sentiment de sécurité qui régnait dans ses murs et ses rituels immuables avaient quelque chose d'apaisant.

Bon, nous ne sortions pas dans le monde extérieur, pensai-je pour me rassurer. Nous restions dans la propriété. Alors je marchai à côté de Barrett en essayant de profiter simplement du bon air.

C'était une belle journée, chaude mais pas trop. La plupart du temps, les vieux arbres majestueux généreusement dispersés dans le domaine nous enveloppaient dans une ombre tachetée de lumière. Au loin, par intervalles, un tracteur-tondeuse grondait doucement dans les collines. Une petite brise dansait autour de nous, chargée de l'odeur délicieusement acide de l'herbe coupée (qui hurlait en protestation de son atroce destin).

Au début, Barrett resta d'humeur contemplative, tandis qu'Agatha tendait légèrement le visage à la caresse du vent. Lorsque nous passions dans des petites flaques de soleil, elle fermait les yeux et semblait vouloir mémoriser la sensation de la chaleur sur ses joues.

Je n'arrivais pas à partager ce sentiment de quiétude. J'avais l'impression de marcher au bord d'un précipice où je manquais tomber à chaque pas.

Juste avant l'entrée de l'allée principale, un autre chemin de briques apparut au milieu des arbustes d'ornement. Celui-ci était un peu envahi par les herbes, ses pavés arrondis, érodés par le temps. Certains s'étaient enfoncés dans la terre, ce qui donnait à l'ensemble un aspect un peu ondulant.

Si ça rendait la conduite du fauteuil plus sportive, Barrett ne s'en plaignit pas et Agatha ne parut pas gênée par les cahots.

Cette partie du domaine était très jolie, mais sa situation isolée me rendait nerveuse. Nous arrivâmes devant une clôture de planches, dont la peinture blanche s'écaillait. Derrière s'étendaient des bois sauvages et exubérants. Des racines s'insinuaient sur le chemin, comme des bras osseux de sorcières affamées en quête d'enfants à se mettre sous la dent.

Je commençais à me dire que je préférais le jardin.

– À quoi tu penses ? me demanda Barrett. Tu n'es pas bavarde.

Je me voyais mal lui avouer que je voyais dans la propriété de sa famille l'incarnation de la cruauté des contes de fées. Et je lui aurais bien parlé de l'inquiétante sortie nocturne de Laura au cimetière la veille, mais je ne trouvais pas comment le présenter.

– Bah, je pense à des trucs, répondis-je. Euh… à ta mère.

Il soupira.

– Cette nuit, Agatha m'a réveillée et…

– Ah bon ?

– Oui, elle…

M'avait-elle réellement réveillée, au fait ?

– Bref, on est allées dans le jardin et…

– Tu l'as emmenée dans le jardin en pleine nuit ?

– Non. C'est elle qui m'a emmenée.

Il n'eut pas l'air convaincu.

– Je te jure, dis-je, plus vexée que je ne l'aurais cru. Je n'avais aucune envie de sortir. Mais elle a insisté et on s'est retrouvées dans le cimetière. C'est là qu'on a vu… ta mère.

Je lui expliquai ce qu'elle y faisait.

– Vous vous êtes cachées pour l'épier ?

– Je ne voulais pas qu'Agatha se fasse gronder.

– Elle ne se fait jamais gronder. Ma mère sait qu'Aggie… ne contrôle pas tout.

Je ne répondis pas.

– Je veux dire qu'elle t'aurait plutôt grondée toi, fit-il d'un ton hésitant.

– Écoute, Barrett, je te jure que, si j'y suis allée, c'est uniquement parce qu'Agatha m'y a pratiquement trainée. Mais le plus bizarre, c'est que ta mère était là, en train d'arracher les fleurs qu'on avait plantées. Et elle était en *rage*.

Il haussa les épaules.

– Elle veut peut-être protéger la tombe de Lily ?

– Ouais. Peut-être…

– Qu'est-ce que tu veux que ce soit d'autre ?

– Pourquoi Lily n'est pas sur le portrait avec ta mère et ton grand-père ?

– Quoi ?

– Dans le salon de réception. Elle ne devrait pas être sur le tableau, elle aussi ? Les autres avaient fait représenter tous leurs enfants.

Même ceux qui étaient morts.

– Écoute… j'en sais rien. Tu m'as un peu perdu avec ton histoire de sortie de nuit.

– Toi aussi, tu as fait ça.

– Mais pas avec ma sœur. Et si elle avait attrapé froid ?

– Elle n'est pas malade.

Il me regarda comme si j'étais tombée sur la tête.

– Enfin, pas dans ce sens-là, rectifiai-je. Elle ne risque pas plus d'attraper froid que nous.

Je jetai un coup d'œil sur Agatha, qui regardait droit devant elle.

– Tu es sûre ? demanda Barrett. Ma mère a l'air de penser que ses défenses immunitaires sont peut-être affaiblies.

– Ce que j'essaie de te dire, fis-je en essayant de ne pas m'énerver, c'est que ce n'était pas moi. C'est elle qui m'a entrainée dehors.

Il hocha sèchement la tête.

– Quoi ?

– Tu n'étais pas obligée de la suivre. Tu aurais pu refuser. Lui dire de se recoucher.

Je soupirai.

Il soupira.

– Laisse tomber, reprit-il.

Ça m'aurait bien arrangée, mais quelque chose me poussait à tenir bon.

– Va voir, si tu ne me crois pas. Il n'y a plus une fleur sur la tombe. Pourquoi elle ferait ça ?

– Aucune idée. Peut-être qu'elle déteste les lis. Ou qu'elle avait prévu de planter autre chose.

– Mais pourquoi en pleine nuit ?

– Qu'est-ce que tu essaies de me faire dire, Margot ? Que ma mère est folle ? OK, elle est un peu exaltée, et elle me met en rogne, parfois. Mais tu ne me feras pas croire qu'elle a piqué une crise d'hystérie au clair de lune dans ce cimetière.

Et pourtant.

– Et je trouve que tu ne devrais pas laisser Agatha sortir en pleine nuit, conclut-il sèchement.

– OK.

– Ne le prends pas mal.

Je secouai la tête. Ne pas le prendre mal ? Il venait de sous-entendre que je n'étais qu'une menteuse et que je négligeais mes responsabilités vis-à-vis d'Agatha.

– On peut changer de sujet ? reprit-il. S'il te plait.

Oui, tiens, parlons plutôt du fait que, quelque part, je me verrais mieux vivre dans un centre spécialisé qu'à Copeland Hall...

On continua à marcher dans un silence pesant.

– Agatha a essayé de me dire quelque chose hier, lâchai-je sans réfléchir. Elle a dit *je*. Je crois qu'elle avait déjà essayé une fois, mais je n'en suis pas certaine. Alors qu'hier, c'était très clair.

Je m'attendais à ce qu'il trouve le moyen de déformer mes propos en me donnant le mauvais rôle et que ça finisse par me faire douter de moi. Mais non.

– Quand je suis rentré à Noël, j'ai passé un temps dingue à essayer de communiquer avec elle. Je n'arrivais pas à admettre qu'elle était… ailleurs.

À mesure qu'on continuait, le cadre était de plus en plus agréable. Le feuillage des arbres nous fournissait une ombre bienvenue, et les champignons qui avaient colonisé certains troncs leur donnaient des allures de nids à gnomes. Le chemin était bordé de fleurs sauvages et une douce brise s'était levée de nouveau.

C'était délicieux. Mais c'était gâché. Il y avait maintenant une tension entre nous. Et je bouillonnais d'indignation et de honte qu'il m'ait accusée d'avoir fait courir des risques à Agatha.

21

Nous passâmes devant un kiosque désuet et délabré et une clairière tachetée de lumière, puis devant deux bancs sur lesquels étaient gravés des mots en grec, que ni Barrett ni moi ne fûmes capables de traduire.

Je pris le relai avec le fauteuil pour le décharger.

– Je suis désolé, finit-il par me dire.

– Pas de problème.

– Mais tu comptes pour moi. Beaucoup. Et je t'ai blessée.

Je ne répondis pas.

– Je me trompe ?

– Et c'est si grave ? Quand on y pense, on se connait à peine.

Il lâcha un rire étranglé.

– Ah bon ?

– Cite-moi mon livre préféré. Ma couleur préférée.

Il s'assombrit.

– Mais on a tout le temps pour ça.

– En fait, non, puisque tu vas repartir.

Décidément, j'avais un vrai don pour casser l'ambiance. Je perçus un mouvement de recul dans tout son être sans qu'il ait même esquissé un geste.

– Je suis juste réaliste. On va faire quoi ? Essayer de maintenir une relation, toi dans ton lycée et moi ici ?

– C'est vrai que ça peut être un peu compliqué. Mais on peut au moins essayer.

– Je n'ai même pas le mot de passe du wifi, Barrett. Je n'ai pas de réseau.

Les coins de sa bouche retombèrent.

– Ce n'est pas normal. Tu devrais avoir un portable qui marche.

– Qu'est-ce que ça changerait ? fis-je avec un haussement d'épaules. Qui m'enverrait des messages ?

– Moi ! Tes vieux amis. Le père Noël. On s'en fout. Tu devrais avoir un moyen de communiquer avec les gens.

– Le fait de ne pas avoir Internet n'a pas l'air de te déranger.

– Moi, je ne reste jamais plus d'une semaine ou deux. Et je vais régulièrement en ville avec mon père. Franchement, même moi qui ai l'habitude, ça commence à me rendre dingue. On ne peut pas te demander de vivre comme ça indéfiniment.

– Je n'ai pas envie de faire d'histoires.

– Eh bien, ça ne me fait pas peur. Je vais en parler à ma mère. Aujourd'hui.

Il semblait sérieux et avait pris un regard sombre que je ne lui connaissais pas.

– Non, s'il te plait. Elle risque de mal le prendre.

– Pourquoi elle le prendrait mal ?

Bonjour la question piège. Je n'allais même pas essayer de répondre à ça.

On arrivait à un autre banc à thématique grecque dans un coin ombragé. Je tournai le fauteuil d'Agatha de manière à ce qu'elle profite de la vue et on s'assit. Il glissa plus près de moi sur le banc, sans aller jusqu'à me toucher, mais pas loin. Au-dessus de nous, les feuilles bruissaient dans le vent et leurs mouvements dessinaient des petits motifs d'ombre et de lumière changeants sur nos visages. Me tournant vers Barrett, j'effleurai la houppe de cheveux qui retombait sur son front.

L'envie de lui pardonner gagnait du terrain. À quoi bon rester en colère ?

– Je connais ma mère, reprit-il à mi-voix. Si personne ne la force à changer, elle risque de ne jamais le faire.

– Moi aussi, je la connais, répondis-je sur le même ton. On passe beaucoup de temps ensemble. Et elle s'est montrée très gentille avec moi alors que rien ne l'y obligeait.

Il me fixa d'un air incrédule.

– Encore heureux, non ? C'est eux qui t'ont fait venir ici !

– Elle n'avait pas le choix. Mais ça ne fait rien.

– Tu es adorable avec Agatha. Et avec ma mère. Et avec moi. Mais…

– Quoi ?

– Tu ne devrais pas vivre comme ça, seule au fin fond de la campagne. Est-ce que tu pourras au moins voir des amis à partir de la rentrée ?

– Je ne sais pas si c'est si important. En plus, ce n'est que pour deux ans.

– Deux ans, c'est long. Tu as besoin d'avoir des amis.

Je réfléchis à cette phrase. Si on m'avait posé la question quinze jours plus tôt, j'aurais dit que Laura était mon amie. À présent, je n'en étais plus si sûre. Barrett était mon ami, mais il serait bientôt reparti.

– J'ai Agatha, dis-je.

Barrett exprima son scepticisme par un reniflement.

– Si, je t'assure, insistai-je. Elle ne peut pas le dire, mais elle m'aime bien.

Il posa une main timide sur ma joue.

– Moi aussi, je t'aime bien.

– Et je t'aime bien.

Il m'attira à lui. On s'était embrassés assez souvent pour qu'une proximité, une familiarité se soit tissée entre nous. Ça ne diminuait en rien les petites vibrations joyeuses qui me parcouraient de la tête aux pieds dès qu'on se touchait, mais ça ajoutait une dimension qui donnait à nos gestes plus de profondeur qu'une simple amourette. Cela rendait nos baisers plus pressants, plus importants.

Même si je lui avais dit qu'on ne se connaissait pas, on connaissait certaines choses l'un sur l'autre.

Je savais que c'était un frère attentionné et un fils dévoué. Je savais combien il souffrait d'être tiraillé entre ce que sa mère attendait de lui et la vie qu'il voulait vivre.

Mais je voulais en savoir plus. Je reculai, un peu essoufflée.

– Dis-moi un secret sur toi.

Il parut un peu dérouté.

– Un secret ? Euh… d'accord. Quand j'étais petit, je croyais que ma mère était une sorcière. Elle me faisait peur. Elle me prenait pour un gamin super bien élevé, alors que je voulais juste éviter de finir en brouet.

Ça me fit rire.

– Qu'est-ce qui te faisait croire ça ?

– Elle a une sorte de laboratoire où elle fabrique des trucs…

– Oh, tu parles de son parfum ? De ses gels douche ?

– Ouais. Mais ça, je ne le savais pas. Je pensais qu'elle préparait des potions.

– Des potions qui sentaient la rose ? Comment tu as découvert la vérité ?

– Une fois, je suis entré dans le labo par surprise et elle m'a laissé l'aider à faire du savon.

– C'est trop drôle ! Mais tu triches, c'est plutôt un secret à propos de ta mère.

Il essaya de sourire, mais son visage se crispa et le sourire se changea en grimace.

– Je n'ai pas été pris dans l'équipe de lacrosse du lycée. Quand la liste a été affichée, presque tous mes potes étaient dessus et ils se sont foutus de moi, et j'ai rigolé – je n'aime pas le lacrosse, en plus – mais ensuite… je suis retourné dans ma chambre et j'ai pleuré.

Je ne bougeai pas un cil.

– Je crois que j'avais surtout peur que ça fasse de la peine à ma mère, reprit-il. Avec tout ce qu'elle a déjà à gérer… Le lacrosse, c'est super important pour elle.

– Et alors ? Ça lui a fait de la peine ?

Franchement, je voyais mal Laura se soucier de sport.

Barrett ne répondit pas.

– Oh, fis-je.

Elle ne le savait pas.

– L'occasion de lui dire ne s'est pas présentée.

Pas présentée ? Laura mentionnait les talents de joueur de lacrosse de son fils au moins une fois par semaine. Sauf erreur de ma part, elle venait de lui commander une nouvelle paire de crampons super chers.

– Et tu vas le faire quand ?

– Je ne sais pas, avoua-t-il d'un air sombre.

– Le plus tôt sera le mieux. Tu serais débarrassé.

Soupir de Barrett.

– Et toi ? me demanda-t-il. C'est quoi, ton secret ?

– Je ne crois pas que…

Il y avait quelque chose, *une* chose que je n'avais jamais dite à personne. Que j'arrivais à peine à m'avouer à moi-même.

– Je crois que ma mère était encore en vie, dis-je, le cœur battant. Dans la voiture. Et je suis partie quand même.

Barrett me regardait fixement.

– Je n'ai pas de souvenir précis. C'est plutôt une impression.

Silence.

– J'aurais pu rester et la sauver.

Il posa la main sur ma joue.

– Tu ne sais même pas ce qui s'est passé. Ne te lance pas dans ce genre de supposition.

Il m'embrassa tout doucement. Puis on se regarda longuement, prêts à se pencher pour un nouveau baiser.

Agatha avait les yeux ailleurs, vers la colline, ce pourquoi elle n'eut pas le temps de nous prévenir.

– Barrett ! Qu'est-ce que tu fais ?

La voix de Laura trancha la sérénité du moment comme une lame de couteau. Nous nous séparâmes dans un sursaut, sonnés et honteux, basculant soudain en plein cauchemar.

– Il fait bien trop chaud pour que ta sœur sorte aujourd'hui !

Oh. Alors, elle ne nous avait pas vus nous embrasser ? Un peu avant d'arriver à notre banc, le chemin dessinait une petite courbe autour d'un bosquet d'arbres. Avec de la chance, elle avait pu se trouver derrière le feuillage pile au bon moment.

– Ça va, maman…

Elle leva une main et il se tut.

J'attendais qu'elle me fasse une remarque, mais elle continua à foudroyer Barrett du regard sans paraitre s'apercevoir de ma présence.

Enfin, toujours sans se tourner vers moi, elle dit :

– Margot, merci de ramener Agatha à la maison. Donne-lui un verre d'eau et vérifie qu'elle n'a pas trop chaud.

– D'accord.

C'était sorti d'une petite voix effrayée, et je me maudis d'être une telle trouillarde. D'un autre côté, je venais peut-être de me faire prendre en train d'embrasser le fils héritier de la puissante famille Sutton, ce qui méritait sans doute de se faire jeter au cachot.

D'un coup d'œil derrière moi, je vis Laura et Barrett qui me suivaient des yeux. Tournant aussitôt la tête, je me concentrai sur le fait de ramener Agatha à la maison. Il y avait une petite montée qui s'accentuait à l'approche de l'allée principale. Je commençais à transpirer et mon souffle sortait par petits à-coups.

Dès que nous fûmes hors de vue de Laura, Agatha leva la main pour me faire signe.

Je m'arrêtai.

– Ça va ?

Elle descendit du fauteuil.

– Tu es sûre ? Ta mère a dit qu'il faisait trop chaud et…

Elle me dévisagea et j'eus la nette sensation qu'elle levait intérieurement les yeux au ciel.

– OK. Merci.

Puis on monta la petite colline côte à côte.

– Tu en penses quoi ? Tu crois qu'elle va me renvoyer ?

Son air n'était pas facile à déchiffrer. C'était peut-être mon imagination, mais il me parut exprimer quelque chose entre la pitié et : « Franchement, tu t'attendais à quoi ? »

*

* *

– Aurais-tu une minute, Margot ? me demanda Laura.

Surprise, je levai les yeux depuis mon lit, où j'essayais – sans succès – de me concentrer sur ma lecture.

– Agatha a besoin de... ?

– Agatha va très bien, me coupa-t-elle avec un soupçon d'impatience.

Dès notre retour dans la maison, j'avais installé Agatha dans sa chambre pour qu'elle fasse ses devoirs et je lui avais apporté un grand verre d'eau fraiche. Puis je m'étais retirée dans ma chambre pour panser mes blessures et m'apitoyer sur mon sort, en m'attendant vaguement à ce que Laura m'oublie ; en l'espérant presque. Raté.

– Oh, fis-je. Ouais, OK. Oui. Bien sûr.

Je la suivis dans la pièce du petit-déjeuner, où elle s'assit sur le canapé mauve et tapota le coussin à côté d'elle. J'eus un instant d'hésitation, parce que c'était nouveau. D'habitude, lorsque nous parlions dans cette pièce, elle s'installait derrière son bureau et moi dans un fauteuil en face d'elle, comme si nous étions en affaires. Je finis par m'assoir à côté d'elle, une fraction de seconde avant que la situation devienne gênante.

– *Comment* vas-tu, Margot ? me demanda-t-elle en se penchant vers moi.

Euh… Mal ?

– Je vais très bien, dis-je faiblement.

– Comment trouves-tu la vie à Copeland Hall ? Tu es heureuse ici ? Tu ne te sens pas trop seule ? Tu t'ennuies ?

Je m'étais attendue à une colère froide, méprisante, certainement pas à un examen minutieux de mon état émotionnel.

– Non. Enfin, je veux dire, oui, je suis heureuse. Oui.

Elle se redressa et m'observa, avec un soupçon de regret dans les yeux.

– J'ai remarqué quelque chose, mais j'espère que cela ne va pas te mettre mal à l'aise.

Oh, pas de problème, aucun risque. J'étais pétrifiée.

– C'est à propos de Barrett. Tu sembles passer beaucoup de temps avec lui.

Mais pas à propos des baisers, songeai-je. Elle ne se plaignait pas des baisers.

– Je sais qu'il est… charmant. Mais je ne veux pas que tu te sentes obligée de le distraire.

– Non, non. Je ne me sens pas obligée.

– C'est gentil de ta part de « trainer » avec lui, reprit-elle, en prononçant « trainer » comme un mot d'argot étranger qu'elle venait de découvrir sur Internet. Mais s'il rôde autour de toi et qu'il vient t'embêter, surtout n'hésite pas à lui dire que tu as d'autres occupations.

Je faillis éclater de rire, assaillie par une image de Barrett en train de rôder dans les buissons comme un fou, mais ce fut une sorte de réaction nerveuse, parce que j'étais très consciente qu'il n'y avait vraiment rien de drôle dans tout ça.

Assise là, avec Laura qui m'observait, le visage à quelques centimètres du mien, je compris soudain ce que je détectais sous son attitude chaleureuse et attentionnée – quelque chose que, dans un coin de ma tête, j'avais toujours perçu sans vouloir l'admettre. L'ombre de quelque chose.

Quelque chose d'effrayant.

J'aurais voulu me dire que je me trompais, mais je n'arrivais pas à m'en dissuader moi-même. J'étais trop en phase avec les humeurs de Laura, ses lubies, ses mimiques. J'avais fait tellement d'efforts pour essayer de lui plaire que je savais quand elle était contente et quand elle ne l'était pas. Et là, elle faisait semblant. À propos d'un truc important.

Et sous ce simulacre, elle était...

Elle était... tranchante. Comme le fil d'un couteau.

– Ça ne m'ennuie pas, répondis-je en faisant mine de prendre la question à la légère. Il est sympa.

– Ça, c'est vrai, fit-elle d'un air attendri.

Là, je me crus presque tirée d'affaire. Mais elle ajouta :

– Et tu es vraiment adorable, et attentive... Ça doit le changer des filles sophistiquées avec lesquelles il sort au lycée. Franchement, quel dommage qu'il s'ennuie tellement ici. Il est prêt à se rabattre sur n'importe quelle distraction... avant de passer à autre chose. Un été, il s'est passionné pour l'ornithologie. Tu connais le prix d'une bonne paire de jumelles ? Crois-moi, ce n'est pas donné.

Elle bavardait gaiment, mais on savait parfaitement qu'elle avait dit l'essentiel.

Il s'ennuie tellement ici.

N'importe quelle distraction.

– Une autre année, c'était les cartes de baseball. C'était mignon, parce que John est allé chercher sa vieille collection. Barrett était ravi. Il s'enflamme pour des futilités saugrenues. Enfin... les rebuts d'un homme deviennent les trésors d'un autre.

Je hochai la tête.

– Margot, ce que j'essaie de te dire, c'est... de ne pas trop t'attacher.

Danger. Danger. Danger.

– Si tu t'attaches, tu risques de le laisser t'embrasser.

Elle me prit la main et me fixa dans les yeux.

– Je pense que nous serons d'accord pour dire que ce ne serait pas approprié.

Son expression inquiète se mua en un grand sourire chaleureux.

– Mais pourquoi je t'explique tout cela ? Tu fais partie de la famille, maintenant. Tu le sais déjà.

Son haleine sentait la rose.

Qui a une haleine qui sent la rose ?

– Oui, tu le sais. N'est-ce pas ?

J'avais la gorge si sèche que je n'étais pas sûre de réussir à parler.

– Oui. Parfaitement.

*

* *

Alors que je m'enfuyais à l'étage, Barrett voulut me parler dans le couloir, mais je secouai la tête.

– Qu'est-ce qu'elle t'a dit ? demanda-t-il en me dévisageant.

– Rien.

– Margot, s'il te plait. Qu'est-ce qu'elle t'a dit ?

Il savait.

Le plus choquant n'était pas l'idée de n'être qu'un divertissement, un moyen de chasser l'ennui, mais de me dire que c'était l'opinion de Laura. Oui, elle avait peut-être exagéré, utilisé des termes plus cruels que nécessaire, mais elle ne laissait jamais rien au hasard. Elle m'avait fait passer un message que je pouvais difficilement ignorer.

Je me sentais physiquement mal.

Barrett se rapprocha, l'air de plus en plus inquiet.

– Dis-moi ce qui ne va pas.

Je réussis à esquisser un sourire qui ne devait pas être très naturel.

– On se voit plus tard.

*
* *

Quand j'entrai dans la nurserie, Agatha était toujours à son bureau, mais sa position n'était pas tout à fait la même que d'habitude. Elle n'était pas assise droite dans son fauteuil face au bureau, mais tournée légèrement vers le milieu de la pièce, comme si quelque chose avait capté son attention.

– Ça va ?

Elle ne réagit pas.

– C'est presque l'heure du repas. Si tu allais te laver les mains ? Je vais ranger tes affaires.

Elle se leva et s'éloigna sans me regarder.

Je remis le fauteuil en place et pris son cahier pour arracher la page du jour et préparer celle du lendemain.

Et je suspendis mon geste, les yeux sur la page.

PARS PARS PARS PARS PARS PARS PARS
PARS PARS PARS PARS PARS PARS PARS
PARS PARS PARS PARS PARS PARS PARS

Je sentais mon sang bouillonner dans mes veines.

Je déchirai la feuille et me figeai.

La page suivante était pleine, elle aussi.

Et la suivante. Et la suivante.

Elle avait rempli sept pages avec ce mot.

Mais pourquoi ?

– *Kah*, fit une voix derrière moi.

C'était Agatha, l'expression presque neutre… *Presque*.

– Quoi ? Qu'est-ce qu'il y a ? S'il te plait, parle-moi, Agatha.

Elle *voulait* le faire. Je vis qu'elle prenait son souffle comme pour cracher le mot. Puis, à mi-chemin de l'expiration, son attention se dissipa. Elle n'était plus là.

22

Sur le coup, je fus si perturbée par les griffonnages d'Agatha que j'en oubliai ce que Laura m'avait dit à propos de Barrett. Mais, au cours du diner, je perçus clairement que quelque chose avait changé entre lui et moi. Je n'aurais pas pu le définir, c'était juste une sensation de malaise très nette. Principalement de mon côté.

Barrett parut capter le message et ne dit presque rien, à part quelques monosyllabes en réponse à Laura qui lui demandait s'il avait avancé dans ses lectures d'été, si le lycée lui avait envoyé les informations sur sa nouvelle chambre et s'il lui fallait un uniforme neuf. (« Oui », « non » et « sans doute ».)

Maintenant, j'avais tout le temps de ruminer sur ce que m'avait dit Laura. Et, bien sûr, sur ce qu'elle n'avait pas vraiment dit, à savoir qu'en aucune façon je ne pouvais me comparer aux dizaines de filles que Barrett avait l'occasion de croiser dans son lycée de riches. Que si, aux yeux de John et Laura, j'étais peut-être un trésor, pour Barrett, je n'étais sans doute que…

Un rebut ? Impossible. C'était pourtant ce que Laura m'avait balancé. Et si elle m'avait menti ? Non, elle essayait juste de me protéger. Et malgré le ton « Ah, les garçons… » un peu vieux jeu de la conversation, j'avais l'impression qu'elle avait sincèrement cherché à m'éviter une cruelle déception.

Cela dit, mes facultés de discernement ne m'aidaient pas beaucoup ces derniers temps. Le mieux était d'admettre que j'étais juste… fatiguée et paumée. J'avais perdu la tête parce que Barrett, qui était beau, riche et éminent, avait amarré son corps débile à côté de mon corps débile et collé sa bouche débile sur la mienne.

Après le repas, une fois douchée et en pyjama, j'essayai de lire dans mon lit. J'avais décidé de terminer le livre sur le jardinage. Jusqu'à la rentrée, j'allais me concentrer sur le travail dans le jardin. L'air frais et l'absence de distractions – dues à Barrett – me feraient du bien. Je pouvais toujours améliorer ma relation avec Laura et montrer ma reconnaissance à la famille en aidant le plus possible. Je pouvais aussi me mettre à la cuisine. Et au ménage. Je n'aurais qu'à m'immerger dans le rôle de l'orpheline sans le sou et collectionner les bons points.

Comme toujours, le livre de jardinage eut raison de moi au bout de trois pages. Alors que je le posais sur la table de chevet, Laura se présenta à ma porte, tasse de thé à la main, et vint s'assoir sur mon lit.

– Comment vas-tu ? me demanda-t-elle doucement. J'ai remarqué que tu ne parlais pas beaucoup à table.

– Ça va. Je suis juste un peu fatiguée.

Elle me tendit ma tasse. J'inhalai son parfum délicatement épicé et bus une gorgée.

– Fatiguée ? Tu crois que tu as attrapé quelque chose ?

Super, j'avais empiré les choses.

– Non, non ! assurai-je. C'est juste... les sinus, je pense. Des allergies.

Laura se détendit visiblement.

– Je voulais te dire que Barrett repartait.

Je faillis en lâcher ma tasse.

Elle prenait grand soin de ne pas me regarder.

– Il va rendre visite à un ami jusqu'à la rentrée. C'est difficile pour lui ici. Notre rythme de vie est trop lent pour un ado dynamique.

Oh, mais pour moi, non ? Je n'étais pas dynamique ?

Je passai outre au côté un peu insultant de la remarque – processus facilité par le constat que, de fait, je n'étais pas dynamique – pour me concentrer sur l'information principale. Barrett ne serait plus là. Je ressentis un grand vide, soudain, pas juste à cause de nos baisers, mais parce que, le reste du temps, ça me faisait du bien de lui parler. C'était même la seule personne avec qui je pouvais réellement le faire.

Puis je me demandai... Et si elle l'éloignait parce qu'elle pensait que je comptais pour lui ? Mais cela me parut aussitôt tiré par les cheveux. Ça m'accordait un peu trop d'importance. Parce que je n'étais rien, d'accord ? Une simple distraction.

– John l'emmène à Glencoe demain.

Demain ?

Je tentai de cacher ma surprise, mais j'avalai mon thé de travers et finis par tousser et recracher pendant que Laura me prenait ma tasse.

– Seigneur, dit-elle. Avec cette toux, tu devrais rester au lit demain.

– Je vais bien. C'est juste le thé qui est passé par le mauvais tuyau.

Elle me regarda d'un air sceptique.

– Quand même. Tu devrais rester au lit pour te reposer. Je t'apporterai ton petit-déjeuner. Ça te laissera tout l'après-midi pour dire au revoir à Barrett.

Je ne répondis pas. Je ne voulais pas valider son plan parce qu'il était idiot. Mon idée à moi était de me lever le lendemain matin comme d'habitude et, si elle me posait la question, de lui répondre que j'allais parfaitement bien.

– Ça te va ? demanda-t-elle en me rendant ma tasse.

– Mmm, fis-je sans la regarder.

Elle me tapota la jambe.

– C'est bien, Margot. Finis ton thé et repose-toi.

*

* *

J'aurais pu me maudire. Le lendemain matin, mon corps et ma tête étaient dans le brouillard. Les bordures de mon champ de vision étaient floues, les fenêtres et les ampoules m'apparaissaient cernées par des auréoles blanchâtres. J'avais la bouche aussi sèche que si j'avais passé la nuit à mâcher du coton, et les mains et les pieds engourdis.

En conséquence, lorsque Laura entra dans ma chambre avec un plateau, je la vis arriver avec reconnaissance. J'avalai la tartine, le bol de yaourt aux fruits rouges et les petites tranches de fromage français, avec moins d'hostilité envers elle que la veille au soir. Je m'en tins à son programme en somnolant au lit toute la matinée et n'en sortis qu'au moment du déjeuner.

Agatha n'était pas dans la nurserie – elle avait dû descendre –, et j'étais en train de me peigner quand on frappa un coup énergique à la porte.

En ouvrant, je tombai sur Barrett, l'air très agité.

Il entra et prit mes mains dans les siennes.

– Je m'en vais.

– Je sais.

J'étais assez fière de réussir à ne trahir aucune émotion.

Vas-y, Margot. Il va voir ce qu'il va voir.

Mais il était clairement blessé par mon ton détaché.

– Qu'est-ce qu'elle t'a dit sur moi ?

Je me mordis la lèvre.

– S'il te plait, Margot. Quoi qu'elle t'ait dit, il ne faut pas la croire. Elle ne me comprend pas du tout.

– Elle a quand même raison. Tu ne m'aurais jamais regardée si on ne s'était pas retrouvés seuls ici. Tu oublieras mon existence dès que tu auras repris le lycée.

– C'est ce que tu penses ? Sérieusement ? Enfin, je comprends qu'elle, elle puisse le penser... mais que toi, tu la croies...

Son incrédulité me porta un coup au cœur. Je haussai les épaules, mal à l'aise.

– Écoute, regarde-toi, regarde ta vie, et regarde la mienne.

– Je te regarde. Et je ne connais personne d'autre comme toi.

– Mais ça fait partie du truc, justement. Je suis une espèce de curiosité. Quelque chose à quoi penser pour éviter de t'ennuyer tant que tu restes coincé ici.

– Parce que tu crois que je suis « coincé ici » ? J'avais prévu de rester quatre jours. Mais après t'avoir rencontrée, j'ai annulé mon voyage en Californie. Même au début, quand tu me détestais, je ne voulais plus partir.

Je le dévisageai.

– C'est vrai ?

– Avec toi, je ne mens pas.

– Ah ? Tu mens à qui ? demandai-je avec un petit rire.

– Si mentir, c'est cacher ce qu'on pense, ce qu'on ressent vraiment, à peu près à tout le monde.

Je soupirai.

– Alors, tu me crois ? insista-t-il.

– Oui, mais pourquoi ta mère m'a dit ça, alors ? C'était horrible.

Troublé, il fixa le sol à ses pieds.

– Ma mère pense qu'elle peut forcer les choses à être telles qu'elle les veut. Au fond, elle sait qu'elle ne peut pas contrôler les autres, et elle ne supporte pas de ne pas contrôler ce qui se passe ici.

– C'est un peu tordu, dis-je doucement.

– Je vais parler à mon père. Je m'inquiète pour toi. Tu as besoin de voir d'autres gens.

– C'est bon. Après la rentrée…

– C'est dans plus d'un mois.

– Ça va passer vite.

Brusquement, je pris conscience qu'il partait pour de vrai.

– Tu reviens quand ? demandai-je d'une voix sourde.

– Aux prochaines vacances. Mi-octobre.

Je hochai la tête. Sans m'arrêter. C'est bon, Margot, tu savais qu'il partirait. Tu savais que ce ne serait pas le conte de fées où le prince embrasse la princesse dans la tour et où tout devient génial d'un seul coup.

Dans notre version, il était arrivé au château, m'avait trouvée dans la tour, m'avait embrassée et réveillée, et maintenant il repartait sans avoir tué le dragon.

Le dragon… D'où sortait cette histoire de dragon ?

Il se pencha et m'embrassa doucement.

– Tu sais que je ne veux pas m'en aller, j'espère. C'est elle qui m'oblige.

– À cause de nous ? Elle est au courant ?

Barrett secoua la tête.

– Je n'en sais rien. Elle est surtout super en colère contre moi pour tout. Elle dit qu'elle ne peut pas me faire confiance.

– Parce que tu as emmené Agatha en promenade ? C'est ridicule.

– Non, il n'y a pas que ça. Elle a appris pour le lacrosse.

– Mais ce n'est qu'un *sport*. Elle t'en veut à cause d'un sport ?

– Elle pense que j'ai planté les sélections exprès. Elle sait que je n'ai jamais vraiment aimé ça.

– Dans ce cas, quel sens ça aurait de continuer ? Qu'est-ce que ça peut lui faire ?

– Bah. *L'obéissance, lorsqu'elle s'applique à l'encontre de ses inclinations naturelles, est la mise à l'épreuve ultime de la droiture.*

– C'est quoi, ce truc ?

– Une phrase qu'elle n'arrêtait pas de répéter, répondit-il, les yeux au ciel. Un vieux dicton familial.

– De Loretta ?

Il me regarda d'un air interloqué.

– Tu sais, pour Loretta ?

– J'en sais autant que j'ai envie d'en savoir. J'ai trouvé le livre dans la bibliothèque.

– Ce livre a été le cauchemar de mon enfance. On devait en copier des passages quand on était punis.

Il eut un sourire rassurant, mais une lueur de tristesse persistait telle une petite braise dans ses yeux.

– Ne t'en fais pas, elle ne te fera pas le coup. Tu n'as pas de devoirs envers la famille, contrairement à moi.

C'était pourtant ce que souhaitait Laura.

Barrett glissa un coup d'œil vers le couloir.

– Je suis censé être en train de faire mes valises. Je ne veux pas qu'elle me trouve ici.

J'eus la sensation qu'un grand trou prenait soudain la place de mon cœur.

– Je trouve ça horrible, dis-je.

– Moi aussi.

Ses doigts se replièrent sur les miens. Sa peau était chaude et un peu rugueuse. Je dus faire tous les efforts du monde pour ne pas le tirer vers moi pour lui exprimer mon soutien et l'étouffer sous les baisers – en m'étouffant moi-même dans la foulée.

Seconde après seconde, je réalisais qu'il ne serait bientôt plus là. Lui aussi, il était puni, mais ma punition était aussi sévère que la sienne.

Voire pire. Parce qu'il serait libre, alors que je resterais bloquée seule ici.

*

* *

Nous ne nous adressâmes pas un mot à la table du déjeuner. Rien de ce que j'aurais voulu lui dire ne pouvait l'être devant Laura. Il se contenta d'échanger des banalités avec elle sur ce qu'il allait faire chez son ami.

À un moment, elle fit un commentaire sur une fille, la sœur de je ne sais qui ; au ton et à la teneur de sa remarque – « On m'a dit qu'elle se préparait pour Harvard » –, j'en déduisis que c'était le genre de personne qu'elle jugeait « appropriée » pour son fils.

Barrett répondait sèchement, presque grossièrement.

Alors, reportant son attention sur moi, Laura insista sur le fait que j'aurais dû rester couchée et suggéra que je remonte me reposer, afin d'avoir assez d'énergie pour dire au revoir à Barrett ensuite.

Je commençai par résister, avant de céder face à son insistance. Elle me prépara un thé et je montai me préparer à un sinistre après-midi au lit.

*

* *

PLIC PLIC PLIC PLIC.

J'ouvris les yeux.

Il faisait noir. Cette nouvelle, et la confusion liée aux manques de repères temporels, me projetèrent en position assise.

Le bruit provenait de grosses gouttes de pluie qui s'écrasaient sur la fenêtre. L'obscurité devait s'expliquer par le mauvais temps.

À moins que ce soit la nuit ?

Avec un petit cri, je fonçai dans le couloir. La maison était silencieuse. Je dévalai l'escalier et me dirigeai vers la seule pièce éclairée : le bureau de Laura.

Elle était assise derrière son bureau et Agatha était installée non loin d'elle dans un fauteuil capitonné.

– Mon Dieu, Margot, tout va bien ?

– Ils sont partis ?

Laura battit des paupières.

– Tu parles de John et de Barrett ?

Non. De Mickey Mouse et de Wonder Woman.

Je hochai la tête.

– Oui, bien sûr. Ils sont partis après le diner.

– Mais je ne leur ai pas dit au revoir ! Pourquoi on ne m'a pas réveillée ?

J'étais trop secouée pour parler calmement.

Elle me glissa un coup d'œil chargé de reproche, qui annonçait presque une réprimande.

– J'ai *essayé*, Margot. Mais tu m'as demandé de leur dire au revoir pour toi.

Je ne savais plus quoi penser. J'avais du mal à la croire, mais je ne me rappelais même pas m'être endormie.

– Tu ne t'en souviens pas ? me demanda-t-elle d'un ton inquiet.

Je ne répondis pas, et elle fronça les sourcils.

Je ne voulais pas discuter. J'avais besoin d'être seule, de remonter dans ma chambre et de pleurer toutes les larmes de mon corps parce que, non seulement j'avais raté l'occasion de dire au revoir à Barrett, mais qu'en plus, il allait croire que j'avais préféré faire la sieste que de me lever pour son départ.

– Tu as faim ? me demanda Laura. J'ai gardé ton assiette.

– Non merci, lâchai-je d'une voix étranglée.

Elle pinça les lèvres, mais se contenta de hocher la tête.

– Je suis désolée. Je sais que tu t'entendais bien avec Barrett.

Le temps d'arriver au pied de l'escalier, je pleurais tellement que je n'y voyais plus rien.

Je regagnai ma chambre, enfilai mon pyjama et me glissai sous la couverture. Sans même me laver le visage ni me brosser les dents. Je voulais juste dormir et oublier.

*

* *

Je fis un rêve très simple : Barrett et moi sur un banc, contemplant le jardin. Je me sentais bien à côté de lui, ma main dans la sienne.

– Regarde, me dit-il. Les voilà.

Je regardai autour de moi, soudain mal à l'aise. De qui parlait-il ? Bizarrement, je m'attendais à découvrir ma famille, plus morte que jamais, l'œil vide et les muscles mous.

Mais pour une fois, ils n'étaient pas là.

Puis je vis : partout autour de nous, aussi loin que portait le regard, des petites pousses vertes sortaient de terre, aussi nombreuses qu'une invasion de criquets. Au point que je relevai les pieds sur le banc pour qu'elles ne me frôlent pas les jambes.

– Ça ne me plait pas, dis-je. Ta mère n'aime pas les lis.

– Ce n'est pas la question, me répondit Barrett. De toute façon, elle n'aime rien.

En regardant les tiges pousser à vue d'œil comme des haricots magiques, je commençai à me sentir oppressée. Je serrai la main de Barrett plus fort, mais il se libéra et se leva.

– Il faut que j'y aille, là. On se voit en octobre.

– Et si j'ai besoin de ton aide ?

Mais il s'éloignait déjà. Les fleurs autour de lui étaient aussi hautes que des tiges de maïs. Puis, juste avant de disparaitre dans la forêt de lis, il me dit :

– Je ne suis pas celui qui lui tient tête.

Je voulus lui demander ce que ça signifiait, mais il n'était plus là.

Je me retournai à la recherche d'un chemin pour repartir, car le banc était entièrement cerné. Je commençais à avoir peur d'être en retard pour le diner. Laura ne serait pas contente. Où était Agatha ? Mon Dieu, on avait perdu Agatha ! La dernière fois que je l'avais vue, elle était dans le fauteuil roulant. Et voilà qu'elle avait été engloutie par les lis.

Soudain, il y eut un mouvement sur ma gauche.

Agatha surgit des fleurs et me dévisagea d'un air impassible.

Retourne dans l'aile verte.

J'ouvris brusquement les yeux.

J'étais seule dans le noir dans ma petite chambre. Il était presque minuit.

Retourne dans l'aile verte.

Les mots avaient paru trop réels dans mon rêve, comme s'ils avaient franchi la frontière des songes pour m'atteindre dans la réalité, dans le monde éveillé. Mais ça ne se pouvait pas, bien sûr, puisque j'étais seule.

Je traversai la nurserie jusqu'à la porte et tournai la poignée.

La porte était verrouillée.

Pourquoi Laura nous avait-elle enfermées ?

Son fils était parti. Barrett était désormais à l'abri de mes manigances de pèquenaude.

Quelle nouvelle bêtise aurais-je pu encore commettre ?

23

– J'ai réfléchi, et je me suis dit qu'un changement nous ferait du bien, déclara Laura. Tu reprends des œufs ?

Elle me mettait le plat sous le nez et je n'eus pas trop d'autre choix que de me resservir, même si je n'avais plus faim.

– Agatha a son rendez-vous chez le médecin aujourd'hui, reprit-elle. Mais ensuite, on pourrait faire quelque chose d'amusant. Faire la fête et danser. Ou jouer aux cartes.

C'était le moment où l'orpheline répondait d'un air boudeur, détournée de son devoir par ses sombres pensées. Ou celui où elle exigeait de savoir pourquoi elle avait été enfermée à clé – en admettant qu'elle l'ait été. La porte s'était ouverte sans peine le matin.

Mais j'étais une gentille orpheline.

– Ouais. Ça pourrait être sympa.

– Quel bonheur de t'avoir ici avec nous, reprit Laura avec un sourire rayonnant. C'est vraiment comme si tu faisais partie de la famille, tu sais ?

– En fait, je me demandais si on pouvait s'occuper de quelques dossiers aujourd'hui. Par exemple, mon inscription au lycée. Il me faut peut-être un certificat médical. Même si ça peut paraitre idiot, vu le temps que j'ai passé à l'hôpital cette année.

– Désolée, dit Laura. Je n'ai pas compris.

Ou comment faire tomber une blague à plat.

– Je voulais juste dire que mon dossier médical doit déjà être plus que complet, après tous les examens que j'ai passés après l'accident.

– Non, je parlais de ton inscription. Il n'y a rien à faire. Tout est déjà réglé.

– Ah bon ? Eh bien… merci ! Super.

Voilà qui me donnait de quoi réfléchir. Et m'inquiéter.

– Et je commence quand ?

Elle me sourit.

– Quand tu voudras.

Bon.

– Non, je veux dire, quand a lieu la rentrée ? Je vais reprendre en même temps que tout le monde, non ?

– Oh, c'est sans importance. Il ne faut pas que tu t'inquiètes de ce que font les autres. Ça ne peut que perturber ton équilibre intérieur.

– Mais…

Je ne voyais pas comment être plus explicite sans être blessante.

– Mais il faut bien que j'aille… là où sont les profs.

Cette fois, son front se plissa légèrement.

– Je ne te suis pas. Ce sera peut-être plus clair si je te dis que ton programme scolaire est défini et que tu peux t'y mettre dès que tu en auras envie. Tu ne savais pas qu'il y avait même une salle de classe dans le manoir ? Elle n'a pas dû servir depuis un siècle, mais on peut l'aménager. Si tu penses que cet environnement peut t'aider. Qui sait, ça ferait peut-être du bien à Agatha aussi.

Maintenant, je commençais à saisir.

– Vous parlez de cours à domicile ?

– Bien sûr.

– Je…

Je ne savais vraiment plus quoi dire.

– Je suis désolée, mais je ne crois pas… Je ne… Je ne veux pas suivre mes cours à la maison. Je voudrais aller dans un lycée normal. En ville. Avec d'autres gens.

– Nous en avons déjà parlé, Margot. Nous avons déjà eu cette conversation et pris cette décision il y a des semaines.

Elle me fixait comme si j'avais commencé à coasser et déclaré que j'étais en train de me changer en grenouille.

– Non, pas du tout, contestai-je. Je m'en souviendrais. Parce que je trouve que c'est une très mauvaise idée.

– Eh bien, j'en suis désolée, rétorqua-t-elle, trop offusquée pour être effectivement désolée. Mais la question a été réglée il y a déjà un certain temps. Je n'aurais pas commandé un programme de cours par correspondance à ce prix-là si j'avais pensé qu'il subsistait le moindre doute.

Je commençais à paniquer pour de bon.

– Laura, sincèrement, je n'ai jamais donné mon accord pour ça.

Elle posa ses couverts en pinçant les lèvres.

– Es-tu en train de me traiter de menteuse ?

– Non, non, bien sûr, mais... je ne veux vraiment pas être scolarisée à la maison. Et je ne me souviens pas qu'on en ait jamais parlé.

– Ce n'est pas parce que tu ne t'en souviens pas que cela n'a pas eu lieu.

Puis nous nous tûmes. Elle m'observa attentivement, et je fus soudain horrifiée par l'implication de sa dernière phrase.

– Mais...

– Je t'ai déjà fourni toutes les explications, mais si tu ne t'en souviens vraiment pas, je vais recommencer. Après en avoir discuté, John et moi avons décidé que ce système te correspondrait parfaitement. Cela convient tout à fait à ton sens de la discipline. Par ailleurs, je peux te fournir l'aide dont tu pourrais avoir besoin, et John également, lorsqu'il en aura le temps. C'est quelqu'un de brillant, comme tu le sais.

– Mais pourquoi je ne peux pas aller dans un lycée normal ?

– Je ne sais pas si tu connais les détails du passé d'Agatha. Mais pour être franche… compte tenu des problèmes qu'elle a eus, je n'aime pas l'idée de te lâcher parmi des gens dont nous ne savons rien. Des gens dénués de principes.

J'en savais très peu sur les mystérieux « problèmes » d'Agatha au lycée. Mais ce n'était pas la question. Je n'étais pas Agatha. Si elle avait eu de mauvaises fréquentations, il n'y avait aucune raison pour qu'il m'arrive la même chose.

– On apprend à connaitre les gens en les côtoyant, dis-je entre mes dents. C'est…

J'allais dire : « C'est le moyen de se faire des amis », mais je réussis à me retenir, parce que cela semblait irrespectueux.

– Je ne veux pas aller à des fêtes. Je veux juste rencontrer des jeunes de mon âge.

– Mais tu as Agatha, me répondit Laura avec étonnement. Elle a ton âge.

Nous nous regardâmes en chiens de faïence – on aurait dit que nous ne parlions pas la même langue.

– Je ne me suis jamais attiré d'ennuis à l'école, insistai-je. Je n'ai même jamais eu d'heures de colle.

Laura posa la main sur mon épaule, et je dus résister à l'envie de me dégager.

– Cela ne me surprend pas, me répondit-elle. Je ne voudrais pas que tu penses que nous ne te faisons pas confiance, Margot. C'est juste que ce monde est sans pitié et que tu es vulnérable. Nous nous sommes beaucoup attachés à toi, tu sais, et nous voulons te protéger.

Me protéger de quoi, au juste ? Quelles que puissent être leurs peurs irrationnelles, me priver de toute socialisation pendant mes dernières années d'adolescence paraissait au moins aussi néfaste. Ils ne pouvaient pas me couper du reste du monde ! Dans quel état serais-je après deux ans de solitude absolue ?

– Pourrait-on en reparler avant de prendre une décision définitive ?

Elle me sourit affectueusement.

– Non.

Il y eut un silence. Puis, à côté de moi, Agatha fit tomber son verre d'eau.

*

* *

Après avoir trainé ostensiblement à la bibliothèque, je fonçai dans ma chambre dès que Laura et Agatha furent parties pour leur rendez-vous chez le médecin. Adoptant la technique d'Agatha, j'ouvris la porte de l'aile verte d'un coup de hanche et m'engageai dans le couloir. Puis… je restai là.

Il me fallait des réponses. Je voulais savoir qui était Lily, et pourquoi Laura ne parlait jamais d'elle. Je voulais savoir ce qui me poussait à venir là, même si ce n'était que des messages envoyés par mon subconscient. Que trouvait-il de si génial à l'aile verte ?

Le couloir s'étirait devant moi, sous sa couche de poussière et de silence. Je me dirigeai vers la pièce que j'avais déjà visitée deux fois.

Alors que j'arrivais au niveau de la porte, celle-ci frémit légèrement.

Je m'arrêtai. Tandis que je la fixais, tout mon corps se mit à vibrer d'appréhension, presque comme si la pièce émettait une charge électrique. Je me forçai à passer outre. Ça devait être le vent. Ces vieilles maisons étaient pleines de courants d'air.

Je franchis le seuil et m'arrêtai de nouveau.

En apparence, cette pièce n'avait rien de spectaculaire. Ce n'était qu'une chambre. À la lumière du jour, je constatai qu'elle semblait avoir été occupée ; les meubles étaient un peu abimés et le couvre-lit avait l'aspect mou et bouloché causé par des lavages réguliers. Une chambre tout ce qu'il y avait de plus normal, peut-être juste un peu moins raffinée que la norme générale de Copeland Hall.

Mais j'avais beau faire, quelque chose ici me mettait mal à l'aise, presque au point de me donner la nausée. Appelons cela de mauvaises vibrations.

J'entrai dans la salle de bains attenante et allumai la lumière. À ma surprise, celle-ci aussi avait été aménagée pour une personne handicapée. La baignoire avait été remplacée par une cabine de douche. Le rideau – un mince drap en plastique beige, de ceux qu'on trouve dans les chambres d'hôtel miteuses – était tiré sur le côté.

Curieusement, il flottait là-dedans une atmosphère d'hôpital, totalement impersonnelle, alors que, à l'évidence, quelqu'un y avait passé pas mal de temps.

Mes nerfs à vif me criaient de me carapater, mais je me raisonnai. En parcourant la chambre, mes yeux tombèrent sur une haute armoire en bois qui occupait un coin de la pièce. Je voulus l'ouvrir, mais elle résista. Alors, pour me défouler, je tirai un bon coup sur les poignées des deux battants et, contre toute attente, ils cédèrent.

Elle était aux trois quarts vide. Quelques cintres dépareillés étaient suspendus à la barre et il y avait une paire de chaussons et une serviette pliée sur une étagère. Un grand cadre retourné était appuyé contre la paroi du fond.

Sous l'étagère, il y avait un petit tiroir, dans lequel je trouvai une boîte recouverte de tissu noir, du genre de celles qui servent de boîte à cadeau pour offrir un chemisier chic.

Je m'assis par terre, en la posant devant moi, et soulevai le couvercle, bien consciente que je n'étais pas censée le faire.

Elle était remplie de papiers, courriers d'établissements scolaires, certificats médicaux et autres…

Et tous étaient au même nom :

LILY COPELAND

Je m'adossai au lit, un peu troublée. Au même instant, un petit bruit sourd se fit entendre dans l'armoire et je vis que le cadre avait glissé et menaçait de tomber, seulement retenu par le rebord de l'étagère. Je me levai à la hâte pour le remettre en place, avant de me dire que, au point où j'en étais... Alors je le retournai.

C'était un portrait à l'huile, représentant un homme et deux adolescentes.

L'homme me disait vaguement quelque chose. Assis sur une belle chaise sculptée, il était beau, avec un air d'assurance qui pouvait passer pour de l'autosatisfaction. À sa gauche, une main posée sur son épaule, il y avait une fille d'environ quatorze ans. À sa droite, une autre fille de onze ou douze ans se tenait légèrement en retrait.

Des sœurs, de toute évidence. L'ainée portait un chemisier blanc au col brodé d'un volant plissé. Elle avait de jolies boucles bien dessinées qui lui tombaient sur les épaules, des yeux bleus pétillants, et un léger sourire entendu sur les lèvres.

Lily ?

L'autre paraissait plus sérieuse. Ses cheveux étaient noués en deux nattes strictes. Elle tournait vers le peintre des yeux bruns au regard posé, presque éteint, dans lesquels on lisait à la fois l'admiration et une certaine solitude. Le père et la fille ainée semblaient former une équipe, tandis que la plus jeune restait sur la touche.

La cadette était incontestablement Laura.

En regardant ce tableau, on comprenait sans mal pourquoi Laura l'avait retourné. La peine de la petite fille, son sentiment de rejet sautaient aux yeux.

Soudain, j'eus mauvaise conscience. Je n'avais rien à faire là, à contempler cette preuve de la tristesse de Laura. Elle ne l'avait pas cachée pour rien, et j'étais là, à fouiner. C'était facile de mettre son nez dans la vie des autres, quand il s'agissait de *leurs* secrets.

Un peu honteuse, je remisai le tableau dans l'armoire, puis m'attelai à ranger le contenu de la boîte noire.

Au moment de reposer le couvercle, je vis une coupure de presse dépasser sous un autre papier, et je ne résistai pas.

C'était la nécrologie de Lily.

> LILY ANNE COPELAND, 17 ans, a été rappelée à Dieu le vendredi 18 mars après une longue maladie. Elle a quitté ce monde comme elle y a vécu, entourée de l'amour de sa famille. Mlle Copeland, héritière présomptive de la fortune et du domaine considérables des Copeland, était une jeune fille gaie, très appréciée de la communauté, et connue par ses amis du lycée de Copeland comme une élève brillante, aimant les livres et les chats.

Précédée dans la mort par sa mère, Beverly (Turner) Copeland, elle laisse derrière elle son père, James Barrett Copeland III, ainsi que sa cadette et fidèle compagne, Laura, et sa tante, Rosetta Copeland Gilbert. La cérémonie se déroulera dans l'intimité familiale. Les fleurs sont acceptées à Copeland Hall.

Une longue maladie ? Comme Agatha ?

Dans ces conditions, pas étonnant que Laura soit aussi pétrifiée, aussi rigide, aussi perturbée. Sa sœur ainée était morte à l'adolescence, et voilà que sa propre fille tombait malade à son tour. Comment ne pas être complètement bousillée par une coïncidence aussi horrible ?

Après avoir relu deux fois l'article, je le rangeai dans la boîte que je replaçai dans l'armoire. Puis, en essayant de refermer celle-ci, je me rendis compte que j'avais cassé le loquet. La porte tenait en place mais ne se bloquait pas correctement.

Ma seule consolation était que personne ne semblait jamais venir ici, et que Laura ne s'en apercevrait peut-être jamais.

Alors que je me retournais pour partir, j'entendis un long grincement derrière moi. *Criiiii*.

La porte s'était rouverte.

Revenant sur mes pas, je la repoussai et repartis de nouveau.

Criiiii.

Quelle galère. D'autant que c'était ma faute.

Je revins examiner les dégâts, qui s'avérèrent bien pires que ce que j'avais cru. Le loquet du battant de droite ne tenait plus que par une malheureuse vis à un éclat de bois qui s'était détaché de la paroi.

Génial.

J'essayai de le remettre en place, mais il ne tenait pas assez longtemps pour que la porte se referme entièrement.

Alors je cherchai désespérément autour de moi quelque chose qui m'aiderait à le maintenir.

J'allai fouiller les tiroirs du petit bureau, dans l'espoir d'y trouver du scotch ou de la colle. Mais je n'y découvris que des élastiques desséchés et trois capuchons de stylo. J'enfonçai la main vers le fond, et mes doigts frôlèrent quelque chose.

Une araignée ! pensai-je sur le coup. Mais en me penchant pour regarder dans le tiroir, je vis que je m'étais trompée. Tandis que je tâtonnais à l'aveuglette, le haut de ma main cogna la base du tiroir supérieur et quelque chose en tomba avec un bruit sourd.

C'était un journal, un fin carnet à la couverture ornée de volutes mauves et roses. Un petit monogramme était inscrit dans un coin : LAC.

Lily Anne Copeland.

Alors je contemplai de nouveau la pièce. Était-ce vraiment la chambre de Lily ? Elle ne collait pas avec l'image d'une chambre d'adolescente telle qu'on s'attendait à en trouver dans un manoir. D'ailleurs, celle d'Agatha était cinquante fois plus classe. Et Lily avait été l'héritière, comme Agatha l'était aujourd'hui – ou elle aurait dû l'être. N'aurait-elle pas mérité mieux ?

Je soulevai le cache-sommier pour examiner le lit et découvris dessous un cadre métallique monté sur des roulettes. Un lit d'hôpital.

Ma gorge se noua.

Ce n'était pas la vraie chambre de Lily, mais une chambre de malade.

Ce qui signifiait sans doute qu'elle était morte ici.

Le sentiment qui s'empara de moi était difficile à décrire – celui d'être dans un endroit où je n'aurais pas dû être, où je n'avais pas ma place. J'avais chaud et froid en même temps.

Je sortis à reculons, puis je refermai derrière moi et me dirigeai vers la grande porte de l'aile verte.

En regagnant la sécurité du couloir normal, je me rendis compte que j'avais toujours le journal de Lily à la main. J'eus tout juste le temps de le glisser dans le tiroir du bas de ma commode avant que Laura et Agatha rentrent, plus tôt que prévu, et que Laura me demande de venir l'aider à préparer le repas. Ce que je fis. Puis nous mangeâmes en silence.

Le malaise qui s'était abattu sur moi dans cette chambre me collait à la peau comme du goudron.

24

– Tu es bien silencieuse aujourd'hui, me dit Laura en enfonçant la pointe d'une truelle dans les racines d'une petite plante touffue.

Elle replia l'autre main autour des tiges et tira jusqu'à ce que la motte de lavande sorte de terre. Le parfum des feuilles emplit l'air lorsqu'elle les écrasa sous son gant.

Comme un cri, songeai-je.

Elle me tendit le pied de lavande que je jetai sur une pile grandissante. Nous élaguions le jardin des plantes aromatiques, qui commençaient à avoir des allures de jungle.

– La lavande est fantastique pour les abeilles, reprit Laura. Et son huile essentielle est un trésor. Elle est si relaxante !

Elle arracha une autre touffe.

– Mais alors… pourquoi on l'enlève ? demandai-je.

– On ne peut pas laisser les choses n'en faire qu'à leur tête, aussi précieuses soient-elles. Les autres herbes souffrent si on laisse les plus vigoureuses prendre le dessus.

Elle m'indiqua une petite gerbe de fleurs pâlichonnes en forme d'éventail qui se dressaient au bout de tiges un peu flasques.

– Regarde comme la coriandre a triste mine.

– Pas assez de lumière ?

– La lavande lui fait de l'ombre. Et lui prend son espace.

– Je sais pour Lily, dis-je tout à coup.

Ce n'était pas prémédité.

Laura se figea.

– C'était votre sœur, et elle est morte ? C'est pour cela que vous m'avez dit que vous étiez fille unique ?

Pas de réponse. Me sentant partir sur un terrain miné, je me creusai la tête à la recherche d'une conclusion neutre.

– Je suis vraiment désolée. Je sais ce que ça fait de perdre une sœur.

Puis j'attendis – l'explosion, les larmes, la colère, ou le silence de plomb de la désapprobation.

– Merci, Margot, me dit-elle finalement. Comme toujours, j'apprécie ton empathie et ta gentillesse.

Bon, c'était peut-être un peu exagéré, mais si elle le disait…

Elle acheva de nettoyer sa truelle et la sécha soigneusement avec la serviette en coton suspendue à côté d'elle. Après l'avoir remise en place sur son crochet, elle se tourna de nouveau vers moi.

– Puis-je te demander comment tu as appris pour ma sœur ?

J'avais un peu réfléchi à la question. Deux options me permettaient de m'appuyer sur la vérité : que j'avais trouvé sa tombe par hasard, ou que j'avais découvert la chambre de malade dans l'aile verte et forcé l'armoire pour fouiller dans ses affaires.

Sans être une experte en stratégie, je n'avais pas besoin d'être un génie pour me douter que ni l'une ni l'autre n'était souhaitable. J'envisageai brièvement de mentir, avant d'opter pour une vérité aménagée.

– C'est à cause du portrait de famille. D'elle et de vous avec votre père.

– Vraiment ? fit-elle en battant des paupières. Mais où l'as-tu trouvé ? Je ne l'ai pas vu depuis des années.

– Dans l'aile verte.

Ce n'était pas un mensonge, que je sache.

Elle ne s'attendait pas à ça.

– Mais comment es-tu entrée dans l'aile verte ? Elle n'est pas fermée ?

– Euh… je me suis cognée contre la porte en passant, et elle s'est ouverte. Alors je suis entrée. Et ensuite…

– Et ensuite tu es tombée par hasard sur le portrait ?

– Voilà.

Oh, elle allait me demander où. Et si je le lui disais, elle risquait de me détester, non ?

Mais elle ne chercha pas à en savoir plus.

– Je suppose qu'il y avait la petite plaque avec nos noms dessus ?

– Oui.

Je préférai mentir là-dessus. Sinon, comment justifier que je connaissais le nom de Lily ? Par le fait d'avoir fouillé dans ses dossiers médicaux ?

Laura me scrutait, les yeux plissés. J'attendis qu'elle me demande d'autres précisions. Elle ne le fit pas.

– Tant mieux, déclara-t-elle enfin en détournant le regard, comme si le sujet était sans importance. Je croyais qu'il était perdu.

– Désolée si je ne devais pas entrer là-bas.

Elle éluda d'un geste de la main.

– Ce n'est pas grave. Ce n'est qu'un couloir. Je l'ai fait fermer pour empêcher Agatha d'aller se perdre là-dedans.

Je hochai la tête avec soulagement.

Elle soupira, les yeux perdus au loin.

– J'aurais pu te parler d'elle avant, mais je ne voulais pas te donner l'impression d'exploiter ma tragédie personnelle pour forcer le lien avec toi.

Ça se tenait.

– La triste vérité… c'est que je ne pense pas souvent à elle. La vie reprend, et elle suit son cours. Entre les enfants et les affaires, j'ai réussi à me tenir occupée. Tu trouves cela terrible ?

Ses traits et son regard s'étaient adoucis.

– Non, dis-je. Chacun fait ce qu'il peut pour avancer. Enfin… peut-être que vous vous arrangez pour ne pas penser à elle. Et ça se comprend.

– C'était ma grande sœur. Je l'admirais. Elle était l'héritière, celle qui devait reprendre le domaine. Et puis… elle est tombée malade, et j'ai dû prendre le relai. Notre mère est morte quand nous étions enfants, tu comprends ? Puis un jour, alors que j'avais quinze ans, d'un seul coup, ma sœur s'est… effondrée.

– Ça a dû être horrible.

– Oh oui. Elle… Ça s'est étalé sur plusieurs mois, mais elle n'est plus jamais redevenue elle-même. Personne n'a rien pu faire pour l'aider. C'était atroce.

Regarder quelqu'un sombrer peu à peu sous ses yeux sans pouvoir le sauver… Je me suis demandé furtivement si c'était pire que de perdre quelqu'un brutalement, sans avertissement, comme je l'avais vécu, moi. *Au moins, elle a pu lui dire au revoir.*

– Tu veux que je te confie quelque chose ? reprit Laura à mi-voix. Je ne l'ai jamais dit à personne, mais si je ne parle pas de Lily, c'est peut-être parce que je ne m'entendais pas avec elle.

Elle se tourna vers moi d'un air tendu.

– Je sais que je ne suis pas très facile à vivre, mais Lily… c'était autre chose. C'était une menteuse.

Je retenais ma respiration.

– Pathologique. Et elle me détestait viscéralement. Elle était méchante avec moi. Alors que je n'avais jamais rien fait d'autre que la soutenir !

– Mais vous vous êtes rapprochées quand elle est tombée malade ?

La nécrologie disait que Laura était sa « fidèle compagne ». Mais je ne pouvais pas admettre que je l'avais lue.

– Je n'irais pas jusque-là. Je me suis occupée d'elle tout au long de sa maladie. Je suis restée en permanence à ses côtés. C'était totalement ingrat, et ma sœur ne faisait que me détester toujours davantage.

– C'est terrible. Je suis désolée.

Laura haussa ses maigres épaules avec raideur.

– Oui, la vie peut être terrible, parfois, dit-elle. C'est ainsi.

– Oui…

– Qui sait quel genre de femme Lily serait devenue ? Elle s'était rapprochée de gens peu recommandables. (Laura marqua sa désapprobation d'un claquement de langue.) Qui sait ce qu'elle aurait fait de Copeland Hall si elle avait vécu ?

Je restai sonnée, et vaguement horrifiée. On aurait presque dit qu'elle se *félicitait* de la mort de sa sœur. C'était absurde. Mais cela me fit me demander si ses craintes à propos des mauvaises fréquentations d'Agatha ne venaient pas du précédent créé par sa sœur.

Je me gardai de chercher à en savoir plus. Nous avions presque regagné le manoir, et je savais que le sujet était clos.

*

* *

Je montai à la nurserie pour me débarrasser de la sueur et de la terre, mais aussi de la sensation poisseuse que m'avait laissée cette conversation.

– Aggie…

Je me tus en entrant dans la pièce. Sa chaise de bureau était vide. J'allai inspecter la salle de bains de l'étage, avant de revenir vérifier dans ma chambre et dans ma salle de bains à moi, sans plus de succès. Je ressortis dans le couloir et hésitai.

J'allais redescendre quand la porte de l'ancienne chambre d'Agatha s'ouvrit en face de moi. Elle en sortit avec quelque chose sous le bras.

Elle me tendit l'objet d'un geste brusque et j'entendis quelque chose heurter la paroi à l'intérieur.

C'était une boîte à chaussures, ornée d'une photo qui montrait une paire d'escarpins bleu roi.

– OK… Merci. Mais je n'ai pas vraiment *besoin* de chaussures bleues. Tu ne veux pas qu'on les remette à leur place ?

Mais elle insista, tenant visiblement à ce que je les prenne. Ça avait quelque chose de morbide, le genre de geste qu'aurait quelqu'un avant de mourir. Mais j'avais déjà passé trop de temps ce jour-là à parler et à penser à la mort pour avoir envie de discuter. Alors je posai la boîte sur ma commode. Je n'aurais qu'à la lui rendre plus tard.

Agatha me suivit et s'assit sur mon lit sans y être invitée.

– Ça va, toi ? demandai-je.

Elle ne répondit pas, mais ça avait l'air d'aller.

À cet instant, Laura frappa doucement à ma porte.

– Tu n'aurais pas vu… ? Oh, elle est là.

– Oui. Elle devait avoir envie de compagnie.

– Oh, c'est adorable, dit Laura. Viens, Agatha. Laisse Margot tranquille. Elle est occupée.

Non. Pas du tout. Mais bon.

*

* *

Cette nuit-là, je fus réveillée par des petits bruits étouffés et continus, une sorte de litanie de marmonnements et de plaintes. Je crus d'abord que c'était moi, avant de me rendre compte que ça venait d'à côté.

Je courus à la nurserie.

Agatha se débattait comme une folle dans son lit en lâchant des cris d'animal.

– Agatha !

Je lui touchai l'épaule mais elle se dégagea d'un mouvement brusque. Je réussis à entrevoir son visage.

Elle pleurait et se griffait la figure – deux grandes écorchures marquaient déjà sa joue droite.

– Arrête ! S'il te plait, arrête !

Il fallait que je prévienne Laura, mais je ne voulais pas laisser Agatha seule au milieu d'une crise pareille. Soudain, elle s'agrippa les cheveux et tira si fort que je crus qu'elle s'en était arraché deux grosses poignées.

Je n'arrêtais pas de répéter son nom – « Agatha, Agatha, Agatha… » – et, enfin, ma voix parut se frayer un chemin dans sa tête. Elle se recroquevilla de l'autre côté du lit en me regardant comme si elle avait peur que je lui fasse du mal.

Elle continuait à pleurer, les yeux écarquillés et pleins de terreur, mais elle s'était un peu calmée.

– C'est moi, dis-je doucement. C'est moi, Margot. Je ne vais pas te faire de mal. Je suis là. Je suis là.

Malgré l'horreur de la situation, une petite lueur d'espoir s'était allumée quelque part au fond de moi. Elle semblait avoir atteint un niveau de conscience que je n'avais jamais perçu chez elle jusque-là.

– Tu me reconnais ?

Elle fit oui d'un petit hochement de tête. Puis continua à acquiescer sans s'arrêter.

– OK. Je suis Margot. Je suis là, Aggie. Je vais t'aider. Qu'est-ce qui ne va pas ?

Elle ouvrit la bouche et cracha :

– Kah ! K–gah. Pah.

Je l'observais en retenant mon souffle. Elle avait l'air de craquer complètement.

– *P–pars !* Pars !

Je me figeai.

– Tu veux que je parte ?

C'était cela qu'elle essayait de me dire depuis le début ?

Elle agita le bras vers moi dans un geste presque implorant.

– *Pars !*

– Je pars. J'y vais tout de suite, je vais chercher ta mère.

Aussitôt, elle lâcha un cri à glacer le sang et recommença à se débattre.

– Non, non, non ! hurla-t-elle. Non !

– D'accord ! Je ne bouge pas. Je reste là. Je reste. Qu'est-ce qu'il y a, Agatha ? Qu'est-ce qui se passe ?

Elle parlait. Elle communiquait. Cette crise qui la submergeait semblait opérer comme une fièvre qui retombe, comme le moment où le corps met toute son énergie à repousser la maladie.

Et si Agatha se sentait mieux après ?

– Tout va bien, Aggie, je suis là. Tu veux de l'eau ?

Elle se colla au mur, les yeux rivés sur moi, puis hocha la tête.

Je lui passai le verre posé sur sa table de chevet et elle le vida avant de me le rendre. Son bras tremblait.

Laura aurait dû être là, ne serait-ce que pour constater par elle-même l'état de sa fille. Comment allais-je le lui décrire ? Et si, en fait, c'était une brusque aggravation ? Si elle allait encore plus mal ensuite ?

– Tu n'as rien à craindre, dis-je, les mains levées dans un geste d'apaisement. Tu n'as rien à craindre, tu comprends ?

Mais elle gémit avec un mouvement de recul.

– Agatha, c'est moi. C'est Margot.

Je m'approchai doucement.

– Pars.

Je commençais à être épuisée.

– D'accord. Je m'en vais.

Mais alors que je me retournais, elle cria :

– Margot !

Je sursautai et la dévisageai.

– Margot, répéta-t-elle, un peu comme si elle s'entrainait.

Son regard était plus présent, maintenant, mais toujours aussi affolé.

– Pars. Pars.

– Tu peux parler, dis-je en m'approchant de nouveau. Tu te rends compte ? Tu arrives à parler !

– Je…

Puis elle parut perdre le fil et secoua furieusement la tête.

– Je…

Je m'approchai encore.

– Je ne suis p…

Des pas précipités retentirent dans le couloir et Agatha écarquilla les yeux.

– Tu n'es pas quoi ? chuchotai-je.

Elle remua les lèvres et secoua la tête. Elle ne trouvait pas le mot.

Mais j'avais mon idée.

– Malade ?

Elle inspira brusquement et ses yeux brillèrent.

– Tu n'es pas malade ?

À cette seconde, Laura déboula dans la chambre.

– Qu'est-ce qui se passe, Margot ? Agatha !

À la vue de sa mère, celle-ci se remit à se débattre en poussant des cris effrayants.

– Aide-moi, Margot ! dit Laura. Prends-lui les jambes !

– Mais elle était en train de parler ! Avec de vrais mots !

– Elle va se faire du mal. Ou elle va nous en faire à nous. Attrape-lui les jambes et assieds-toi dessus.

Puis les choses s'enchainèrent si vite que j'obéis sans réfléchir. Laura fit pratiquement une prise à Agatha et je lui bloquai les jambes de tout mon poids. Elle continuait à se débattre, c'était horrible.

Laura retira le bouchon d'une petite seringue qu'elle piqua dans le bras de sa fille. Elle avait de la force et réussit à immobiliser Agatha jusqu'à ce que le produit commence à agir. Enfin, je sentis ses jambes se relâcher sous moi.

Laura se releva avec un grognement peu élégant et Agatha retomba en travers de son oreiller, trop faible pour se retenir.

Je m'avançai pour la redresser dans une position plus confortable, mais Laura m'arrêta d'un geste.

– Qu'est-ce qui s'est passé ?

– Je l'ai entendue – ça m'a réveillée –, et quand je suis arrivée, elle était en pleine crise de panique. Mais elle a essayé de parler…

Laura bougea un peu Agatha dans son lit, arrangea l'oreiller et la couverture et s'agenouilla pour fouiller par terre. Avec un petit reniflement de triomphe, elle ramassa quelque chose qu'elle fourra dans sa poche.

– Qu'est-ce qu'elle a ? demandai-je.

– Elle va bien. Je lui ai donné un calmant. Elle se sentira mieux demain.

– Qu'est-ce que vous avez trouvé par terre ?

– Son médicament. Elle le recrachait, à une époque. Il faut croire qu'elle a recommencé son manège.

Avec l'efficacité d'une infirmière, elle déplaça Agatha, qui luttait pour garder les yeux ouverts, un filet de bave au coin des lèvres.

– Maintenant, retourne te coucher, Margot, s'il te plait, me dit-elle avec un soupir. Je suis vraiment désolée qu'elle t'ait réveillée.

– Pas de problème. Mais j'ai l'impression qu'elle voulait dire un truc. C'était peut-être important.

Soudain, l'air parut s'immobiliser dans la pièce. Laura se tourna vers moi d'un air trop calme et me demanda gentiment :

– Quoi donc, d'après toi ?

– Eh bien… elle a dit mon nom. Je crois.

– Tu crois.

– Elle avait du mal à articuler, mentis-je. Enfin, elle parlait un peu comme les bébés quand ils ne prononcent pas bien et qu'ils…

Laura hocha la tête d'un air impatient.

– C'est vraiment adorable d'espérer ainsi, Margot. Mais l'esprit d'Agatha est trop coupé de la réalité pour qu'elle puisse parler. Même pour dire ton nom. Et on sait à quel point elle t'est attachée.

– Oui. Je… J'ai dû me tromper.

– Allez, au lit, me dit-elle d'un ton léger.

Je regagnai ma chambre, me glissai sous mes couvertures et éteignis la lumière, nullement rassurée.

Puis j'attendis le déclic de la porte de la nurserie pour rejoindre Agatha sur la pointe des pieds.

Elle avait toujours de la bave sur le menton. Je lui essuyai le visage avec la manche de mon pyjama et l'observai. Ses paupières étaient à peine entrouvertes, mais elle ne dormait pas.

– Tu n'es pas malade ? murmurai-je.

Sentant quelque chose sur mon bras, je me rendis compte qu'elle avait replié la main sur mon poignet.

– On se voit demain. Bonne nuit.

Cette fois, elle ferma les yeux.

Alors que j'étais de retour dans mon lit, à cran, ma porte se rouvrit brusquement.

La silhouette de Laura se détachait dans le noir dans l'embrasure.

– Je me suis dit qu'un peu de thé te ferait du bien après toutes ces émotions. Ça t'aidera à te calmer.

Elle posa la tasse sur ma table de chevet.

– Merci.

– Tu veux qu'on bavarde un peu ?

– Non merci. Ça va. Mais c'est gentil.

– Parfait. Je voulais juste être sûre que ça allait.

Puis elle ressortit en fermant la porte.

Je pris ma tasse et bus une gorgée.

Je ne suis pas malade.

Bien sûr, c'était elle qui le disait, mais…

Si elle avait besoin de ce médicament, pourquoi Laura ne le lui avait-elle pas fait reprendre ?

Je réfléchis en sirotant mon thé et commençai à me détendre.

Soudain, je repensai à quelque chose et me levai pour prendre le journal de Lily dans le tiroir de ma commode. Je n'avais pas encore eu le temps de me pencher dessus.

Une fois recouchée, j'allumai la lampe de mon téléphone. Je commençais à avoir du mal à garder les yeux ouverts. J'avais la tête lourde et ça tournait un peu.

J'ouvris le journal à la première page et je lus :

Je m'appelle Lily Copeland.
Je suis enfermée dans une chambre chez moi.
Ils m'obligent à prendre des médicaments.
Mais JE NE SUIS PAS MALADE.

25

Je me réveillai dans le cirage. Mon téléphone était coincé sous mon bras engourdi et je sentis quelque chose de dur sous mon omoplate.

La vue du journal fit remonter en bloc les souvenirs de la nuit ; Agatha avait prononcé mon nom. Elle m'avait dit de partir. Et qu'elle n'était pas malade.

Et Lily non plus n'était pas malade.

Mon cerveau tournait au ralenti dans une sorte de brouillard. Je posai les yeux sur ma tasse et la pris pour la renifler. J'eus un mouvement de recul. L'odeur était agressive, écœurante, et me fit tourner la tête.

Il fallait que je poursuive la lecture du journal. Quelle était la part de vérité dans tout ça ? Se pouvait-il qu'Agatha ne soit pas malade ? J'avais bien vu hier qu'elle était capable de parler, de comprendre et de se montrer cohérente.

Quant à Lily… si elle n'était pas malade, par quoi sa mort avait-elle été provoquée ?

Ou par qui ?

*

* *

On frappa un coup léger à ma porte et j'eus juste le temps de glisser le carnet sous mon oreiller avant que Laura entre.

– Bonjour, la marmotte ! me lança-t-elle gaiment. Il est presque dix heures et demie.

Je me redressai dans mon lit.

– Oh ! C'est dingue !

– Agatha est en bas. Ça te dirait d'aller cueillir quelques fleurs à mettre dans la pièce du petit-déjeuner ?

– Oui, super.

N'importe quoi pourvu que ça me laisse un peu de temps seule.

Une fois habillée, je glissai le journal dans la ceinture de mon pantalon et mon téléphone dans la poche arrière de mon jean et cachai le tout sous un gros gilet. Puis je descendis.

– Tu veux un beignet ? me proposa Laura depuis la pièce du petit-déjeuner.

– Non merci ! Je vais cueillir les fleurs !

Et je sortis, équipée d'un sécateur et du seau réservé à la cueillette – un truc de manoir de campagne, vous ne pouvez pas comprendre. Je m'enfonçai dans le jardin avec précaution, consciente d'être un peu vaseuse. À un moment, je vacillai et manquai de me retrouver dans un buisson, mais je réussis à me redresser.

Quand j'eus composé un assortiment floral respectable, je m'assis sur un banc où l'on ne pouvait pas me voir depuis la maison, je pris le journal et je l'ouvris au hasard.

La page était couverte de l'écriture de Lily, aux grandes boucles un peu enfantines :

La preuve de la vertu est la capacité d'obéir face à la résistance interne. La nécessité d'obéir contre sa propre volonté est la mise à l'épreuve absolue du sens moral. Un enfant est conduit à la droiture par le phare de la constance de ses parents et doit être modelé par des mains fermes en un être à l'humilité et au mérite exemplaires. Livrée aux ténèbres des défaillances parentales, la nature du caractère de l'enfant sera assurément aussi faible que la tige du lis qui a poussé à l'ombre.

J'avais du mal à respirer. C'était mot pour mot le texte qui figurait dans le cahier d'Agatha.

Cela me rappela une chose que Barrett m'avait dite : qu'ils devaient copier des passages du livre de Loretta en guise de punition. Mais pourquoi Lily aurait-elle été punie ? Elle était malade.

Non, elle ne l'était pas.

Je revins à la page précédente. Le dernier passage y était écrit en petit à l'encre violette.

Laura est venue me dire que Missy s'était fait écraser par une voiture.
Elle ment. Elle l'a tuée, je le sais. Elle refuse de me laisser voir le corps. Ils l'ont déjà enterrée dans le jardin. Laura dit que papa ne veut même pas me laisser voir la tombe, mais j'ai insisté. Et elle m'a répondu : « Il n'y a pas de quoi fouetter un chat. » Elle est mauvaise. Elle est ignoble.
D'abord le chat, et je serai la prochaine. Tout ce qu'elle me donne est empoisonné.
Je la hais je la hais je la hais.

Il n'y avait qu'une seule ligne à la page suivante :

JE NE SUIS PAS MALADE.

Je lâchai vivement le journal.

J'étais physiquement glacée par un mélange de peur, de tension et d'épuisement général. Je repensai au collier que j'avais trouvé : Missy. Laura avait-elle tué le chat de sa sœur ?

Laura avait-elle tué sa propre sœur ?

Je fixai la page jusqu'à ce que les lettres et les mots se confondent et perdent leur sens.

JENESUISPASMALADE

Il fallait que je parte d'ici.

Mais comment ? Si je partais tout de suite, aurais-je le temps de sortir de la propriété avant que Laura s'en aperçoive ? Si j'emportais le journal, ce serait peut-être une preuve suffisante. Apparemment, Lily l'avait si bien caché que Laura ne l'avait jamais trouvé. J'étais la seule à savoir ce qu'elle avait fait.

Alors que je remettais le journal dans ma ceinture, la couverture, usée par le temps, se détacha à moitié et la première page se déchira. Une grosse boule d'émotion monta en moi, et je dus faire appel à toute ma volonté pour me calmer, respirer un grand coup et la remettre en place.

Si c'était vrai, Laura était une meurtrière.

– Margot ?

La voix de Laura avait surgi derrière moi, d'un calme aussi glaçant que la surface vitreuse d'un lac.

– Ça n'a pas l'air d'aller. Il y a un problème ?

Je me tournai vers elle avec horreur.

– Si on faisait un petit tour, toutes les deux ?

Je passai ma langue sur mes lèvres sans savoir quoi répondre.

– Je crois que je sais ce qui t'arrive, reprit-elle. Je vais essayer de te l'expliquer. Tu veux bien ?

Je hochai la tête, le cerveau engourdi. Elle me fit signe de la suivre et nous nous mîmes en marche.

– Tu as mal vécu le petit incident de cette nuit, je me trompe ?

Après une hésitation, je hochai la tête de nouveau. Savait-elle que j'avais trouvé le carnet ?

– Crois-moi, je sais ce qui est le mieux pour Agatha. Nous avons une chance merveilleuse que tu te soucies autant d'elle. Et que tu espères si fort sa guérison. Mais je prends soin d'elle depuis presque un an.

Nous étions arrivées devant le portail d'Adam et Ève. Prenant la clé dans sa poche, Laura l'ouvrit et me fit signe d'entrer.

– J'ai pris soin de ma sœur de la même manière. J'étais très jeune alors – j'avais à peine quinze ans lorsqu'elle est tombée malade – et mon père s'est déchargé de toute la responsabilité sur moi. Puis, à sa mort, je crois qu'il m'en a fait porter la faute. Et j'ai culpabilisé, bien sûr.

Ce qui se comprend, si vous l'avez tuée.

– Tu sais que Lily était mon ainée. Et l'héritière, comme le voulait la tradition. Mais alors qu'elle était en première, au lycée, elle s'est mis dans la tête qu'au lieu de reprendre le domaine, elle allait partir en Europe pour « se trouver », quoi que cela puisse vouloir dire. Ah, je ne sais pas ce que c'est que cette nouvelle obsession des jeunes de se trouver. Bien sûr, ce n'est pas un crime, tant qu'on n'a que cela à faire. Mais quand mon père a suggéré qu'elle passe un an à travailler pour gagner de quoi financer ce voyage extravagant, on aurait dit qu'il lui avait demandé de s'arracher un œil.

Laura me faisait ce récit méthodiquement, calmement, pas du tout comme quelqu'un qui a empoisonné sa sœur.

– Cela l'a contrariée au point qu'elle s'en est rendue malade. Sa frustration a semblé réveiller ce qu'il y avait de pire en elle. Quelque chose de… sombre. Elle est devenue méchante. Elle menaçait de me tuer, ou de tuer mon père. Son comportement était de plus en plus imprévisible, au point que j'ai commencé à fermer ma porte à clé la nuit. Jusqu'au jour où elle s'est évanouie en cours et où elle a été emmenée aux urgences. Les médecins ont dit qu'elle avait un problème au cerveau.

– Comme Agatha ?

Je n'avais pas pu m'empêcher de glisser un soupçon de défi dans ma voix.

– Oui, ça y ressemblait beaucoup, me répondit-elle sans paraitre dérangée par mon ton. En fait, je ne te l'ai pas dit, mais la maladie d'Agatha ne vient pas d'une infection bactériologique. C'est héréditaire. Elle a la même chose que Lily.

Laura prit une longue inspiration saccadée.

– Je prie chaque soir pour que de nouveaux traitements arrivent et lui épargnent le sort qu'a connu ma sœur.

Nous suivions le petit chemin qui serpentait entre les tombes.

– Il y a eu des progrès, non ?

– Oui. Mais je ne cesserai jamais d'avoir peur. C'est pour cette raison que l'on ne peut pas laisser Agatha « se réveiller » comme elle l'a fait cette nuit. Je me dis parfois que la vraie tragédie de la maladie de Lily n'est pas qu'elle en soit morte, mais qu'elle l'ait poussée à croire que nous conspirions contre elle. Vois-tu, Tom Albright et elle étaient amoureux. Ils devaient se marier après le lycée. Ce n'était pas une mince affaire, parce qu'épouser un Albright aurait été inconcevable même pour la génération de mes parents. Mais mon père était persuadé que c'était une bonne décision. Tom était d'une loyauté absolue envers la famille. Il aurait accompli tout ce qui était en son pouvoir pour préserver notre patrimoine. Cela n'a pas de sens de s'accrocher à la tradition pour une simple question de principe, Margot.

C'est cela, oui, merci du conseil. Je tâcherais de m'en souvenir la prochaine fois que j'entendrais dire qu'un membre de la famille prévoyait d'entacher le nom des Sutton en épousant un vulgaire chargé d'affaires.

– Lily avait un chat ? demandai-je. J'ai… J'ai trouvé un collier dans le jardin.

– Oh, la chatte, fit Laura d'un ton attristé. C'était une bête retournée à l'état sauvage qui vivait dans une étable près du lycée. Lily l'avait quasiment kidnappée. Elle griffait, elle mordait et bondissait sur tout le monde par surprise, au point que j'avais peur d'entrer dans une pièce. Elle s'agrippait à nos chevilles… (Laura eut un petit rire à ce souvenir.) Ça me faisait l'effet de vivre avec un monstre. Je *détestais* cette chatte.

– Qu'est-elle devenue ?

Elle me glissa un regard à la dérobée, comme si elle hésitait à m'avouer la vérité.

– Lily l'a noyée.

Mes épaules se raidirent.

– C'est arrivé lors d'une de ses crises. J'ai enterré la chatte dans le jardin pendant qu'elle dormait, en me disant qu'on pourrait mettre une petite plaque. Et pour y gagner quoi ? De la terre souillée totalement stérile, pour autant que j'aie vu. Je ne crois pas vraiment à ces choses mais… ainsi que je te le disais, rien ne pousse près du portail.

– Pauvre chatte, murmurai-je.

– Oui, pauvre chatte, acquiesça Laura avec un soupir. Et pauvre Lily. Elle était persuadée que c'était moi qui l'avais tuée.

Nous étions arrivées devant la tombe de Lily. La terre était nue. Plus de tapis de fleurs éclatant de couleurs. Il y avait juste une petite pousse qui pointait hors de terre au pied de la pierre tombale, mais Laura se pencha pour l'arracher.

– Ah, ces mauvaises herbes ! dit-elle avec dégout. Je suis désolée si je t'ai paru dure la nuit dernière. Ce n'était pas facile pour moi de vivre cela avec toi. S'il fallait croire le point de vue de ma sœur, j'étais un monstre. Et c'est peut-être aussi ce que pense Agatha. Mais je ne crois pas être un monstre. Et toi, qu'en penses-tu ?

– Moi non plus.

Ou peut-être que si.

Ma réponse sembla la satisfaire.

– C'est bien, fit-elle en me tapotant le dos. Bon, allons déjeuner.

Nous continuâmes sur le petit chemin, plus loin que je n'étais jamais allée, et nous arrivâmes devant un gros étang, qui semblait froid et noir sous l'ombre du feuillage.

Oui, mais non, sans façon. Je n'étais pas une grande fan des eaux sombres.

– Cet endroit n'est-il pas charmant ? me demanda Laura. Il y avait toujours des canards ici quand j'étais petite.

– Oh, c'est mignon.

– Ils étaient dégoutants.

Puis nous rebroussâmes chemin. Alors que Laura refermait le portail à l'entrée du jardin, je sentis quelque chose d'étrange dans ma poche arrière – quelque chose d'incroyablement familier, mais que j'avais presque fini par oublier.

– Oh, j'ai laissé le sécateur dans la cabane de jardin mais je ne l'ai pas nettoyé, dis-je alors.

Aux yeux de Laura, laisser trainer un outil sale était aussi grave que de voler une miche de pain sur un rebord de fenêtre. Une faute morale.

– Il vaut mieux que j'y retourne.

– Tu as raison. On se retrouve dans la salle à manger.

Je m'éloignai en sentant son regard peser sur moi à chacun de mes pas.

Dans la cabane, je nettoyai le sécateur et le suspendis à son petit crochet, au cas où Laura m'aurait suivie. Puis je me cachai derrière l'appentis et sortis mon portable de ma poche.

J'étouffai un cri de surprise. J'avais reçu de nouveaux messages. En les consultant, je tombai sur une majorité de spams et sur quelques factures médicales, mais je m'en fichais…

L'important, c'était qu'il y avait du réseau au fond du cimetière.

Je fus envahie par un sentiment de pouvoir. C'était du lourd. C'était *énorme*.

Je pouvais appeler un taxi. Appeler n'importe qui. Appeler Barrett.

Et Laura ne le savait pas.

*

* *

Alors que je finissais d'arranger les fleurs dans un vase, Laura arriva de la cuisine avec deux assiettes de salade d'épinards garnie de poulet grillé qu'elle posa sur la table.

Je jetai un coup d'œil dans le couloir.

– Je vais chercher Agatha ?

– Non, ma belle. Pas aujourd'hui, me dit-elle en me faisant signe de m'assoir. Elle fait une petite sieste.

Une sieste ? À l'heure du déjeuner ?

– Il ne faut pas t'inquiéter, reprit-elle avec un doux sourire. Elle va bien. Je suis en communication avec le Dr Reed et nous faisons le nécessaire pour éviter une répétition de l'incident de cette nuit.

– Il a dit qu'elle avait besoin de dormir toute la journée ?

Laura posa sa fourchette en heurtant bruyamment son assiette.

– Excuse-moi, mais le sujet est clos.

– Oui, pardon.

Le repas se déroula dans une ambiance un peu pesante. Je ne crois pas qu'elle était en colère, mais elle avait arrêté de me parler.

Vilaine orpheline, Margot. Très vilaine.

*

*   *

Après le repas, Laura me demanda d'éviter la nurserie pour ne pas déranger Agatha.

Celle-ci ne descendit pas non plus diner. Laura prétendit qu'elle s'était réveillée dans l'après-midi et qu'elle avait compensé le déjeuner manqué par un solide repas, mais je n'étais pas certaine de la croire.

Après avoir fait la vaisselle du diner, je montai me préparer pour la nuit. Quand j'entrai dans la nurserie, Agatha dormait et Laura se tenait debout à son chevet. Elle se tourna vers moi, un doigt sur la bouche.

– Chut. Elle est épuisée, la pauvre.

– Comment c'est possible ? dis-je à mi-voix. Elle ne fait que dormir.

– J'ai parlé au Dr Reed et nous avons un peu modifié son traitement. Je pense que ça devrait mieux se passer à partir de maintenant.

– Un nouveau traitement ? Le docteur pense que son état s'est aggravé ?

– Non, non. Tout va bien.

*
* *

Peu après, Laura m'apporta mon thé.

– Attention, c'est très chaud. La nouvelle bouilloire électrique ne marche plus. Je devrais reprendre la vieille de ma grand-mère.

Je bus une gorgée, qui, en effet, me brula les papilles.

– Je vais le laisser refroidir un peu, dis-je en posant la tasse.

– Ce n'est pas une mauvaise idée, commenta Laura d'un ton légèrement ironique.

Je percevais un changement dans son attitude à mon égard. Peut-être parce que Barrett et John étaient absents et que j'étais son seul contact humain – sans compter Agatha, bien sûr. Ou alors, parce qu'on avait parlé de Lily, et qu'elle se sentait plus proche de moi après avoir partagé son chagrin avec moi.

En tout cas, ça ne me plaisait pas.

Avec la Laura froide et calculatrice, on savait toujours à quoi s'en tenir.

Avec la nouvelle Laura, je multipliais les petits faux pas et ça l'irritait.

Je n'arrivais pas à penser à autre chose qu'à notre conversation au sujet de sa sœur. Si ce qu'elle m'avait dit était vrai – ce qui était possible –, le journal de Lily n'était qu'une preuve de plus de sa confusion mentale. Il était plausible qu'une paranoïaque n'ayant rien à faire de ses journées puisse remplir des pages et des pages de propos délirants.

D'un autre côté, une personne normale enfermée et droguée pouvait aussi bien produire la même litanie monomaniaque.

Alors, que penser ? Je connaissais la version de Laura. Je connaissais celle de Lily.

Ce qui m'ennuyait le plus, c'était la version d'Agatha.

Je ne suis pas malade.

Je la croyais.

Ce qui impliquait que, lorsqu'elle me conseillait de partir, j'avais intérêt à la croire aussi. Je devais fuir cet endroit, même si cela revenait à aller vivre dans un centre spécialisé.

La seule chose qui me retenait était Agatha. Même avant ce nouveau régime de médication lourde, j'avais détesté l'idée de l'abandonner seule ici. À notre manière, nous étions amies. Elle comptait pour moi. Je voulais la protéger. Et je ne pourrais pas le faire si je partais.

Bon, du calme. Je n'avais qu'à dire ce que je savais à Barrett. Lui, il pourrait s'occuper de sa sœur, non ?

Mais le ferait-il si cela exigeait de dénoncer sa mère à la police ?

Ça paraissait insensé. Laura ne ferait jamais de mal à Agatha. Ridicule. Toutes ses actions avaient pour but de protéger et de soigner sa fille. Elle prenait soin d'elle jour après jour depuis presque un an.

Sauf si Laura elle-même *était* ce contre quoi Agatha avait besoin d'être protégée.

Je m'endormis en ruminant amèrement.

*

* *

Tirée du sommeil par un bruit bizarre, je bondis hors de mon lit, tous les sens en alerte. Depuis l'épisode de la nuit précédente je me tenais prête à communiquer avec Agatha dès qu'une nouvelle occasion se présenterait. Je fonçai à la nurserie.

Agatha était réveillée, mais cette fois, c'était différent. Elle convulsait. Ses jambes étaient parcourues de violentes secousses, ses bras tressautaient.

Je me précipitai vers elle.

Elle me fixa, les yeux brillants, en émettant une sorte de bourdonnement étouffé. Elle suffoquait.

Je la saisis par les épaules et la tournai sur le côté. Aussitôt, les bruits se firent plus intenses, plus désespérés.

Alors, calée derrière elle, je glissai les bras sous ses aisselles, la tirai hors du lit et me pliai pour la faire pencher en avant.

Elle vomit une grande gerbe de liquide d'un brun grisâtre.

Enfin, elle prit une longue inspiration, accompagnée d'un gargouillement. L'effort parut douloureux, mais elle avait récupéré assez de souffle pour prendre une nouvelle goulée d'air, et encore une autre, jusqu'à respirer normalement, même si son souffle était un peu rauque.

Je me laissai aller sur le lit, Agatha toujours serrée contre moi, et l'allongeai sur le matelas. Elle était amorphe, mais elle respirait.

Soudain, après un long soupir haché, elle lâcha une espèce de murmure indistinct.

– Quoi ? Qu'est-ce que tu as dit ?

Elle lutta pour garder les paupières ouvertes. Mais au bout de quelques secondes, ses yeux se troublèrent, puis se révulsèrent, et elle perdit connaissance.

Je contemplai le désastre. Répugnant. Et ce n'était pas à moi de nettoyer ça, mais je n'avais pas envie que Laura s'en mêle.

Était-ce de la peur ? Peut-être.

Après avoir passé une demi-heure à récurer le plancher, j'essuyai doucement le visage d'Agatha, je la bordai et, enfin, j'éteignis.

J'étais au-delà de l'épuisement lorsque je jetai les serviettes sales dans le panier à linge de la salle de bains. Je trouverais une explication plausible plus tard. Je me passai le visage à l'eau en me demandant si j'allais réussir à regagner mon lit avant de m'écrouler. Mais une fois sous les draps, je n'arrivai plus à chasser de ma tête l'image d'Agatha en train d'étouffer.

En désespoir de cause, je pris mon oreiller et Lapin bleu, je retournai dans la nurserie et je me glissai dans le lit jumeau de celui d'Agatha. Si je repoussais un peu l'oreiller, je pouvais voir sa poitrine se soulever et s'abaisser au rythme de sa respiration. Quand je fermai enfin les yeux, je l'entendis ronfler doucement.

Pars.

Oui. Il était temps de partir.

26

Le lendemain matin, je me sentis curieusement à côté de la plaque. Que ce soit à cause de ma propre peur ou de l'attitude soupçonneuse de Laura, il y avait un malaise entre nous.

Je fus réveillée par le petit reniflement surpris qu'elle lâcha à son arrivée dans la nurserie en me découvrant endormie à côté d'Agatha.

– Bonjour, Margot… ?

C'était une question.

– Oh, bonjour.

La bouche pâteuse, je m'assis dans mon lit en me frottant les yeux.

– Agatha a eu une nuit un peu agitée, expliquai-je. Alors j'ai préféré rester dans les parages.

Et merde. Je n'avais pas prévu de lui dire la vérité. Laura haussa les sourcils.

– Agitée dans quel sens ?

– Euh… je me demande si les nouveaux médicaments ne seraient pas…

J'ai cru que j'allais fondre sous l'intensité de son regard.

– … peut-être un peu forts ?

Elle manifesta un intérêt poli pour mon analyse, le genre d'intérêt qu'un chat montrerait à une souris.

– Qu'est-ce qui te fait penser cela ?

Le plus simple aurait été de mentionner les vomissements. Mais quelque chose me chiffonnait et me retenait d'en parler.

– Bah, j'ai l'impression que… ça lui fait faire des cauchemars.

– Ah. Tu m'as cherchée cette nuit ?

– Non, désolée. J'aurais dû ?

– Pas forcément, non, me répondit-elle avec un sourire bienveillant. Tu sembles t'être très bien débrouillée. Tu as fait ce que tu pensais être le mieux.

Puis elle regarda Agatha, qui dormait toujours, et posa la main sur son bras.

– Et si tu allais te préparer pour la journée ? me suggéra-t-elle. Je prends le relai.

Alors j'allai m'habiller et me préparer un bol de flocons d'avoine, en m'attendant à ce qu'elles me rejoignent. Après le petit-déjeuner, je m'installai dans la bibliothèque où je me plongeai dans un livre sur la mode féminine de la Renaissance à la Seconde Guerre mondiale, date de parution du livre en question. Je le feuilletai tranquillement et, lorsque je levai les yeux sur l'horloge, je fus ébahie de découvrir que j'étais là depuis deux heures. Que faisaient Laura et Agatha ? Au moment où je remontais à l'étage, Laura sortait de la nurserie. Elle eut beau afficher un air tranquille, elle était visiblement tendue.

– Si nous laissions Agatha se reposer un peu ? me suggéra-t-elle d'un ton un peu cassant. Je crois qu'il vaudrait mieux ne pas la déranger.

– Vous avez besoin d'aide ?

Sa manière d'esquiver mon regard annulait l'effet de son sourire avenant.

– Non merci. En fait... je ne savais pas trop comment aborder cela avec toi, mais ces derniers temps, j'ai le sentiment qu'on t'en demande trop. Tu travailles dur toute la journée, et ensuite, lorsqu'il y a des nuits comme celle-ci, tu dois encore te relever à cause des cauchemars d'Agatha.

– Ça ne me gêne pas, dis-je, avec des picotements dans la nuque. Franchement, ça va. J'aime bien être avec elle.

– Je sais. Mais je ne veux pas que tu te sentes obligée de veiller sur elle vingt-quatre heures sur vingt-quatre.

– Mais je suis sa camarade. C'est mon rôle, non ?

– Je ne suis pas sûre que ce soit l'idéal... ni pour toi ni pour elle, dans l'immédiat. Mon arrière-grand-mère avait un point de vue très intéressant sur l'amitié entre jeunes filles. Elle estimait qu'une jeune femme convenable devait se concentrer sur sa maison en général, plutôt que sur une personne en particulier.

– Je ne suis pas *concentrée* sur Agatha. Enfin… j'essaie juste d'être là pour elle.

– Oui, répliqua-t-elle d'un ton désinvolte. On peut dire que tu l'es.

– Je file me brosser les dents.

– Excuse-moi, n'ai-je pas été assez claire ? Je préférerais que le repos d'Agatha ne soit pas perturbé.

Je mis quelques secondes à comprendre qu'elle m'interdisait d'entrer dans ma propre chambre.

– Si tu allais faire un tour dans le jardin ? T'aérer un peu ? Ensuite, on prendra un bon déjeuner ensemble avant que M. Albright apporte les papiers de la semaine.

– D'accord. Vous voulez que je fasse la cuisine ?

– Non, non, répondit-elle en se dirigeant vers l'escalier. Profite de ton temps libre tant que tu en as.

Je hochai la tête et me rendis au jardin, où je traînai tristement en pleine chaleur une bonne demi-heure. J'avais mon portable, mais pas la clé du portail. Donc, pas de moyen d'avoir du réseau.

De retour dans la maison, j'allai passer la tête dans le bureau de Laura.

– Oui ? fit-elle en relevant les yeux.

– C'est bon si je vais me doucher ?

Elle ôta ses lunettes à monture rose perle dans un geste nonchalant qui me donnait le feu vert.

Je filai à la nurserie, où je pensais trouver Agatha endormie.

Mais elle n'y était pas.

Son lit était vide, les draps avaient disparu.

Où était-elle passée ?

Prise de panique, je regagnai le couloir pour me lancer à sa recherche, et mon regard tomba sur la porte de son ancienne chambre. Elle était fermée, comme toujours, mais quelque chose avait changé : un verrou. Quelqu'un y avait ajouté une serrure, du type qui nécessite une clé, et la clé n'y était pas.

Exactement comme sur la porte de Lily.

– Il ne faut pas t'inquiéter, me dit soudain Laura qui avait surgi telle une ombre. Ce n'est pas pour nous empêcher d'entrer, mais pour empêcher Agatha de sortir.

Elle tira une petite clé de sa poche et la glissa dans la serrure.

– Tu ne voulais pas prendre une douche ? Je ne voudrais pas te retarder.

Puis elle ouvrit la porte juste assez pour se faufiler dans la chambre. Je tendis le cou pour voir à l'intérieur, et deux images s'inscrivirent au fer rouge dans ma tête : celle d'une chambre nettoyée et rangée, et celle d'Agatha couchée inconsciente dans son lit, toute petite et totalement sans défense.

*

* *

Après ma douche, je redescendis mettre la table et Laura apporta deux bols de soupe. Ça sentait bon. Je n'avais pas très faim, mais son regard pesait sur moi et je n'étais pas d'attaque pour une discussion sur mon manque d'appétit, ni sur aucun des autres trucs qui n'allaient pas, d'ailleurs. Alors j'avalai cuillerée après cuillerée, avec un air que je m'efforçais de rendre assez enthousiaste pour que Laura me laisse tranquille.

De toute façon, si les choses se déroulaient comme prévu, je n'aurais bientôt plus à me préoccuper de son humeur.

– J'espère que tu ne t'inquiètes pas trop pour Agatha, me dit-elle au bout d'un moment.

J'étais tellement perdue dans mes pensées que je mis quelques secondes à prendre conscience qu'elle m'avait parlé.

– Oh. Si, quand même. Un peu.

Elle eut un drôle de sourire désolé.

– Je me permets de te rappeler que je suis sa mère. Je me rends bien compte que tu t'es identifiée à ton rôle de camarade d'Agatha, mais…

Elle s'interrompit brusquement. Mon expression choquée lui avait peut-être fait réaliser l'énormité de son discours.

– Justement, répondis-je, c'est un sujet dont je voulais vous parler.

Elle attendit, sa cuillère à mi-course entre son bol et sa bouche.

– Je veux m'en aller.

– Vas-y. Si tu n'as pas faim…

– Je parle de partir d'ici. Aller vivre ailleurs. Ce qui ne laisse sans doute que le centre spécialisé, mais…

Elle me dévisagea un moment.

– Tu me vois très étonnée, Margot. Je croyais que tu te plaisais ici.

– C'est le cas, mais… je crois qu'il vaut mieux que je parte.

– Tu veux dire pour *toi* ? Car ça n'est certainement pas le cas pour nous. Tu nc trouves pas cela un peu égoïste, si l'on pense à la façon dont cela peut *nous* affecter ?

Bien sûr, parce que tout tournait autour de la famille Sutton.

– Je suis désolée, mais c'est ce que je ressens.

En plus, ne venait-elle pas de dire que je m'étais trop attachée à Agatha ? Si Laura sous-entendait qu'elle-même, elle avait besoin de moi, j'avais du mal à la croire.

Apparemment, ça m'arrivait de plus en plus souvent ces derniers temps.

Elle soupira.

– Bon… Et comment vois-tu cela ?

– En fait, je me demandais s'il ne faudrait pas que je parte aujourd'hui, lâchai-je d'une voix un peu tremblante. Avec M. Albright.

Elle en resta muette, ce qui se comprenait. Elle porta la main à sa poitrine et papillonna des paupières.

– Je ne pense pas que ce soit une bonne idée. C'est un peu trop rapide pour organiser les choses.

– Ça ira. Il n'a qu'à me déposer à un centre. Je suis mineure, je pense qu'ils m'accueilleraient au moins un temps.

Elle m'observa attentivement et j'anticipai de nouvelles objections, voire des accusations d'égoïsme plus virulentes.

Mais elle se contenta de hausser les épaules.

– Bien. Si c'est ce que tu souhaites…

– Merci.

Soudain, elle se pencha en avant.

– Comment te sens-tu, Margot ? Tu es un peu rouge.

– Je vais très bien.

– Hmm, fit-elle, dubitative. Ça n'a pas l'air d'aller si bien que ça.

– Si, si, je vous assure.

Elle me fixa dans les yeux.

– Va te reposer dans ta chambre, Margot. Tu n'es pas toi-même.

Pardon ?

– Je n'ai pas besoin de me reposer. On est au milieu de la journée, et je me sens très bien.

– Non, ça ne va pas. Ce petit caprice en est la preuve.

– Je ne suis *pas* malade.

Je me mordis aussitôt les lèvres mentalement. Oh-ho.

La seule pensée qui suivit fut : PARS.

Pars, pars, pars. Même si ça voulait dire faire quinze kilomètres en sprint sur la nationale et monter en stop dans le premier semi-remorque venu.

Je me levai pour me diriger vers la porte. Il fallait que je sorte.

Mais, d'un coup, j'eus chaud et froid en même temps. L'air de la pièce était devenu suffocant. Le plafond tournait au-dessus de ma tête. Je courus à la porte d'entrée et appuyai sur la poignée, qui refusa de bouger.

Je tournai le verrou, sans effet. Je commençais à paniquer. J'avais besoin d'être seule, de m'isoler.

– Margot, me dit Laura d'une voix chantante.

Elle m'avait suivie dans l'entrée et se tenait à quelques mètres de moi.

– J'en étais sûre, tu ne vas vraiment pas bien. Allez, au lit.

Je secouai la tête. Je n'irais pas me coucher. Il fallait que je sorte. J'avais l'impression que ma tête était prise dans un casque très lourd et très serré.

– Tu ne devrais pas être là, reprit-elle en faisant un pas vers moi.

Alors, je me rappelai la voix qui m'avait répondu le premier jour : Tu as tout à fait raison.

Je savais depuis le début que mon séjour ici n'était pas une bonne idée.

Cet endroit était funeste. Quel était le mot qu'elle avait employé ? *Souillé.*

J'avais l'impression que des mains de fer m'écrasaient impitoyablement les tempes. La douleur était presque intolérable.

Et Laura approchait toujours.

– Laisse-moi t'aider, me dit-elle doucement.

Non. Je fis une nouvelle tentative pour ouvrir la porte. Pourquoi était-elle bloquée ?

– Tu n'es pas raisonnable, Margot, ajouta-t-elle avec une dureté à peine enrobée d'un semblant de patience. Monte avec moi.

Soudain, je sentis une espèce de pression visqueuse se répandre juste derrière mes oreilles, et un horrible bouillonnement acide m'envahit le ventre.

– Laissez-moi, bredouillai-je lamentablement.

Mes genoux fléchirent et ma main moite glissa de la poignée.

– Margot. Retourne-toi.

Ce que je fis.

Puis je vomis partout sur elle.

27

J'étais pliée au-dessus des toilettes de la salle de bains, où j'avais passé la dernière heure à vomir mes tripes. Ma gorge et mes narines me brulaient, et une douleur noire et implacable me martelait les orbites. J'avais l'impression d'avoir une corde nouée à la place de l'estomac et tous les muscles de mon corps étaient fourbus et tremblants.

Alors qu'une nouvelle convulsion me forçait à me plier pour vomir de plus belle, Laura entra.

– Ça va mieux… ? Oh mon Dieu. Visiblement, non.

J'étais trop occupée à mourir pour lui répondre.

Elle me caressa les cheveux et recula lorsque j'eus fini.

Laura était une personne éminemment utile quand on se sentait mal. Après mon épisode de vomissements explosifs dans l'entrée, qui avait endommagé un tapis persan très ancien et très cher ainsi que le chemisier et la jupe de Laura, nous avions conclu une trêve tacite.

Elle m'avait ramenée dans ma chambre, une expédition péniblement longue, impliquant, pour elle, de porter un seau et, pour moi, d'être prise de haut-le-cœur chaque fois que je tournais la tête d'un millimètre. Une fois à destination, elle m'avait aidée à me mettre en pyjama, ce qui voulait dire qu'elle m'avait vue nue, mais je m'en fichais. La fanfare de mon ancien lycée aurait pu me voir à poil que je m'en serais fichue. Il fallait de l'énergie pour se sentir concerné, et la mienne était éjectée de mon organisme par de violents soubresauts.

Laura retroussa mes manches, glissa un bandeau dans mes cheveux pour les empêcher de tomber sur ma bouche répugnante et équipa la salle de bains de tout ce dont on peut avoir besoin pour mourir ou dégobiller à son aise. Une grosse serviette moelleuse sur laquelle m'agenouiller devant les toilettes. Une boîte de mouchoirs en papier. Et – geste qui ressemblait presque à une blague – un verre d'eau. Comme si j'allais un jour vouloir ingérer de nouveau quoi que ce soit.

Elle avait réussi à se nettoyer je ne sais trop quand, elle aussi, et ne portait pas la moindre trace d'avoir déchu ne serait-ce qu'une seconde de sa perfection habituelle.

Elle m'essuya le front et la nuque avec un gant humide, ce qui me fit l'effet d'un rayon de lumière tombant du paradis.

– Aimerais-tu aller te coucher ?

Aimerais-tu t'entrainer pour un marathon ? Aimerais-tu multiplier mentalement deux nombres à huit chiffres ?

Je voulus hausser les épaules, mais le mouvement fit vaciller mon fragile équilibre et provoqua un nouvel accès de nausée.

– Non, croassai-je.

Je sentis qu'elle m'observait un instant, puis elle s'en alla.

J'étais dans un état si pitoyable que j'en oubliais le maelstrom émotionnel qui m'avait saisie en bas. Il arrive un stade où le cerveau lâche et où le corps prend le dessus. Toute tentative de réfléchir me paraissait au-dessus de mes forces.

Cela dit, la tristesse me saisit lorsque je me retrouvai seule dans la salle de bains. On m'avait abandonnée.

Puis la porte se rouvrit. Laura entra avec un oreiller et une pile de couvertures et entreprit d'aménager un lit de fortune sur le carrelage.

– Tiens, me dit-elle doucement. Tu arriveras peut-être à t'installer un peu mieux.

Avec son aide, je me décalai jusqu'au lit improvisé et m'allongeai trrrrès lentement. La douceur de l'oreiller et la fraicheur du tissu me donnèrent envie de pleurer de soulagement.

Laura s'assit par terre à côté de moi et, du bout des doigts, peigna doucement mes cheveux couverts de sueur tandis que j'essayais fiévreusement d'articuler des paroles d'excuse pour ma grossièreté lors du repas.

– Chut, murmura-t-elle. Pauvre Margot. Pauvre Margot qui est malade.

C'était merveilleux.

– Au fait, ajouta-t-elle sur le même ton, je suis désolée, mais en lavant tes vêtements, sans faire attention, j'ai mis ton téléphone dans la machine. Il ne marche plus. Nous t'en achèterons un autre.

À l'annonce de cette nouvelle désastreuse, je me cabrai légèrement, mais rien que ce mouvement me fit me sentir mille fois plus mal et je préférai replonger dans une passivité docile. J'aurais bien le temps de protester plus tard.

*

* *

Je rêvai que ma chambre était remplie de milliers de minuscules créatures qui tombaient du plafond et fourmillaient sur le sol et les murs. Elles rampaient sur mes jambes et mes bras, et grimpaient dans mes cheveux. J'essayais de voir à quoi j'avais affaire, mais elles étaient trop petites et trop rapides. La seule chose que je savais, c'est qu'elles avaient tout envahi, qu'elles voulaient me couper de l'air et de la lumière et m'étouffer dans l'obscurité, et que je ne pouvais rien faire pour les en empêcher.

Je n'avais même pas la force de crier.

Dans mon rêve, en revanche, je criai pendant des heures. Des jours.

Inutilement.

*

* *

Je me réveillai dans mon lit. La douleur avait miraculeusement libéré mon crâne. Je me sentais faible, mais le fait que mes entrailles aient cessé de se déchainer pour s'échapper par ma gorge était aussi exquis que la caresse des ailes d'un ange.

J'avais une sensation d'incroyable légèreté. C'était un monde nouveau, dans lequel plus rien ne pouvait m'atteindre ni me blesser.

C'était la nuit. Je voyais des étoiles derrière les petites fenêtres, et les filaments cotonneux de petits nuages blancs.

Je m'assis dans mon lit. Tout se mit à tourner, et mes muscles étaient tellement mous qu'ils me paraissaient remplis d'air. Ma vision était floue et chaque source de lumière était cernée d'un halo scintillant.

Mais je me sentais vraiment bien. *Génial, je me sens vraiment bien*, me dis-je. *Je me sens suuuper bien.*

Mes pieds touchèrent le sol et je savourai la texture lisse et fraiche du plancher. Je me propulsai en position debout et faillis basculer en avant. Après avoir évalué les efforts nécessaires pour changer de posture, j'entrepris de sortir lentement de la nurserie.

En m'arrêtant aux toilettes pour faire pipi, je trouvai une bouteille de boisson énergétique qui m'attendait sur le bord du lavabo, le bouchon déjà dévissé pour faciliter la tâche de mes doigts affaiblis. Je bus prudemment quelques gorgées et laissai le liquide un peu salé m'humecter la langue. Puis je reposai la bouteille. Ne voulant pas tenter le diable – même si, dans mon nouvel état considérablement amélioré, je ne pouvais même plus m'imaginer vomir –, je regagnai la chambre.

Chaque mouvement semblait suivi d'une espèce de petite traine filamenteuse qui échappait à mon contrôle, telle une queue de comète. Si je bougeais la main, elle continuait sur sa lancée quelques secondes après que j'avais décidé de l'immobiliser. Si je tournais la tête, mes épaules voulaient tourner aussi.

J'inspectai la pièce : le lit vide d'Agatha, la façon dont le clair de lune tombait sur le coffre à jouets et sur les étagères couvertes de peluches, le motif bucolique du papier peint. On aurait presque dit que l'endroit exerçait sur moi une sorte de sortilège et m'avait transportée cent ans plus tôt.

Pourquoi est-ce que je me sentais aussi bizarre ?

Comme si j'étais droguée.

Survenue très logiquement, cette pensée refusa ensuite de s'en aller. Pourquoi Laura m'aurait-elle droguée ?

Pourquoi aurait-elle drogué Lily ? *Pour la rendre malade.* Je secouai la tête. *Mais non. Pour qu'elle guérisse.*

Mais oui. Comme Agatha.

Puis j'essayai de m'imaginer vivant ici cent ans plus tôt, baignant dans le luxe et l'opulence. L'aile du personnel grouillerait de femmes de chambre et de valets prêts à satisfaire le moindre de mes désirs, et mes armoires s'ouvriraient sur un arc-en-ciel de robes du soir et de bijoux précieux.

Je m'approchai de mon placard. *Classe*, pensai-je. *Je suis super classe.*

Mais mes vêtements n'avaient rien de classe. Des pulls. Des jeans. Bouh.

Mes yeux tombèrent sur la boîte à chaussures d'Agatha. Celle qui était ornée d'un polaroïd montrant des escarpins bleus.

Classe.

Je la posai sur mon lit et m'assis à côté en surestimant la hauteur du matelas, ce qui me fit descendre en chute libre les cinq centimètres d'écart.

– Oups, fis-je à mi-voix avant de glousser doucement.

Je m'efforçai de soulever le couvercle de la boîte avec délicatesse.

Et ma bonne humeur retomba.

Pas de chaussures.

Boîte débile. Tout ce qu'elle contenait, c'était… Je m'emparai du petit objet noir et rectangulaire.

Un téléphone ?

Un portable à l'aspect flambant neuf. Le fil du chargeur était enroulé autour et, glissé dessous, il y avait un petit mot rédigé à la main.

Je le dépliai.

Appelle-moi si tu as besoin de quoi que ce soit. J'ai déjà enregistré plusieurs numéros (le mien, celui de B et celui de Sofie). Je suis SUPER INQUIÈTE pour toi. J'essaierai de venir te voir aux vacances de printemps ou cet été. Remets-toi VITE STP ! Tu me manques trop !

Bisous

Kiley

Ça, c'était bizarre. Cette Kiley était-elle l'une des amies censées avoir abandonné Agatha ? Si elle avait bien écrit ce mot, cette histoire de désertion ne tenait plus.

Mais… pourquoi Kiley aurait-elle envoyé un portable à Agatha ? Elle devait déjà avoir le sien. Et pourquoi Agatha me l'aurait-elle donné après l'avoir caché si longtemps ? Ça me rappela la pochette en velours que j'avais récupérée pour elle dans la chambre de Lily. La clé, le drôle de petit flacon…

Je fixai le mur sans le voir. Une réponse se cachait quelque part dans tout ça. Mais mon cerveau n'était pas capable de rester concentré assez longtemps sur un sujet pour résoudre cette énigme. Les images, les pensées et les souvenirs s'emmêlaient.

Je glissai le portable dans la poche arrière de mon pyjama et la boîte à chaussures sous mon lit. À cette seconde, mon état d'esprit détendu et rêveur fit place à la peur. Je n'étais pas censée avoir de téléphone. Laura n'aimerait pas ça. Vraiment pas.

Si elle était d'accord pour que tu aies un téléphone, elle n'aurait pas détruit le tien.

Ah oui... Laura était en colère contre moi. Laura me détestait.

J'avais oublié. Cette pensée acheva de gâcher mon humeur joyeuse.

Je passai dans la nurserie. Je m'y sentais si seule sans Agatha ! Et je m'inquiétais pour elle.

Je parvins dans le couloir, où les motifs du papier peint, illuminés par la lumière de la fenêtre, me firent penser à des squelettes qui tendraient les os de leurs mains hors de la tombe.

Cette maison était horrible. Franchement, qui pouvait vivre ici ?

Je ferais mieux de partir, pensai-je.

Puis, après avoir oscillé dangereusement en haut de l'escalier, je songeai :

Je peux partir. Je pouvais le faire sur-le-champ – sortir, filer en douce au cimetière et appeler quelqu'un sur mon nouveau portable de luxe. Barrett, par exemple. Il m'aiderait. Ou bien Kiley. Elle avait l'air sympa.

Peu importait qui j'appelais, le principal était que je m'en aille.

Cette décision éclaircit brusquement mes pensées. J'avais toujours l'impression de flotter physiquement, mais mon esprit me semblait soudain en état de fonctionner.

La chambre de Laura et de John, dans laquelle je n'étais jamais entrée, se trouvait au bout du couloir du rez-de-chaussée, après leurs bureaux et au moins une autre pièce. On y accédait par une grande porte à deux battants qui n'était jamais ouverte.

Cette nuit-là, elle l'était.

M'approchant doucement, je vis que les battants étaient entrebâillés de presque dix centimètres. J'y collai l'œil et distinguai une lumière bleuâtre sur l'un des murs.

Je frappai.

– Laura ?

Pas de réponse. Elle devait être sortie, errer quelque part dans le jardin.

Je frappai de nouveau. Toujours pas de réponse. Je poussai doucement la porte et j'entrai.

La chambre était aussi imposante qu'on pouvait s'y attendre. Le centre de la pièce était occupé par un énorme lit à baldaquin drapé d'un épais dais bleu argenté. Le long d'un mur, il y avait de grandes armoires en bois alignées les unes à côté des autres, et une autre porte s'ouvrait sur un petit espace sombre, un dressing ou une salle de bains.

Mais ce qui capta le plus mon attention fut l'ordinateur. Il était ouvert sur le bureau et son écran dessinait un rectangle de lumière.

Je m'approchai, les oreilles à l'affut et un œil sur la porte au cas où il me faudrait reculer. J'avais parfaitement conscience que je n'avais rien à faire là, mais si Laura me trouvait près de la porte, je pourrais toujours soutenir que je la cherchais. Si elle me trouvait sur Internet, ce serait plus compliqué.

Si on m'avait posé la question, je me serais jugée désintoxiquée des écrans. Il me semblait que le temps passé à Copeland Hall m'avait sevrée de mon addiction aux images et au contenu qui me fascinaient autant avant. Or, ce n'était apparemment pas le cas. Je me sentais irrésistiblement attirée par l'écran.

Je me penchai sur l'image, curieuse de découvrir quel genre de contenu Laura estimait digne de son intérêt.

Mais je ne découvris qu'une image statique, dans de curieux tons de gris.

Et soudain, ses éléments me parurent familiers : la forme des objets, leur disposition.

Un lit. Un autre lit. Deux portes. Un bureau, deux fenêtres.

C'était la nurserie. Mais… je ne me souvenais pas d'y avoir vu une caméra. Ou j'aurais flippé et passé mes journées hyper mal à l'aise à l'idée d'être filmée.

Remarquant plusieurs icônes en haut de l'écran, je cliquai dessus une à une : le couloir. L'ancienne chambre d'Agatha, vue depuis un drôle d'angle en hauteur, avec Agatha qui dormait dans son lit.

La chambre de Barrett. L'entrée. La bibliothèque.

Et enfin, l'enregistrement en direct, qui venait d'une caméra disposée dans un coin en hauteur dans ma chambre.

Je reculai, horrifiée et incrédule. Combien de fois m'étais-je changée dans cette chambre ? Laura avait-elle vu cela ? Et John ?

Oh, non... Barrett et moi nous étions-nous déjà embrassés dans l'une de ces pièces ?

Mais oui, bien sûr.

Je sentais le danger monter à chaque seconde que je passais devant ces images. Elle ne serait pas contente de me trouver là. Mais il me manquait des réponses.

Sur la barre de recherche, sous le lien des images des différentes caméras de surveillance, se trouvait un dossier intitulé EXTRAITS qui se révéla contenir plusieurs sous-dossiers classés par pièce. Dans CHAMBRE NOUNOU, je tombai sur un long chapelet de fichiers aux noms alambiqués. J'en ouvris un.

L'image nous montrait, Barrett et moi, visiblement sur le point de nous embrasser. Le volume était au minimum, mais nos voix étaient audibles.

Elle pouvait aussi nous *écouter* ?

Je m'exhortai à me calmer. Si je questionnais Laura sur ces enregistrements, elle aurait sûrement une explication rationnelle ? Elle en avait eu une sur la mort du chat, sur la violence du ton de Lily dans son journal, sur le fait qu'Agatha avait besoin d'être sédatée, sur... Perdant le fil de mes pensées, je fixai l'ordinateur – j'avais le vague sentiment de ne plus être la bienvenue.

Je fis défiler en avance rapide quelques autres extraits des images enregistrées dans ma chambre.

Jusqu'à un passage qui me fit étouffer un cri.

C'était moi, en train de me lever en pleine nuit. J'ouvrais le tiroir de ma table de chevet pour y prendre quelque chose. Puis je traçais le mot *PARS* sur le mur en lettres noires…

Mon mascara. Je m'étais servie de mon mascara. Mais je n'en avais aucun souvenir. Impossible ; je n'aurais jamais écrit sur un mur. Et pourtant si. Chacune des occurrences faisait l'objet d'un petit clip vidéo. Laura avait dû faire défiler ces images chaque jour.

Le ventre noué, je fermai le dossier et pris soin de remettre à l'écran les images filmées dans la nurserie comme je les avais trouvées au début. Puis, après m'être assurée que la voie était libre, je regagnai l'entrée sans bruit.

J'étais à bout de forces. J'avais l'impression que mon corps était en papier et que je pouvais être balayée par un courant d'air d'un instant à l'autre. Je rêvais de retrouver mon lit. Mais, une fois, dans la nurserie, je pris le temps d'inspecter les lieux.

Je cadrai la pièce selon l'angle de vue de la caméra, et levai les yeux vers l'étagère fixée au mur.

Elle était couverte de peluches. Je savais qu'il existait des caméras camouflées dans des peluches pour les parents qui voulaient surveiller leurs baby-sitters.

Je longeai le mur jusqu'à l'étagère et tirai le coffre à jouets pour grimper dessus.

Une à une, je renversai les peluches.

… Comme Agatha avait renversé Lapin bleu.

La troisième de la rangée, un chiot à longues oreilles vêtu d'une veste de smoking, tomba avec un petit bruit métallique. Je le maintins sur le ventre et ouvris la bande Velcro de son dos. À l'intérieur, là où un joli conte pour enfants aurait situé son petit cœur, se trouvaient les fils d'un mécanisme de caméra. La lentille était l'un des boutons noirs de la veste de smoking.

Je replaçai le Velcro.

Agatha était-elle au courant ?

Cela expliquerait pourquoi elle détestait mon lapin. Dans sa confusion mentale, elle avait pu l'associer aux peluches qui épiaient chacun de ses gestes en silence. Ceux dont sa mère se servait pour l'observer et la contrôler.

Je descendis du coffre et gagnai ma chambre sans cesser de longer les murs.

Enfin, je m'affalai sur mon lit, avec la sensation que le matelas et l'oreiller m'enrobaient dans une divine enveloppe moelleuse.

Non, non. Je ne devais pas dormir. Je devais partir. *J'allais* partir, tout de suite. J'allais me lever et franchir la porte pour ne plus jamais revenir.

Je rouvris les yeux un bref instant, mais je n'eus pas la force de les empêcher de se refermer.

28

– Margot ? fit la voix de Laura derrière la porte de la salle de bains. Comment te sens-tu aujourd'hui ?

Je me forçai à surmonter une quinte de toux. J'avais tellement toussé et vomi que ma gorge était à vif.

Ça faisait quatre jours que j'étais malade, une espèce de grippe intestinale, apparemment. Même Laura, malgré tous ses talents d'infirmière, semblait un peu dégoutée par ma capacité illimitée à produire du vomi.

– Ça va, dis-je d'une voix mourante.

J'ouvris la porte et elle entra avec une pile de serviettes et de gants de toilette propres.

Elle soupira à ma vue.

– Ah là là, ça a recommencé, on dirait.

Je confirmai d'un hochement de tête, parfaitement disposée à me faire plaindre. Le diable en personne pouvait bien s'apitoyer sur mon sort, j'étais preneuse.

– Tu te sens mieux qu'hier ? Tu veux essayer de prendre un petit-déjeuner ?

– Non. Juste quelque chose à boire, s'il vous plait.

Je survivais grâce à un régime exclusif de boisson énergisante arôme orange, ayant juste renoncé aux deux dernières bouteilles parce que je commençais à avoir la sensation d'être constituée de sucre à cent pour cent. Du coup, je m'en tenais désormais à de l'eau et du pain grillé, découpé en languettes, une par quart d'heure.

– John va rentrer aujourd'hui ?

Laura mit les poings sur les hanches et me répondit d'un ton mi-affectueux, mi-exaspéré :

– C'est touchant de voir combien tu as hâte de le voir revenir. Mais l'affaire qui l'occupe en ce moment exige sa présence à son cabinet. Il ne reviendra pas avant un certain temps. On va rester encore un peu entre filles.

Elle me donnait la même réponse jour après jour. Je n'aurais pas su expliquer pourquoi je me préoccupais à ce point du retour de John, c'était comme ça.

– Si tu te sens mieux, ajouta-t-elle, j'aurais quelque chose à te montrer.

*

* *

Je la suivis jusqu'à la porte de l'aile verte, qu'elle ouvrit avec une clé.

L'inquiétude me pinça le cœur.

Du calme, c'est juste un couloir. Ce n'était pas la première fois que j'y venais. Alors j'entrai derrière elle.

– Je t'ai déjà mentionné que j'avais un hobby...

Elle s'arrêta devant la première porte de droite – la chambre de malade.

– Tu aimes les savons parfumés et les lotions que je t'ai donnés ?

– Oui, beaucoup.

Mon cœur me martelait la poitrine, maintenant. Mon sixième sens m'avertissait d'un danger. Que se passait-il ? Laura prit un petit flacon dans sa poche.

– Essaie celui-là, je le trouve très réussi.

Hein ? Je le reniflai prudemment et l'arôme épicé de la cannelle me frappa les narines.

– J'ai voulu prendre un peu d'avance pour réfléchir à mes parfums d'automne. Ma mère et ma grand-mère aimaient beaucoup la pomme épicée et les airelles, mais ça parait un peu démodé, non ? Les boutiques de bougies ne font plus que cela, aujourd'hui.

Je répondis par un petit hochement d'épaules. Vu que je passais assez peu de temps dans les boutiques de bougies, je manquais de compétences en la matière, et je ne voulais pas vexer Laura par des remarques nulles sur les parfums de saison. *Mais qu'est-ce qui se PASSE ?* me demandai-je une fois de plus.

– Alors j'ai pensé à un mélange cannelle, vanille et... tu ne devineras jamais. Sens ça.

Elle me tendit un autre petit flacon, que je reniflai.

Nos regards se croisèrent. Elle bouillonnait dans l'attente de mon verdict.

– Des clous de girofle, s'exclama-t-elle, doublant la syllabe dans une bouffée de lyrisme.

« Des *quelous* de girofle ! »

– Waouh, fis-je.

– Oui, hein ? Ah, je m'amuse comme une folle. J'avais tellement hâte de faire cela avec Agatha !

– Oui, c'est sympa, dis-je un peu bêtement. Euh… je me demande si je ne devrais pas retourner dans ma chambre.

– Peut-être, oui, répondit-elle, le front plissé. Ma pauvre, tu as besoin de te reposer. Tiens, juste un dernier. Celui-ci est très subtil, n'hésite pas à inspirer à fond.

Et elle me tendit un troisième flacon.

Je pris une bonne inspiration. Le parfum était agressif, désagréable. Pas ce que j'aurais qualifié de subtil.

Laura reprit le flacon, qu'elle glissa dans sa poche.

– Tu savais que j'étais allée à l'université ?

– Je crois… Vous m'avez dit une fois que…

J'avais une drôle de sensation dans la bouche, et les mots m'échappaient, tout à coup.

Laura m'observa sans rien dire.

– Je me sens mal. Je vais vomir.

– Viens, assieds-toi là.

Elle m'aida à aller jusqu'au lit, dont les draps, que je n'avais pas remarqués jusque-là, étaient déjà rabattus.

Elle me fit me coucher et me borda.

– Oui. Je suis allée à l'université, où j'ai fait des études de pharmacie.

– Qu'est-ce qui se passe ?

– Évite de t'agiter, me dit-elle doucement. Reste allongée le temps que ça aille mieux.

J'eus un mouvement de recul. Je ne voulais pas qu'elle me touche. Je ne voulais pas être là. Je me sentais super mal, à peine humaine, de plus en plus faible à chaque seconde.

– Je vais bien, dis-je en essayant de me relever. Laissez-moi partir, je vais bien. Je m'en vais.

Et je le pensais. Je l'aurais fait même s'il avait fallu que je parcoure l'allée centrale de la propriété en rampant. Mais Laura me repoussa sans mal.

– Tu ne vas pas bien du tout, Margot. Je t'ai fait venir dans cette chambre parce que tu es malade. Je peux t'aider, mais il faut que tu sois sage. Pour l'instant, je vais te donner un médicament. Nous en reparlerons demain matin, lorsque tu auras retrouvé tes esprits.

– Non, murmurai-je, les paupières baissées.

– Allez. Regarde-moi.

Elle me prit le menton.

Je rouvris les yeux, sans parvenir à faire le point sur elle. Elle paraissait se rapprocher, s'éloigner, se rapprocher, s'éloigner…

Puis elle m'ouvrit la mâchoire et, avec quelque chose qui ressemblait à une seringue en plastique, projeta un liquide au fond de ma gorge. Je me mis à tousser et faillis recracher, mais elle me maintenait la bouche fermée.

– Avale, m'ordonna-t-elle. Avale et je te laisserai partir.

Ce n'était pas comme si j'avais le choix.

– J'ai une question à te poser, reprit-elle. Quand tu arriveras dans le centre spécialisé, que comptes-tu leur dire à propos de nous ? Que je donne trop de médicaments à Agatha ?

Je la fixai, impuissante.

– Tu viens chez moi, ajouta-t-elle avec un regard dur. Tu mens, tu voles, tu fouines. Tu montes ma fille contre moi. Tu détournes mon fils de ses devoirs familiaux et tu le pousses à poser les mains sur ton corps abject. (Ses yeux jetaient des étincelles.) Tu échafaudes des théories sur d'horribles crimes que j'aurais commis. Tu furètes dans la maison et tu mets ton nez dans les affaires personnelles de ma famille. Dans notre histoire. Dans nos secrets.

Je continuais à la regarder, de plus en plus horrifiée.

– Et puis un beau jour, après avoir chamboulé la paix et le bonheur de notre famille, tu décides que tu vas repartir tranquillement ? Non. Non. Ce n'est pas ainsi que ça se passe, Margot.

– Je suis désolée, murmurai-je.

– Oui, dit-elle en reculant. C'est bien. Tu as de quoi l'être. Nous en reparlerons demain.

– S'il vous plait…

– Quoi que tu puisses me demander ce soir, tu n'obtiendras rien. Tu as dépassé les bornes. Et tu m'as profondément blessée. Maintenant, allonge-toi et détends-toi.

Je secouai la tête.

– Tu ne me fais pas confiance ? Tu crois que je ne suis qu'une femme au foyer qui fait n'importe quoi ? C'est cela que tu leur diras ? Que je donne trop de médicaments à mes enfants ?

– Non. Je vous promets que non.

Elle m'observa un instant.

– Oh si, tu le ferais. Parce que tu n'es qu'une enfant, et que tu ne te rends pas compte de l'importance de tout cela. Ce sont des familles comme la mienne qui ont bâti ce pays, et s'il existe des gens capables de le faire aller de l'avant dans l'honneur et la dignité, c'est bien nous.

L'honneur ?

– Qu'est-ce que vous allez me faire ?

J'étais trop épuisée pour émettre mieux qu'un murmure. Vidée.

– Je ferai avec toi exactement ce que j'ai fait avec ma propre famille, répliqua-t-elle vivement. Prendre parfaitement soin de toi et m'assurer que tu prennes le traitement dont tu as besoin pour être gentille.

Là-dessus, elle sortit, et j'entendis le déclic du verrou.

Après son départ, ma tête roula sur le côté et je me contentai de regarder ce que j'avais sous les yeux. J'étais bien trop fatiguée pour me lever et tenter de m'enfuir. Soudain je me rendis compte qu'il y avait des barreaux aux fenêtres et que la porte était renforcée par des panneaux métalliques.

Pas de nourriture. Pas d'eau.

Elle avait tout prévu. J'étais malade depuis des jours – sans doute par sa faute, maintenant que j'y pensais – et je n'avais plus la force de me défendre.

*
* *

Recroquevillée dans le lit, je regardai dehors par la fenêtre à barreaux. J'avais encore des vertiges et des sortes d'étourdissements, deux problèmes qui s'aggravaient dès que j'essayais de réfléchir sérieusement à la situation. Je m'étais réveillée d'un sommeil de plomb, avec la sensation désagréable de remonter d'un puits noir. Je ne tenais pas à avoir des cauchemars, mais je me sentais mieux quand j'avais gardé un minimum de conscience, même en dormant.

Sinon, ça ressemblait trop à la mort.

Peu à peu, je me calmai et mes paupières s'alourdirent. Même après l'équivalent d'une vraie nuit, le sommeil fut le bienvenu. J'étais épuisée et à bout de nerfs.

Mais c'était compter sans les cauchemars.

Ils ne tardèrent pas à se rappeler à mon bon souvenir – la sensation de glisser dans l'oubli puis, tout à coup, de sentir quelque chose qui m'attendait, là, juste derrière le point de bascule dans le sommeil. Cette fois-là, le quelque chose était sombre, mouillé, horrible et sentait la mort, la boue et le caoutchouc brulé.

Dès que j'eus pris conscience de sa présence, je tentai de faire machine arrière, de remonter hors du sommeil comme on escalade une paroi à la force des doigts. Mais il était trop tard. Le quelque chose avait perçu ma présence et projetait déjà ses vrilles noires parcheminées autour de mes chevilles pour m'immobiliser. Je le sentais qui se rapprochait, grande masse sombre et pesante aux contours flous, sans traits distinctifs.

La chose me renversa et resta là, à planer au-dessus de moi, savourant ma peur, goutant mes larmes.

Je m'attendais à ce qu'elle ait des dents, ou des griffes, ou une peau couverte d'écailles. Or c'était pire que cela ; elle avait une peau grise parsemée de trous noirs béants. Et au lieu de m'attaquer, elle descendit lentement, jusqu'à ce que je sente sa chair froide et humide s'étaler partout sur moi. Jusqu'à ce que son visage me couvre le nez et la bouche.

Dans le rêve, je voulus crier. Mais dès que j'ouvris la bouche, des centaines de minuscules vrilles noires m'envahirent la gorge et étouffèrent ma voix.

Le vrai moi n'eut pas ce problème. Je fus réveillée par mes propres hurlements et me trouvai incapable de m'arrêter. La bête était tapie là quelque part dans cette pièce noire, stérile et étrangère.

Alors je continuai à hurler, jusqu'à me rendre compte que personne ne pouvait m'entendre.

28

[illegible]

29

À mon réveil, mes yeux se fixèrent sur la fenêtre à barreaux et, derrière, sur les collines ondulantes. L'espace d'un instant, je me dis : *Quelle jolie vue.*

Puis mon esprit brumeux se rappela ce qui se passait, et je bondis de mon lit.

J'étais enfermée. Cela, je ne l'avais pas rêvé. Et cette prise de conscience fut aussitôt suivie par un sentiment d'impuissance et de désespoir. Dans l'hypothèse où Laura voudrait me voir morte… il lui suffisait de ne pas revenir et l'affaire serait réglée. Bon, j'avais un petit verre d'eau. Mais même avec de l'eau, on finit par mourir.

Après avoir tourné en rond un moment, je décidai que je ferais mieux d'économiser mon énergie, au cas où l'occasion se présenterait de me battre.

Il restait quand même un point positif : si j'étais épuisée et que ma gorge était terriblement à vif, pour le reste, je me sentais presque dans mon état normal.

J'avais faim, j'avais soif, mais je ne ressentais plus les nausées ni les vertiges qui m'avaient harcelée ces quatre derniers jours.

Cela semblait indiquer assez clairement que Laura m'avait droguée. Et le brusque retour de mes cauchemars me fit comprendre qu'elle avait commencé à le faire dès le début avec mon thé du soir. Maintenant que je savais avec certitude ce que ça faisait de se réveiller bourrée de produits chimiques, j'identifiais les sensations : un mélange de vertige vaseux et de brouillard mental.

Mais son système était voué à échouer, au final. Elle avait tout fait pour que je me comporte selon ses critères, et voilà où on en était ! Je m'étais torturée en me disant que j'aurais pu être heureuse à Copeland Hall si je m'étais contentée de me mêler de mes affaires et d'être la gentille orpheline. Mais il n'y avait pas moyen d'être la bonne orpheline aux yeux de Laura. Ses attentes étaient si impossibles à satisfaire que même sa propre fille n'avait pas pu s'y conformer. Ni sa propre sœur.

Les heures passèrent, et je fis de mon mieux pour tromper la faim et un morne ennui, qui laissait le champ libre à mon esprit pour faire défiler en boucle les pires scénarios. Je tenais le choc, me répétais-je. Ça pourrait être pire. Ça pourrait être pire.

À un moment, j'eus la surprise de découvrir dans ma poche le smartphone de Kiley, et même sans réseau, cela me permit d'espérer que je finirais peut-être par en trouver. Mais je m'aperçus en l'allumant qu'il n'était chargé qu'à cinquante pour cent et je me dépêchai de l'éteindre, avant de le cacher dans le tiroir du bureau.

Aucun signe de Laura jusqu'au moment où le soleil amorça sa descente vers les collines. Alors, elle frappa un petit coup à la porte, entra et s'arrêta.

– Sache que toutes les issues de la maison sont fermées à clé. Tu pourrais trouver un moyen de sortir… ou pas. Mais si tu me faisais du mal d'une manière ou d'une autre, tu mettrais en danger Agatha, qui est actuellement enfermée derrière une porte que je suis la seule à pouvoir ouvrir. Est-ce clair ?

Je hochai la tête.

Elle soupira.

– Je suis tellement blessée que j'ai à peine fermé l'œil de la nuit. Et c'est de ta faute, Margot. Pendant que je réfléchissais à des projets pour notre famille en t'y faisant une place d'honneur, toi, tu ne songeais qu'à nous nuire.

J'ouvris la bouche pour protester, mais elle me fit taire d'un geste de la main.

– Je pense qu'il est grand temps que tu améliores ton éducation. Je t'ai apporté un livre qui compte beaucoup dans notre famille. L'une des premières leçons qu'il dispense est que l'on devrait toujours *voir* les enfants, mais pas les *entendre*.

Elle me tendit un petit livre bleu à la couverture toilée, signé par Loretta Seaver Copeland, et intitulé :

Fondements philosophiques de la moralité de l'individu :
les droits et les devoirs des classes privilégiées

– Je te le recommande. Mais peut-être l'as-tu déjà lu, puisque je l'ai trouvé caché dans le tiroir de ta table de chevet. Je suis sûre que tu y apprendras beaucoup et qu'il te sera bénéfique.

Génial. Le livre qui expliquait que toutes les jeunes filles étaient par nature le mal incarné. Pas étonnant que Laura considère cela comme une saine lecture. Je réalisai brusquement que, si elle avait fouillé ma chambre, elle avait aussi découvert mes autres secrets : la clé, le billet de cinq dollars plié en origami, le journal intime de Lily.

Très mauvaise nouvelle.

Elle se retourna pour partir.

– Laura...

– Je pense qu'il vaudrait mieux que tu t'en tiennes à « madame Sutton ». La familiarité ne me convient pas lorsqu'elle vient d'une personne étrangère à mon cercle familial.

Elle se retourna de nouveau.

– *Madame Sutton*, répétai-je, avec l'impression d'avoir des éclats de verre dans la bouche. Serait-il possible d'avoir quelque chose à manger, s'il vous plait ?

Elle me soupesa du regard, mais je vis dans ses yeux une lueur d'approbation, sans doute suscitée par ma réponse polie.

– Page 214, me dit-elle. Deuxième paragraphe. À copier douze fois. Je reviendrai tout à l'heure, et si tu as fini, je t'apporterai de quoi manger. Dans le cas contraire, nous verrons demain.

Demain ?

Puis elle me tendit un petit cahier et un crayon d'enfant en plastique, épais et arrondi.

Je n'eus même pas besoin d'ouvrir le livre pour savoir ce que j'allais lire :

> La preuve de la vertu est la capacité d'obéir face à la résistance interne. La nécessité d'obéir contre sa propre volonté est la mise à l'épreuve absolue du sens moral. Un enfant est conduit à la droiture par le phare de la constance de ses parents et doit être modelé par des mains fermes en un être à l'humilité et au mérite exemplaires. Livrée aux ténèbres des défaillances parentales, la nature du caractère de l'enfant sera assurément aussi faible que la tige du lis qui a poussé à l'ombre.

Je retranscrivis le passage de mon mieux, mais c'était fatigant et je ne tardai pas à avoir des crampes. Je vins quand même à bout des douze copies à temps.

Laura arriva avec un plateau chargé de deux bouteilles de jus de fruits en plastique et d'une assiette à l'odeur divine.

Elle le posa au pied de mon lit, tendit la main vers le cahier et inspecta mon travail.

– Ton écriture est inacceptable, trancha-t-elle.

Puis, avant que j'aie compris ce qui se passait, elle posa les bouteilles sur le lit, reprit l'assiette, et la porte se referma avec un déclic.

Je restai sonnée.

Rien à manger ?

Mais à quand remontait mon dernier repas – sans compter ceux que j'avais vomis ?

Je vidai une bouteille à grandes goulées, trop préoccupée par cette histoire de nourriture pour l'apprécier. Je rêvais de boire la deuxième, mais me forçai à la garder pour plus tard. Pour le cas où j'aurais besoin de ces calories.

Après être restée un moment assise sans rien faire, je repris le cahier et le crayon et m'attelai à former les lettres le plus lentement et le plus proprement possible.

Elle revint quelque temps plus tard, alors qu'il faisait nuit.

– J'ai refait mon travail.

J'avais si faim que mon estomac grondait toutes les trente secondes, avec le bruit d'un bâillement de lion.

Elle examina la page et me tendit une barre de céréales.

– Merci, dis-je en la glissant dans la ceinture de mon pyjama. Merci. J'ai très faim.

Elle me sourit.

– Eh bien, cela peut s'arranger. Je t'ai apporté tes médicaments.

– Ils font quoi ?

– Ce sont des *médicaments*, répéta-t-elle comme si j'étais demeurée. C'est fait pour aider.

– Aider à faire quoi ?

– Cela dépend. Je me vante d'avoir une vision claire des différentes manières dont je peux aider les gens – les enfants, devrais-je dire – à progresser sur la voie de leur parcours moral. Regarde ce que j'ai accompli avec Agatha. Je l'ai sauvée de ses instincts destructeurs. Je l'ai mise à l'abri d'elle-même. Et je peux en faire autant pour toi.

Elle avait débité cela sur un ton fervent, presque pieux.

– S'il vous plait... Je veux juste m'en aller. Si vous me laissez partir, je ne dirai rien.

Elle me toisa de la tête aux pieds.

– Pas de médicaments ce soir, alors ?

Et elle ressortit en coup de vent.

La porte s'était refermée avant que j'aie pu réaliser qu'elle avait repris ma bouteille. Celle que j'avais gardée précieusement.

De tout ce qui avait dérapé, c'est ce détail qui me fit craquer. Je m'effondrai par terre en pleurant.

Cette nuit-là, je fis les pires cauchemars de ma vie, dans lesquels j'étais pourchassée par des versions horriblement déformées de mes parents et de mes sœurs. Je me réveillai en vomissant ma barre de céréales jusqu'à la dernière miette.

*
* *

Je n'avais pas assez d'énergie pour faire autre chose que trainer au lit. J'avais les lèvres gercées et en sang, et des fourmis dans les membres, mais ils étaient trop faibles pour que j'envisage une évasion. Alors c'était cela qu'elle allait faire ? Me laisser mourir de faim ?

Je n'eus même pas la force de tourner la tête lorsqu'elle arriva à la porte.

– Je t'ai apporté quelque chose, Margot.

À manger ? Peut-être. Je suivis ses gestes du coin des yeux. Elle vint poser à côté de moi une assiette couverte et une bouteille d'eau.

– Je veux que tu prennes ça. Ça va t'aider à aller mieux.

Si je lui obéissais, elle me laisserait peut-être manger. Alors je pris la pilule qu'elle me tendait et la mis dans ma bouche tandis qu'elle ouvrait la bouteille. Je bus une gorgée et j'avalai.

Laura me regarda faire avec une expression de satisfaction sans joie, et je compris soudain qu'elle n'éprouvait pas réellement d'émotions. Elle se contentait de jouer la maternité, de jouer le bonheur, de jouer la tristesse. Elle faisait peut-être partie de ces psychopathes qui ne ressentent rien, pas même le plaisir de faire souffrir.

– Tu vois ? Je suis une bonne mère. Une bonne mère.

Je n'envisageai même pas de commenter cette assertion.

– Page 96, dit-elle en me tendant le livre bleu. Troisième phrase. Cinquante fois, s'il te plait.

Puis elle ressortit.

Je regardai l'assiette et me sentis mourir un peu à l'intérieur.

Elle contenait une unique tranche de pain grillé.

Je ne l'enfournai pas moins avec avidité.

Puis j'ouvris le livre et pris le crayon.

Page 96, troisième phrase :

Il n'y a pas de plus grande chance pour un enfant que d'être élevé par des parents qui ont la force de volonté de rester fermes lorsqu'ils se trouvent confrontés à des faiblesses puériles.

De la chance, pensai-je. *Mais ouais.*

Au bout de la septième copie, je dormais.

Au lieu de faire un simple cauchemar, je découvris à mon réveil une femme-démon, grande et maigre, qui me fixait. Elle avait de longs doigts munis de serres aiguisées et une peau bleu-gris sillonnée de cicatrices, une sorte de hachis de marques dentelées. Les rappels des vies qu'elle avait prises.

C'était la Mort. Et elle venait pour moi. Je voulais bouger, mais aucun de mes muscles ne répondait. Alors je restai là, aux prises avec une terreur abjecte, incapable de crier, tandis qu'elle enfonçait ses serres dans mon dos, mon cou et mes membres.

Enfin, je me réveillai réellement. Sur le lit à côté de moi, il y avait une nouvelle pilule – jaune, ronde et de taille moyenne, cette fois – et une bouteille d'eau à moitié pleine.

Laura était venue pendant mon sommeil.

Tremblant de faim, je pris la pilule et je bus l'eau.

Peu de temps après, le tremblement fit place à une sensation de sécurité et de tiédeur parfaites. J'étais si détendue que, lorsque Mme Sutton revint, je lui souris. Elle répondit à mon sourire et glissa une autre pilule au fond de ma gorge.

– C'est bien, fit-elle en m'ébouriffant les cheveux comme si j'étais un chien.

*

* *

J'étais réveillée… Enfin, je crois.

J'essayai de fermer les yeux, mais ce simple mouvement me demandait plus d'efforts que de regarder devant moi. Je ne regardais rien de précis, du moins rien qui aurait pu capter l'attention de la moi d'avant. Mais la nouvelle moi était plus calme, plus facile à contenter. La nouvelle moi trouva un petit point sombre sur le plafond et le garda à l'œil.

Laura entra. Elle dirigea le rayon d'une petite torche sur mon œil et me parla, mais ses mots étaient étouffés, comme si j'avais du coton dans les oreilles.

Elle m'aida à m'assoir, et cela me parut facile. Tout était facile tant que je ne faisais que cette chose-là. C'était quand j'essayais de modifier une action ou d'y ajouter une autre que ça se compliquait.

– Je crois qu'on tient le bon dosage, dit-elle.

Puis elle commença à me nourrir par minuscules bouchées. Ce qui m'allait. Même si j'avais eu faim à un moment donné, ça ne me concernait plus. Je bus un peu d'eau. Sur son insistance, je me levai pour aller aux toilettes.

– C'est très bien, Margot. Ne te sens-tu pas en paix ? Ça va être facile pour toi d'être sage maintenant. Tu verras.

Oui, facile. C'était très facile.

– Tiens, prends, ajouta-t-elle en me faisant avaler une nouvelle pilule avec une gorgée d'eau. Dors bien.

Pas de rêves cette nuit-là. Rien que le noir.

30

Un peu plus tard, elle revint glisser une autre pilule dans ma bouche en fredonnant gaiment. Puis elle me nourrit de poulet sans sauce, par petites bouchées, et m'aida à aller aux toilettes.

– Ouh, fit-elle avec un petit mouvement de recul. Tu as besoin d'une douche. Tu ne sens pas ton odeur ?

Peu après, elle me demanda de « sortir de ce lit ». L'absence de politesse ne me dérangea pas ; les ordres directs étaient bien plus simples à saisir. Une main sur mon bras, elle me conduisit dans le couloir principal jusqu'à la grande salle de bains et je restai assise sur un tabouret sous la douche tandis qu'elle me savonnait et me lavait les cheveux.

Pareil que pour Agatha. J'étais devenue exactement pareille qu'Agatha.

On ne peut pas dire que je ne savais pas ce qui se passait…

Mais je m'en fichais.

Puis elle me ramena dans la chambre de malade et m'enfila un pyjama propre.

– Je t'habillerai demain matin, comme je fais avec Agatha.

D'accord, voulus-je dire. Mais ma bouche ne suivit pas.

– Ça va être beaucoup de travail de prendre soin de vous deux. Mais tu me connais, j'aime bien m'occuper.

Je ne pus rien faire d'autre que la fixer, ce qui parut la réjouir.

– Attends. Ne bouge pas. Je vais te chercher une paire de chaussettes.

Je me retrouvai seule. La porte était ouverte. Pouvais-je m'enfuir ? Oui. Mais pour aller où ?

Ailleurs. N'importe où ferait l'affaire. Mais… non.

*
* *

Je distinguai du mouvement en bordure de mon champ de vision. Mais cela ne suffit pas à me faire tourner la tête pour mieux voir.

Puis un nouveau visage apparut devant mes yeux.

Un vieux nouveau visage, plutôt.

Agatha ? Oui. Agatha.

Ses mains touchèrent mes joues, mes cheveux, tandis que ses yeux m'examinaient.

Tout va bien, aurais-je voulu lui dire. *Tout va bien*.

Je me demandai ce qu'elle avait essayé de me dire chaque fois qu'elle avait tenté de me parler. Maintenant, je savais ce que ça faisait.

Pour peu qu'on le veuille assez, il y avait moyen d'émerger de ce brouillard. Mais c'était cette histoire de vouloir sur laquelle je butais.

Elle me prit vivement les mains et je sentis quelque chose de lisse et de froid dans ma paume.

Soudain, il y eut du mouvement à la porte.

– Qu'est-ce que tu fais là, toi ? Vilaine ! s'écria Laura en tirant sa fille par le bras. Vilaine, vilaine !

Sa réaction agressive fit grimacer Agatha, et quelque chose remua en moi.

– On retourne dans ta chambre, ajouta Laura.

Elle l'entraina rudement puis revint avec un petit tas de vêtements pour que je me change, mais elle semblait distraite. Elle m'ordonna de me recoucher et repartit en fermant à clé derrière elle.

Je fermai les yeux, le poing serré autour de l'objet qu'Agatha m'avait donné. Je me serais bien reposée.

Mais une image persistait dans ma tête. Celle de Laura en train d'attraper Agatha pour la secouer. Agatha qui fermait les yeux avec un mouvement de recul, telle une petite fille qui a peur qu'on la frappe.

Ça, je ne m'en fichais pas. Pas totalement. Apparemment, je me sentais assez concernée pour accomplir le laborieux déplacement jusqu'au bureau et remettre dans ma poche le téléphone de Kiley.

Puis je me recouchai et m'endormis.

C'était vraiment épuisant de se sentir concernée.

*

* *

Laura revint un peu plus tard avec une pilule qu'elle me regarda avaler, puis tapota mon oreiller et me dit de me rendormir.

Je me rallongeai docilement. Soudain, je sentis quelque chose dans ma main. Quelque chose de petit et de lisse. Je ne l'avais pas lâché, et Laura n'avait rien vu.

C'était une toute petite fiole remplie d'un liquide transparent qui sentait le citron, mais moins « mmm, le parfum des citronniers en fleur » que la fraicheur citron d'un gel douche.

Je fronçai les sourcils.

Agatha avait pris le risque de s'attirer les foudres de Laura pour me le donner.

Je l'ouvris et je bus.

On ne vit qu'une fois.

*

* *

Quelques minutes plus tard, alors que je fixais le plafond en alternant phases d'éveil et d'inconscience, je fus secouée par un spasme. Brusquement, ma gorge se serra et je manquai d'air. Je me tournai sur le côté, repoussai mon oreiller et vomis sur le lit. Puis je remis l'oreiller en place et me rallongeai, étourdie et perplexe.

J'étais loin d'avoir les idées claires, mais j'avais retrouvé un certain degré de lucidité.

J'étais capable d'attraper une pensée et de la suivre jusqu'à sa conclusion logique : Agatha avait voulu me faire vomir. De fait, je me sentais mieux. Elle m'aidait. Elle voulait me sauver des griffes de sa mère.

C'est super gentil, pensai-je. *Adorable*. Et je m'endormis.

Quand je rouvris les yeux, le ciel était rose vif – même si j'étais incapable de dire si le soleil se levait ou se couchait –, et quelque chose dans mon corps avait changé. Maintenant que mon organisme avait été purgé de la dernière dose de tranquillisants, l'instinct de survie revenait doucement. Quelque part, j'avais réellement envie de sauver ma peau… tant que ça ne me demandait pas trop d'effort.

Enfin, ce n'était pas gagné. Mais ça valait la peine d'essayer.

Je m'extirpai du lit. Mes muscles étaient noués et courbattus, ma tête lourde et douloureuse.

Mais je pouvais bouger. C'était déjà ça. Je vérifiai que le téléphone était toujours dans ma poche et me dirigeai vers la porte. Elle s'ouvrit dès que je la poussai d'un coup de hanche. Laura s'était contentée de pousser le loquet, ce qui signifiait qu'elle ne me pensait plus capable de m'enfuir.

Le couloir était silencieux, mais je n'osai pas descendre et passer par l'entrée.

Je reviendrai te chercher, Aggie, pensai-je. *Je ne t'abandonne pas.*

La porte de l'escalier du fond était fermée à clé.

Mais dans le mur, juste à côté, se découpait une petite trappe métallique rouillée.

Barrett m'avait parlé d'une sorte de mini-ascenseur qui servait autrefois aux domestiques pour faire monter les plats et les bagages.

J'ouvris la trappe, qui révéla un espace rectangulaire. C'était exigu et, une fois là-dedans, je me retrouverais dans le noir complet. Sans compter deux petits panonceaux peu engageants qui mettaient en garde les usagers contre toute tentative d'introduire ne serait-ce qu'un doigt dans ce truc.

Mais c'était ça ou rien.

En tâchant de ne pas penser à l'histoire que m'avait racontée Barrett – celle d'une bonne qui avait perdu une main ou un doigt, non ? –, je me fourrai à l'intérieur. Des câbles couraient à la verticale le long de la paroi du fond, sans doute attachés à des poulies. Je tirai sur l'un d'eux, et l'espèce de caisse métallique se mit en marche dans un concert de plaintes et de grincements. Je continuai à l'actionner prudemment, jusqu'à ce que le bas de la cabine heurte le sol avec un bruit sourd.

Je poussai la trappe qui venait d'apparaitre devant moi et inspectai les alentours.

Je me trouvais dans un petit vestibule, dont je savais qu'il se situait à côté de la porte de service donnant sur le jardin.

La trappe se referma avec un grand bruit de ferraille.

L'écho qui résonna dans la maison me signala que l'heure n'était plus aux déplacements lents et silencieux.

Alors que je fonçais vers la porte de la cuisine, je perdis l'équilibre et tombai. Je me relevai péniblement. J'avais la sensation de courir dans l'eau : la volonté y était, les mouvements requis paraissaient pourtant simples, mais mes jambes refusaient d'obéir.

À ce rythme, Laura n'aurait pas à fournir le moindre effort pour me rattraper.

Mais je m'obstinai. Je me dirigeai vers le jardin aussi vite que j'en étais capable. Le soleil se levait et le ciel s'éclaircissait. En jetant un regard circonspect par-dessus mon épaule, je surpris le visage choqué de Laura à une fenêtre de l'étage. Elle disparut aussitôt.

Je me sentis aussi démunie qu'un escargot qui tenterait d'échapper à un faucon… mais je continuai.

J'entrai dans le jardin.

Et ce que je découvris me stupéfia.

Dans chaque rangée de plantations, telles des giclées de sang parmi les autres plantes, il y avait des lis rouges. Partout.

Je filai vers le cimetière.

Sans m'arrêter, je sortis de ma poche le portable de Kiley que je brandis en l'air. Pas de réseau. Pas de réseau. Pas de réseau.

Une fois au le portail d'Adam et Ève, je me rendis compte que j'avais oublié la clé. Le désespoir s'empara de moi. Être arrivée jusque-là et échouer si près du but ?

Mais le portail s'ouvrit sans résistance.

Je repris ma course. Je me tordis la cheville et continuai en clopinant, le téléphone toujours brandi à bout de bras pour capter du réseau.

Enfin, environ quinze mètres après la grille, une barre apparut en haut à gauche de l'écran. Elle clignota, s'effaça, mais ne tarda pas à revenir. Quinze mètres plus loin, une deuxième barre s'afficha.

Retenant mon souffle, j'appuyai sur l'icône des appels et composai le numéro des secours.

Ça sonnait. Puis ça coupa.

Je reculai de quelques pas et recommençai. À cet instant, je distinguai un mouvement entre les arbres. Laura arrivait d'un pas vif sur le petit chemin. Elle inspecta les environs, me repéra et courut droit sur moi.

Je me dépêchai de remettre le téléphone dans ma poche et tapai à l'aveuglette sur l'écran, sur lequel j'avais affiché la page des contacts. Avec de la chance, je réussirais à joindre quelqu'un.

C'était mon seul espoir.

Puis je courus, jusqu'à ce que je me retrouve acculée dans un coin, et Laura sortit du couvert des bois avant de s'arrêter face à moi. Derrière moi et sur ma droite, un mur. Sur ma gauche, l'étang sombre et tranquille parsemé de feuilles de nénuphars.

– Allons, Margot, sois raisonnable. Rentre.

– Non ! Si je reviens, vous allez continuer à me droguer vingt-quatre heures sur vingt-quatre.

– C'est ridicule. Qu'est-ce qui peut te faire croire une chose pareille ? Les pilules que je t'ai données sont des médicaments. Ils ne servent qu'à traiter ta maladie, Margot. Tes problèmes au cerveau.

– Je n'ai pas de problèmes au cerveau. Vous m'avez empoisonnée. Comme vous empoisonnez Agatha. Et vous avez tué votre propre sœur…

Je parlais le plus fort et le plus distinctement possible, en priant pour qu'un inconnu écoute et qu'il trouve mes déclarations assez inquiétantes pour prévenir la police.

Évidemment, encore fallait-il qu'il sache qui et où j'étais.

Super. Je vais mourir.

– N'approchez pas. N'approchez pas ou je hurle.

Elle haussa les épaules.

– Personne ne t'entendra. Mais tu racontes des bêtises. Personne ne veut te faire de mal. Je t'ai toujours beaucoup appréciée, tu sais. Tu es serviable, attentionnée… Pourquoi te mettre à te conduire de la sorte, après tout ce que ma famille a fait pour toi ?

– Parce que vous êtes malade.

Son visage s'assombrit.

– Ce sont des paroles déplacées.

Je ne savais plus quoi faire. Mes espoirs fondaient à vue d'œil.

Tandis que Laura s'avançait droit sur moi, le courage m'abandonna.

– On peut faire ça en douceur, ou à la manière forte.

Je la regardai fixement. J'étais encore écrasée de fatigue, embrouillée par les somnifères.

– Allez, sois gentille. Rentre, et on recommencera à zéro. Je ne t'en veux pas. Maintenant que je sais que tu as un fond rebelle, je vais pouvoir t'aider à arranger cela. Je peux t'élever correctement, te permettre de devenir quelqu'un de meilleur.

Il n'y avait plus d'espoir.

– Je te l'ai déjà dit, Margot, je t'aime beaucoup. Alors reviens. Arrête de résister. Si tu t'obstines, je serai contrainte d'en conclure que tu risques de nous attirer plus d'ennuis qu'autre chose.

Je secouai la tête.

– Tes parents n'ont vraiment pas su s'y prendre pour t'inculquer le sens du respect.

Cette remarque parvint à allumer en moi une petite flamme de colère, à ranimer la volonté de me battre, qui s'était éteinte.

Mais il me manquait la force de le faire. Laura s'approcha encore, m'acculant contre le mur. Je jetai un regard désespéré vers mon portable et elle s'en aperçut. Elle fouilla dans ma poche, prit l'appareil et déclara dans le micro :

– Désolée, c'était un canular.

Puis elle le balança dans l'étang.

Mes forces commençaient à me manquer. Mes jambes me lâchaient.

Son expression avait changé. Jusque-là, j'avais vraiment cru que, à sa manière tordue, elle souhaitait « m'aider ».

– Je suis *terriblement* déçue, dit-elle. Nous avons une règle, Margot. Quelle est-elle ?

– Montrer du respect.

– Tout à fait. Et il s'avère que tu n'es pas capable d'appliquer une seule et unique règle. Tu as eu ta chance de bien faire, mais tu as préféré te conduire comme une dégénérée. J'en suis sincèrement désolée. Je ne vois pas ce que je pourrais faire pour toi. Tu es irrécupérable.

Puis, sous mon regard horrifié, elle brandit une petite seringue qu'elle ficha dans mon bras.

Toute ma lucidité, mon courage, mes projets de fuite... se mirent à fondre sous l'effet des produits chimiques, dont la chaleur me picotait les veines.

Mes jambes, mes bras s'engourdirent.

Elle se pencha vers moi.

– Je tiens à te prévenir qu'Agatha paiera pour t'avoir aidée. Elle sera punie. Maintenant, tu vas devoir mourir avec cela sur la conscience. Tu as causé beaucoup de souffrances qui auraient pu être évitées.

– Laissez-la tranquille, bredouillai-je.

Elle me fixa d'un regard acéré.

– « *Un enfant est conduit à la droiture par le phare de la constance de ses parents et doit être modelé par des mains fermes.* » Des mains fermes. Lorsque Agatha sera capable de se comporter d'une manière qui fasse honneur à sa lignée, alors, on pourra la « laisser tranquille ». Entre-temps, je dirigerai personnellement sa conduite afin de limiter le mal qu'elle risque de faire à notre famille et à elle-même.

– Vous allez la tuer. Elle a failli s'étouffer l'autre nuit.

– Si elle a la volonté de vivre, elle vivra, répliqua Laura d'un ton glacial.

Je la dévisageai avec horreur. Quel genre de mère pouvait se comporter ainsi ? S'il y avait eu un jour de la douceur ou de la bienveillance chez Laura, elles s'étaient solidifiées avec le temps jusqu'à ce qu'elle ne soit plus qu'un monstre. Elle se souciait plus du passé et de la réputation de sa famille que du bien-être de ses proches.

Au fond de ses yeux, il me sembla voir son âme, un marais croupi et putride d'orgueil et de colère. Mais tout commençait à luire et à se brouiller devant moi.

– Viens, Margot, me dit-elle gentiment. Nous allons faire un petit tour.

J'hésitai une seconde de trop et elle me poussa en avant, assez fort pour me faire trébucher.

Nous nous mîmes en marche sur la fine bande de terre humide qui bordait l'étang. Dès que je ralentissais, elle me tirait par le bras.

Le soleil n'était pas encore complètement levé. L'air était doux et un peu brumeux. Laura avait pris le temps d'enfiler une veste au ton rouille très BCBG, mais je me mis à frissonner dans mon pyjama. D'abord un peu, puis de plus en plus fort, jusqu'à claquer des dents.

– Effet secondaire classique, commenta Laura. Et tu vas bientôt avoir de bonnes démangeaisons. Je ne donne pas ce produit à Agatha. Je ne peux quand même pas la laisser se gratter jusqu'au sang. Mais vas-y, toi, tu peux gratter. Ça ne change plus rien.

Bientôt, j'eus l'impression d'avoir les membres et les côtes en feu. Je voulus me gratter, en effet, mais j'avais les doigts gourds et ma tête commençait à tourner.

– Il y a une chose que tu n'arrives sans doute pas à comprendre, Margot : je ne t'en veux pas. J'en veux au monde dans lequel nous vivons. Rien n'y est sacré. Les enfants n'honorent plus leurs ainés. Les familles n'honorent plus leurs ancêtres ni leurs traditions. Plus rien n'a de valeur, aujourd'hui.

Je titubai. Elle passa un bras autour de ma taille pour me soutenir et m'entraina plus loin au bord de l'eau.

– Agatha te ressemble beaucoup, en réalité. Je pense qu'elle a beaucoup régressé sous l'influence de ta mauvaise conduite. J'espérais pouvoir entamer sa guérison d'ici Noël, mais il semble maintenant que cela devra attendre l'été prochain. Peut-être même plus tard. Tu vois le mal que tu as fait ? Et tu prétends être son amie…

L'étang noir d'encre paraissait écouter… attendre.

– Agatha est une source d'inquiétude pour moi depuis ses sept ans. Mais je suppose que c'est ainsi, avec les filles.

J'aurais dû être un garçon. Ma vie aurait été plus facile. Nous, nous sommes trop douces, trop sensibles.

Je lâchai un petit grognement ironique.

– On ne fait pas cela, Margot, c'est très impoli, me rabroua-t-elle sèchement. Si je ne suis ni douce ni sensible, c'est parce que tout a toujours reposé sur mes épaules. Et malgré mes efforts, ce que je faisais n'était jamais assez bien. Mon père était dur avec moi, alors qu'il ne l'était jamais avec Lily. Il l'adorait. Il admirait ce qu'il appelait son esprit d'indépendance. Elle ne cherchait jamais à dire ou à croire ce qu'il fallait ; elle insistait pour n'en faire qu'à sa tête. Je n'étais pas comme elle. J'étais trop attachée à des choses qui ne comptaient pas pour mon père : la bonne conduite, l'histoire, la dignité. Mais il avait tort de s'en moquer. C'est le cadre sur lequel tout repose.

Malgré la confusion qui régnait dans ma tête, je me dis qu'elle se trompait. Ces choses si précieuses à ses yeux n'étaient en rien un cadre. Elles n'étaient qu'une vitrine, au mieux. Ma mère ne leur avait jamais accordé d'importance, et elle avait été une mère – et une personne – cent fois meilleure que Laura pouvait jamais espérer le devenir.

Nous arrivions devant une petite passerelle qui traversait une partie légèrement plus étroite de l'étang. Laura resserra sa prise autour de ma taille et veilla à ce que je pose les pieds où il fallait sur les planches irrégulières.

– J'ai voulu te donner une chance. Tu aurais pu avoir ta place ici, si tu t'étais comportée correctement. Si tu avais su rester dans ton rôle.

Elle me regarda droit dans les yeux.

– Adieu.

Et elle me poussa dans l'étang.

Je plongeai dans l'eau noire et froide, et, soyons honnête…

Une partie de moi pensa :

Ahh, enfin.

31

[illegible]

31

Je ne coulai pas tout de suite, mais je m'enfonçai rapidement, trop affaiblie et étourdie pour nager. Enfin, je battis des jambes pour sentir le fond, en vain. Je persistai à m'agiter inutilement en continuant à sombrer.

Le choc de la collision avec l'eau m'avait tirée de mon brouillard.

Bien sûr, face à une menace vitale, l'instinct de survie prend le dessus. Mais ce qu'ignorent ceux qui ne l'ont jamais vécu, c'est qu'il s'y mêle parfois l'instinct contraire : celui de lâcher prise. D'accepter le sort qui vous revient.

J'avais raté la première occasion, et voilà qu'une nouvelle chance se présentait. Cette fois-ci, je ne passerais pas à côté.

La sensation de l'eau froide sur ma peau agit comme un électrochoc qui fit surgir dans mon cerveau des flashs de l'accident. Des souvenirs restés enfouis jusque-là. Je vis la tête de Siena heurter la vitre et rebondir ensanglantée. Je vis l'airbag de mon père le coincer sur son siège, déformé sous l'effet de l'eau en un masque qui lui collait au visage. Dina était assise à ma gauche. Je sentis sa main s'agripper à moi, puis retomber, et je sus sans avoir à tourner la tête qu'il s'était passé quelque chose d'horrible.

Puis, il ne resta plus que maman et moi.

Je ne sais trop comment, elle avait réussi à allumer la lumière. Je la vis se débattre avec sa ceinture, ce qui me donna l'idée de détacher la mienne. Elle avait aussi appuyé sur la commande du toit, désormais à moitié ouvert, ce qui représentait notre seule issue mais laissait l'eau s'engouffrer à seaux dans la voiture. J'avais détaché ma ceinture. Fastoche.

Puis j'attendis que ma mère se libère pour qu'on remonte ensemble à la surface.

Mais elle ne le fit pas. Elle ne pouvait pas. Sa ceinture était bloquée.

Elle me regarda et désigna le toit.

J'étais sonnée, paralysée.

– *Pars*, me dit-elle, juste avant que nous soyons totalement engloutis.

Je secouai la tête.

Elle me saisit le poignet.

– *PARS*, articula-t-elle. *PARS !*

Elle me poussa vers le toit et, à la dernière seconde, attira mon visage à elle pour m'embrasser sur le front. Puis je vis sa bouche former de nouveau le mot :

PARS.

Alors je l'avais fait. J'étais partie. J'avais survécu. Parce que c'était ce que ma mère voulait.

Et peut-être parce que c'était ce que je voulais aussi, dans un minuscule coin de ma tête. Parce que, clairement, ce n'était pas un choix évident. Plutôt une décision prise à l'aveuglette, sans songer aux conséquences. Sans la moindre idée de la galère que ce serait de survivre, du chagrin et des complications qui m'attendaient une fois que j'aurais émergé à la surface.

Au moment critique, en une fraction de seconde, j'avais passé un pacte avec les forces mystérieuses qui nous jettent tous dans ou hors de l'existence, et ce pacte était : *Laissez-moi vivre.*

Mais pourquoi ?

Je ne sais pas.

J'y réfléchirai plus tard.

Mais laissez-moi vivre, et je jure que je n'arrêterai pas de chercher jusqu'à ce que je trouve une raison de vivre.

32

Et c'était revenu, comme la douce chaleur d'une flamme dans mon corps gelé, engourdi et douloureux.

Laissez-moi vivre.

Mais pourquoi ?

Parce que.

Pourquoi, Margot, pourquoi ? Il doit bien y avoir une raison. Tu as eu du temps. Si tu n'as toujours rien trouvé, à quoi bon te fatiguer à te battre ? À quoi bon te fatiguer avec la souffrance et la solitude ? Pourquoi ne pas laisser tomber une bonne fois ?

Parce que…

Parce que j'ai une amie qui a besoin de mon aide.

Alors les forces de l'univers haussèrent les épaules et dirent :

– Ouais, tiens, pourquoi pas ?

Une minuscule étincelle d'énergie revint dans mes jambes et je les battis encore et encore jusqu'à regagner la surface, où j'aspirai une grande goulée d'air.

Cette opération me donna le temps de m'orienter et de partir vers le bord, moitié en nageant, moitié en me débattant. Je savais que Laura était toujours là, mais ça ne m'inquiétait pas. M'inquiéter d'elle ne faisait pas partie du pacte.

Occupe-toi juste de rester en vie.

Agatha a besoin de toi.

Mes poumons étaient en feu. J'avais l'impression de porter un poids énorme. Mais je luttai, je luttai sans m'arrêter. À trois mètres du bord, je commençai à défaillir, mais quelque chose – quelque chose de presque tangible, d'indéniable – me poussa vers la rive.

J'en fus si surprise que ça me réveilla. Une poignée de secondes plus tard, je sentis une chose que j'avais déjà senti avant : une couche de boue meuble sous ma main. De la boue sous l'orteil de mon pied nu, gluante, horrible et pourtant merveilleuse, parce que ça voulait dire que j'étais vivante.

J'ai réussi. J'ai encore survécu.

Puis un pantalon marron glacé et deux pieds chaussés de bottes en caoutchouc de luxe apparurent devant mes yeux.

L'une des bottes se posa sur les doigts de ma main gauche.

– Tu as du cran, il faut le reconnaitre, admit Laura à contrecœur. Mais cela ne suffit pas. Je veux que tu fermes les yeux et que tu dormes, Margot. Laisse-toi aller. Tu as travaillé si dur…

Alors je sentis une main sur ma nuque, qui enfonçait mon visage dans la boue, là où l'eau n'avait que quelques centimètres de profondeur.

Je me débattis, j'essayai de tourner la tête pour respirer, mais on aurait dit que mes muscles n'étaient plus reliés à mon cerveau.

Une eau froide et croupie s'infiltra dans mon nez. Mes oreilles étaient encore à l'air libre et j'entendais le souffle de Laura, lourd et rapide. Et son ton satisfait, sûr de sa victoire.

– Tu n'as pas plus de force que le chat, fit-elle avec détachement.

Eh, mais ce n'était pas juste.

Maman, je ne peux plus respirer.

Margot, murmura quelqu'un.

Tout près. Plus près que Laura.

Bats-toi, Margot.

Quelle suggestion absurde. Me battre ? Impossible. Il y avait assez de drogue dans mes veines pour abattre une girafe adulte.

Bats-toi, dit la voix.

Maman ?

Je levai brusquement la tête hors de la boue, renversai Laura d'une poussée et rampai hors de l'eau, à moitié suffoquée, en toussant et en crachant. Il y avait des bouts d'herbe et d'algue entre mes dents.

– Maman ? lançai-je dans la nuit tandis que Laura se relevait.

– Couche-toi, m'ordonna-t-elle sèchement.

Quelque chose s'alluma dans mes veines : un mélange d'adrénaline, de rage et de besoin de justice.

– Ne me touchez pas ! criai-je.

Je me levai, avec le sentiment d'être une créature du marais.

Cela ne parut pas l'impressionner. Elle s'approcha, la main tendue pour m'attraper par les cheveux.

Je la repoussai si fort qu'elle tomba en arrière dans l'eau.

Je me mis à reculer.

Elle se releva de nouveau et revint à la charge.

Alors que je la repoussais une deuxième fois, j'aperçus quelque chose : une autre petite seringue dans la poche de sa veste.

De combien de doses pensait-elle avoir besoin pour se débarrasser de moi ? C'en était presque flatteur.

Elle s'approcha encore, assez près pour que je puisse saisir la seringue avant de la pousser de nouveau. Tandis qu'elle vacillait, j'ôtai le bouchon qui recouvrait l'aiguille, et lorsqu'elle fondit de nouveau sur moi, la plongeai à la base de son cou.

Elle étouffa un cri et porta la main à l'endroit de la piqure.

– Ça fait un moment que vous me faites ingérer ce truc. J'ai peut-être acquis une certaine tolérance.

Je vis ses yeux balayer les alentours d'un air paniqué – le premier indice qu'elle perdait les pédales.

– Vous, en revanche, vous ne devez pas en avoir du tout, fis-je en avançant d'un pas.

– Ne t'approche pas, siffla-t-elle.

J'étais raide comme un bout de bois, mais je me forçai à continuer.

– Vous n'êtes qu'une lâche. Quand vous n'arrivez pas à forcer les autres à faire ce que vous voulez, vous les faites taire.

– Arrête ! Qu'est-ce que tu fais ?

Elle avait l'air de croire que j'allais la tuer – ce qui était faux. En réalité, si elle était tombée dans l'eau, je l'en aurais tirée.

Mais je comptais bien l'assommer assez pour qu'elle me laisse tranquille.

J'avançai lentement, posément, tandis qu'elle reculait en trébuchant, rendue muette par la peur et par les premiers effets du sédatif.

Enfin, nous arrivâmes dans le coin de la tombe de Lily.

Laura s'en rendit compte et jeta un regard par-dessus son épaule avec un cri étranglé.

La tombe disparaissait sous un épais tapis de lis grands ouverts.

Je n'eus même pas besoin de porter la main sur elle. Je n'eus qu'à m'approcher encore pour qu'elle tombe en arrière dans les fleurs, qui parurent s'écarter avant de se refermer sur elle. Elle poussait des cris horribles, les cris d'une coupable terrifiée lorsqu'elle se voit trainer en enfer.

Comme dans mon rêve…

Je m'arrêtai net en comprenant tout à coup qui était la silhouette chancelante que j'avais vue dans mon rêve : *moi*.

Oh, ça, c'est drôle, pensai-je. Je m'étais fait peur à moi-même.

Puis je m'éloignai, assurée que Laura n'était pas près de se relever.

Je réussis à atteindre le portail d'Adam et Ève.

Là, en face de moi, je vis deux policiers en civil qui traversaient le jardin à la hâte.

Alors je m'arrêtai, avant de m'effondrer telle une poupée de chiffon. Devant mes yeux, il y avait une fleur que j'avais déjà vue, composée de petits boutons gais et délicats. Ils semblaient m'observer comme des dizaines de minuscules créatures intriguées.

Je vis les policiers approcher d'un air surpris, puis, derrière eux, une silhouette qui avançait avec peine dans sa longue chemise de nuit.

– Salut, Aggie.

Et je m'évanouis.

*

* *

Je me réveillai brièvement alors qu'on me chargeait dans l'ambulance. Les urgentistes m'offrirent quelques paroles de réconfort que j'oubliai presque aussitôt. Par les portes ouvertes, je voyais Agatha qui m'observait, enveloppée dans une couverture. Elle avait l'air inquiète.

Derrière elle, il devait y avoir huit voitures de police.

Et encore plus loin, à l'entrée du jardin, j'aurais juré que je voyais ma mère.

Elle me regarda avec des yeux brillants d'amour, de fierté et de chagrin.

Puis elle disparut.

ÉPILOGUE
SIX MOIS PLUS TARD

– Ce soir, dit Agatha, pizza chez Peppino : toi, moi, Barrett et je ne sais plus quel pote à lui ?

Je levai le nez de mon livre de biologie.

– Allez, dis oui. Il a super envie de te voir.

Elle enleva sa veste qu'elle suspendit à une patère de son côté du dressing et s'assit sur le lit à côté de moi en prenant Lapin bleu (qui, magnanime, lui avait pardonné les mauvais traitements du début). Elle l'agita devant mon livre de cours.

– Barrett n'arrête pas de geindre parce que tu lui manques et Agatha craaaque, fit-elle dans une très mauvaise imitation de ce qu'aurait pu être la voix de Lapin bleu. Tire-la de là, sois sympa avec elle, va à la pizzeria.

Je fermai mon livre et m'allongeai sur le dos.

– J'ai un contrôle de bio à réviser.

– Il te reste trois jours.

– Je suis trop crevée pour sortir.

– Mais non. Je te paierai un café.

Je tentai autre chose.

– Il pèle dehors, et j'en ai marre de manger chez Peppino. On y est déjà allés la semaine dernière.

– J'ai dix-neuf manteaux et personne n'en a jamais *marre* de la pizza. Arrête de te chercher des excuses bidon.

On frappa à la porte et Kiley passa la tête dans l'embrasure.

– Salut, les gazelles ! Margot, je peux te piquer le dernier cours d'espagnol ? J'avais une réunion de délégués, je l'ai raté.

– Ouais, ouais, passe-moi mon sac.

Kiley fit lever Agatha d'un coup de coude pour prendre sa place, posa un magazine sur mon oreiller et me tendit mon sac. Pendant que je feuilletais mon classeur d'espagnol, Agatha recommença à essayer de m'amadouer.

– OK, cédai-je. Mais pas aujourd'hui, d'accord ?

– Mais quand, alors ?

– Quand elle sera prête, répliqua Kiley. Fous-lui un peu la paix !

Elle était devenue surprotectrice avec moi. Il parait que, dans certaines cultures, quand quelqu'un vous sauve la vie, on devient son serviteur. Avec Kiley, c'était le contraire. Apparemment, elle prenait très au sérieux le fait que j'aie appelé *son* numéro ce jour-là, que ce soit *ses* bons réflexes et *son* appel à la police qui m'aient sauvé la vie – et sans doute aussi celle d'Agatha –, et elle se prenait désormais pour mon garde du corps.

Agatha se rassit sur le lit et ouvrit le magazine.

– C'est juste que Barrett déprime depuis qu'on est allés voir maman la semaine dernière. Ça me fait de la peine.

– Même s'il déprime, ce n'est pas le rôle de Margot de lui remonter le moral, répondit Kiley. Elle va comment, ta mère ?

Agatha haussa les épaules.

– Pas de changement, dit-elle du ton crispé qu'elle prenait dès qu'il était question de Laura. Elle reste assise sans bouger et elle refuse de parler. Je crois qu'elle nous en veut d'avoir vendu la maison.

Après l'arrivée de la police, Laura, au milieu de ses délires, avait avoué par inadvertance avoir tué sa sœur. Oups. Maintenant, elle était enfermée, probablement à vie.

Dans un centre spécialisé, eh oui.

On aurait pu finir colocs, avais-je pensé quand la décision du tribunal était tombée.

– Ouais, ben désolée, fit Kiley, mais voilà ce qui arrive quand on essaie de tuer des enfants. On se fait prendre sa chouette baraque.

– Arrête, Ky, murmura Agatha.

Et Kiley, qui, en réalité, était une super amie, arrêta. Elle prit le magazine et mon œil tomba dessus.

– Eh, attends, je peux voir ?

Je le lui pris et le retournai. Au dos, sur une pub, un mannequin brandissait un smartphone pour prendre un selfie.

C'était Tam.

– Je connais cette fille ! Elle était dans le même foyer que moi.

– Elle a vraiment l'air de l'aimer, son portable, observa Kiley.

– Elle est jolie, dit Agatha.

C'était vrai. Je fixai la photo encore un instant.

– Tu peux garder le magazine, si tu veux, me proposa Kiley.

– Merci.

Après son départ, je me tournai vers Agatha.

– Écoute, je vais le voir. Bientôt. Mais pas tout de suite. OK ?

Elle fronça les sourcils.

– OK.

– Bientôt.

– Non, non, répondit-elle en soupirant. Prends ton temps. Il peut attendre.

– Mais est-ce qu'il *va* le faire ?

Ça, ça m'inquiétait un peu. Parce qu'il fallait avouer que je tenais à lui. Beaucoup. Et il me manquait énormément. Parfois, je n'avais qu'une envie au monde, c'était de le voir, et qu'on parle, et que… je ne sais pas, qu'on s'embrasse un peu. (Bon, OK, beaucoup.)

Mais c'était plus fort que moi, j'avais le sentiment que le bon moment n'était pas encore arrivé. J'avais encore trop de choses à mettre en ordre dans ma tête.

C'était une chose d'être amie avec Agatha. Ça s'était fait naturellement, comme si on était faites l'une pour l'autre. Mais passer au niveau supérieur avec Barrett ? Malgré toute mon envie de passer du temps avec lui, c'était… compliqué.

– Mais oui, il attendra, m'assura fermement Agatha. Il m'a bien précisé de te dire de prendre ton temps.

Je me laissai tomber sur mon oreiller et serrai Lapin bleu contre moi. Combien de temps me faudrait-il ? Combien de temps avant que je tienne une journée entière avec le sentiment d'être quelqu'un de normal, et pas « mais si, tu sais, l'orpheline qui a failli se faire tuer par la dingue friquée » ?

– Je sais pas, dis-je au plafond. J'ai des tas de trucs à démêler dans ma tête. C'est super dur.

– Tu n'as pas besoin de démêler quoi que ce soit maintenant, répondit Agatha d'une voix triste en s'allongeant à côté de moi, son épaule contre la mienne. *On* n'a pas besoin de démêler quoi que ce soit.

Elle glissa ses doigts entre les miens. On le faisait souvent. J'avais parfois l'impression qu'on était plus des sœurs que des amies, qu'on était reliées par quelque chose qui courait sous notre peau, qui circulait directement entre nos deux cerveaux.

Un peu comme si la cruauté de Laura nous avait appris à voir des aspects de nous-mêmes – et de l'autre – qu'on était les seules à pouvoir discerner. Et, même si nous ne devions jamais guérir, si nous restions abimées pour toujours, nous étions plus que cela. Nous étions celles qui s'étaient sauvées elles-mêmes, qui avaient dit non, qui avaient choisi de vivre.

Je savais que c'était aussi dur pour Agatha que pour moi. Qu'elle faisait des cauchemars, elle aussi.

Mais quand je me réveillais en panique, elle était là pour me rappeler que j'étais à l'abri. Et j'en faisais autant pour elle.

Agatha prit une longue inspiration et me pressa la main, et je sus que nous étions à cette heure paisible de la journée où la souffrance était au plus près de la surface. Mais chacune de nous avait l'autre. Nous n'étions pas seules.

Et ça changeait tout.

– On a vraiment de la chance, Margot, murmura-t-elle. Tu y penses parfois… ? À la chance qu'on a ?

Cet ouvrage a été mis en pages
par Nord Compo à Villeneuve-d'Ascq

Imprimé en Italie par Grafica Veneta
en août 2024
pour le compte des Éditions Bayard